翼はいつまでも

川上健一

集英社文庫

目次

翼はいつまでも

第一章　お願い・お願い・わたし

1

畑の中はぬかるんでいた。

朝まで降った雨とぼくたちが歩きまわっているせいだ。スパイクの底には泥がへばりついて盛りあがり、踏んばることができずに滑って歩きにくい。

補欠の野球部員のぼくと輪島《わじま》と力石《りきいし》は畑に飛びこんだボールを探しまわっていた。手もユニフォームもスパイクも泥でぐちゃぐちゃだった。

中学二年生の秋。ぼくはさえない十四歳だった。

ぼくたちが畑にいたのはグラウンドの問題が大きく関係している。ぼくたちの中学校は十《と》和田《わだ》市の市街地の南に広がっている畑の中に新設された学校だ。青森県十和田市立南中学校。あっさりした学校名だ。グラウンドはとりあえずといった感じで畑をつぶしただけの、南北に長く東西に狭い長方形のグラウンドだ。野球部のスペースはホームベースから南にレフト線が、西にライト線が伸びていた。だからちょっと大きなライトフライがあがるとみんなグラウンドを飛びだして畑の中に飛びこんでしまう。補欠のぼくたちは畑の中にいてボールを探しまわらなければならなかった。

グラウンドは野球部独特のかけ声がやかましい。言葉にならない意味不明の空元気《からげんき》的叫びというやつだ。

「なんだ、バカヤロー、さっきのボールはどこに消えたんだ？　神山《かみやま》、あったか？」

力石のやつがぼくに声をかけてきた。

「ない。そっちは？」

ぼくが答える。

畑には大きな葉っぱ物のキャベツとか、クワイモとか、それから飼料用の大きなトウモロコシが育っていた。ぼくたちは腰を折ったまま、規則正しく並んだ作物の根元を手でかきわけながら、畑に飛びこんだ野球ボールを探していた。軟式の〈健康C〉ボール。

「バッカヤロー、あったらきくかよ。おい、おっさん、そっちはどうだ？」

力石はぼくと反対方向にしゃがんでいる輪島に声をかけた。

「オ、オ、おっかしいよなあ。コ、コ、コ、この辺なんだけど、ナ、ナ、なあ」

輪島はどもりながらぶつぶつといった。どもるのは昔からの癖だった。輪島のやつはガラスビンの底のような分厚い眼鏡をかけ、丸く肉厚の浅黒いごつい顔には濃い髭《ひげ》が生えている。真っ黒な髪は強い縮《ちぢ》れ毛で、頭にすっぽりかぶさっていてまるでカツラのようだ。丸みをおびたがっしりとした身体《からだ》をダブダブのユニフォームが包んで、毛深く太い両腕が突きでている。

「なんだ、バカヤロー。毎日毎日こればっかりだ、やってらんねえぜッ」

力石のやつはすぐにふてくされる。

新チームの最上級生になったというのに、グラウンドにいるよりも畑にいる時間のほうがはるかに長いのだからいやになるよなあ、まったく。

もちろんその原因はぼくたちにもあった。輪島は視力が弱くてボールがよくみえないから打つことも守ることも投げることもうまくいかないし、力石は集中力がなくていとも簡単にエラーしたり三振したり、ランナーになってもくだらないポカでアウトになった。そのくせすぐにふてくされてしまうので顧問で監督の中川《なかがわ》先生から嫌われていた。中川先生は大学をでたての新任の体育の先生で、ぼくたちのクラス担任だ。ぼくはプレーに弱気の虫がでて極度に緊張してヘマばかりをしてしまう。とくにスローイングがなっちゃいない。

ぼくはサードをやりたかった。サードベースの横に立ち、強烈な打球をとめるのが自分の使命だと思っていた。というのも、ぼくはどんな強い打球でも怖いと思ったことはなかったからだ。だから捕球までは完璧《かんぺき》だった。なんの問題もない。ところがいざファーストへスローイングしようとすると、とたんに弱気の虫がでてしまうのだ。暴投したらどうしようという不安が身体中を縛りつけ、丁寧に投げなければという意識が強くなりすぎて極度に緊張してしまう。瞬間冷凍されたみたいにガチガチになってしまうのだ。そんな状態で速い送球ができるわけがない。トンボがとまりそうな、山なりの超スローボールしか投げることができなかった。だから練習試合でぼくがサードを守るとサードゴロがみんな内野安打になってしまった。なにしろ送球したボールのスピードよりも、打ったバッターが一塁へ走るスピードのほうが速いのだから情けない。

そういうわけで、ぼくたち三人は畑の中が守備位置だった。

その日もいつものように輪島は黙々と球拾いに精をだし、ぼくと力石はぶつくさ愚痴をいいながらやる気なくボールを探していた。

「おい、お前ら、赤ん坊はどうしてできるか知ってるか？」

少しして力石のやつが声をかけてきた。

「なんだ？」

力石がだしぬけにバカなことをいいだすのはいつものことだけど、球拾いの最中になぜそんなことをいいだすのだろう？　ぼくはぼんやりと力石をみやった。

力石はいやらしそうなニヤニヤ笑いをぼくに向けた。「赤ん坊だよ。赤ちゃん」

「そんなのきまってるじゃねえか。結婚したらできるんだよ」

「だから、結婚してなにをどうすればいいのかを知ってんのかってきいてんだよ」

力石は自慢したくてうずうずしている顔をした。

「なんにもしなくていいんだよ。ただ結婚して男と女がいっしょに住めば自然に赤ん坊ができるんだよ。なあ、おっさん」

「ウ、うん。ケ、結婚すれば、ソ、そのうち、シ、シ、自然に、デ、できるんだよ。ソ、そんなことより、ボ、ボールを探せよ」

輪島は興味なさそうにいってぼくたちに背を向けた。

「バッカだなあ、お前ら。本当にそう思ってんのかよ？」力石はせせら笑った。「なんにもわかっちゃいねえんだな。ハナタレガキどもだよ、お前らは」

「お前はなんだってんだ。なんでも知ってるクソジジイか？」

「ヘッペだよ。ヘッペをしなくちゃ子供はできねえんだよ」

力石はニタニタ笑いをしたままいった。

「バーカ。ヘッペなんかしなくても子供はできるんだよ。ヘッペなんていやらしいことしなくても、女は結婚すれば自然と子供ができることになってんだよ」

ぼくは本当にそう思っていた。ヘッペというものが大人の男女間に存在することはもっと子供のころにいつのまにか知っていた。でもそれが子供をつくる行為なのだとは知りもしなかった。ヘッペは大人の男女のいやらしい遊びだとしか思っていなかった。

「バーカ。お前、女の身体の仕組みを知ってんのかよ。それと男の身体の仕組みもだ。知らねえから赤ん坊がどうしてできるかも知らねえんだ」

女の身体の仕組み……ぼくは息をのみこみ、動きがとまり、言葉につまった。そんなことは考えたこともなかった。

「ほらみろ。ヘッペってどうやってやるかも知らねえだろう」

「アホ。知るわけねえだろう。お前はやったことあるっていうのかよ」

「アホ。俺《おれ》はまだ中学二年生だぞ。やったことあるわけねえだろう」

「なら、なんで知ってるんだよ」

「へへへ、実は昨夜《ゆうべ》、姉ちゃんの本棚でみっけたんだよ。『身体の仕組み』っていう本だ。それにくわしく書いてあったんだ。ヘッペのやり方とか、どうして子供ができるかとか。図解入りでだぞ。教えてほしけりゃこっちにこいよ」力石は誇らしげにいうのだった。

「バカヤロ、練習中だぞ。……本当にヘッペしなきゃ子供ができねえのか？」

本当だとしたら事件だ。ぼくたちがこの世にいるってことは、ぼくたちの両親がヘッペをしたということじゃないか？　まさか？　みんなの親父《おやじ》とお袋があんないやらしいことをしたってことじゃないか？

「図解入りで教えてやるって」

「やっぱりお前、子供って結婚すれば自然にできるんじゃねえのか……」

ぼくは口では否定しつつも、ヘッペのやり方や、女の身体の仕組みという言葉に抵抗することはできなかった。しかも図解入りなのだ。ぼくはしゃがんだままの姿勢で力石ににじり寄っていった。

「へへへ、あのな、女の身体ってのは、あそこのところがよ」

力石が人指し指で女性の下腹部を畑の土に書き始めた。

フーハーッ、フーハーッ……。

いきなりぼくの耳元で荒い息づかいがした。びっくりして振り向くと輪島のおっさんの不気味なニヤニヤ顔とぶつかりそうになった。いつのまにかぼくのすぐうしろに顔をのぞかせていた。図解入り、という言葉の魔力にひき寄せられてやってきたのにちがいなかった。

「ライトだライト！」

「おおい、またいったぞ！」

グラウンドから声があがって畑のぼくたちに投げつけられた。

「ふん、またきやがったぜ、バカヤロー」

力石はグラブで頭をまもり、さらに身体を丸めた。ぼくも同じ姿勢をとって畑の中にうずくまった。球拾いをしている最中にボールが飛んできたときはこの姿勢が一番安全なのだ。

「ド、ド、ドッ、どこだ？」

ところが輪島だけはダブダブのユニフォームをはためかせてたちあがり、グラブを構えてうれしそうに歓喜の叫びをあげ始める。

いきなりたちあがってグラウンドを振り向き、飛んでくるボールを空中に探してもそう簡単にみつけられない。たいがいが打球をみつけることができず、ドスンと畑にめりこむ衝撃音をきくだけだった。それなのに輪島ときたらいつも打球をみつけて捕球しようとするのだ。へたくそな輪島はただでさえゴロはおろかフライを捕球することもままならないという腕前なのに、この危険な捕球行為に嬉々として挑むのだ。もちろん一回も成功したためしはない。グラブにかすったこともない。ものすごい近眼の輪島が打球をしっかりと確認することができるのは、ボールが目の前に迫ってきてからのことだ。だから輪島とキャッチボールをするときは緊張する。グラブでなく顔面で受けとめてしまうのだ。バッティングもそうだ。ボールがよくみえない輪島はなんでもかんでもやたらに振りまわす。ワンバウンドも、デッドボールでさえも。そんな輪島がいきなり振り向いて空中を飛んでくる打球をみつけられるわけはない。

「ド、ド、どこだ！　カ、カ、カ、神山ッ、ボ、ボ、ボールはどこだ!?」

輪島のやつは、一キロ四方には響きわたったにちがいないバカでかい声でぼくの名前を叫び、はりきってピョンピョン飛び跳ねた。

「アホ。座れッ」ぼくは輪島のユニフォームをひっぱった。「そんなことしてると、また」

ボールが顔に当たるぞ、といいかけたそのとたん、後頭部に強烈な一撃をくらった。

すべての意識がスローモーションになった。ゆっくりと目の前に迫ってくる畑の泥土。野菜。ぼくは間近に迫る真っ黒な泥土をみすえたまま、飛んできたボールがぼくの後頭部に当たって空高く跳ねあがっただろうと頭の中で思い描いたまま、顔面から畑の中に突っこんだ。

一瞬意識がどこかへいってしまった。

意識がぼんやりと戻ってくると泥の冷たい感触を顔に感じた。笑い声が、男女入り乱れてきこえた。クソッ、ほかの部の女子に笑われてしまったッ。はずかしくて身体が猛烈に熱くなった。

「おーい、バカヤロー、生きてるか？」

力石のやつが笑いながらバカにした声をかけてきた。

グラウンドではなにごともなかったように部員たちがかけ声をはりあげている。

「ア、ア、頭で、ボ、ボールを捕るバカが、イ、イ、いるかよ」

輪島のやつが分厚い眼鏡の奥の小さな目をさらに細めて笑った。

「うるせえッ。お前に笑われたくねえや！」

お前のせいで女子にまで笑われてしまったじゃねえか！　クソッ。もとはといえば輪島のせいだ。そう思ったら猛烈に腹がたってきた。ぼくは泥だらけの顔を手でこすりながらたちあがった。頭にきて輪島の胸ぐらにつかみかかった。「このアホ！　お前がバカなことをするからだッ」

「こらあッ、お前らなに遊んでんだ！　真面目《まじめ》に球拾いやれえ！」

いきなり怒鳴り声がして振り向くと、副キャプテンだった三年生の工藤《くどう》が学生服のまま偉そうににらみつけていた。工藤は中川先生がグラウンドにいないときをみはからって現れる。思う存分威張り散らせるからだ。

なんだよ、バカヤロー……。力石がきこえないようにつぶやいた。

「なんかいったか力石イ！」

「球拾いしてただけっすよ」

力石はふてくされて答えた。

「うそつくなアッ。さっきから話ばっかりしてたじゃねえか！　どうなんだ神山ア！」

「いや、どこにもないから、どっちにいったんだろうって話してただけすよ……」

ぼくは力石に調子をあわせた。

「ホ、ホ、ホ……本当に、タ、タ……、タ、球、ヒ、ヒ、……」

「気合いが入ってないから球をみつけられねえんだッ」

輪島が全部いい終わらないうちに、三年の工藤はいらついた声をあげた。「やる気がねえからだッ。そんなに球拾いがいやなら畑にいなくていいッ。グラウンドにいろッ。ホームベースのほうにこいッ」

「バッ、バッ、バッティング練習すか？」輪島がうれしそうにいう。

アホ、そんなわけねえだろう……。ぼくと力石は顔をしかめて目配せした。

いやな予感はあたった。ぼくたちはバックネット横にひっぱっていかれ、正座させられた。しかも両膝《りょうひざ》のうしろにバットをはさんでだ。初めてのことだった。工藤はどこかでこの拷《ごう》問《もん》をみたのだ。さっそくそれをぼくたちにも試してみたかったのだ。だから難癖をつけてきたのだ。ふくらはぎと膝がめちゃくちゃに痛い。死ぬほど痛い。あまりの激痛に気絶しそうだった。ザ・デストロイヤーの4の字固めをかけられたときと同じぐらい痛い。悲鳴をあげてしまった。涙もでた。

ぼくたちは足の激痛を和らげようと自然に上体が前かがみになる。するとちゃんと正座しろと頭をぶたれる。がまんして真っ直ぐ座りなおす。痛いからまた自然に前かがみになる。またぶたれる。

三年の工藤はその間ずっと説教しつづけた。くだらない説教で、気合いが入っていない！と、壊れたレコードみたいに同じことのくり返しだった。低次元なやつほど長々と説教したがる。これみよがしにぼくたち三人を痛めつけ、説教するのは、グラウンド脇《わき》を下校する生徒や、グラウンドにいる生徒たちに自分を偉そうにみせつけるためにだけやっているのだ。

バッティング練習が終わりそうになって、キャッチャーの東井《ひがしい》が少し青い顔をしてぼくたちのところにやってきた。

「先輩、もういいじゃないすか。こいつらずっと球拾いやってくれてたんだから、練習する番すよ」

「なにい？」

三年の工藤は汚い歯を剝《む》きだして東井をにらみあげた。東井は工藤よりも背が高い。「こらあ、俺のやることに文句つけようってのか？」

「そんな気はないっすよ。こいつらの練習の番だっていってるだけっすよ」

「やかましいッ。こいつらは練習なしだ。球拾いサボった罰だッ」

「そうすか。じゃあ責任持ってくださいよ。先生がくるまで先輩もいて、こいつらを痛めつけた理由をしゃべってくださいよ」

東井はちっともおどおどしたところがなかった。

「なにい、こらあ、生意気いうんじゃねえ！　お前も正座しろッ、たてついた罰だ！」

「そうすか」東井はさっさと正座した。「バットをはさむんすか？」ものすごい目つきでにらみあげた。

工藤は東井の迫力にたじろいでしまった。

「お前は……」といったきり言葉につかえ、それから、「いやいいッ。だまって正座してろ！」と命じた。

東井が正座してすぐ、何人かの女子の笑い声がきこえてきた。下校する女子の集団が目に入った。音楽部の女子たちだった。立ちどまってぼくたちのほうをみて笑っている。杉本夏子《すぎもとなつこ》もいた。彼女は笑っていなかった。鞄《かばん》を両手に持って、すっくと立ってじっとぼくたちのほうをみている。まずいッ。身体中がカッと燃えあがった。

杉本夏子は杉本内科病院の娘で、色白で長い黒髪のものすごい美人だ。勉強もできた。試験では全科目を通じて常に学年のトップスリーからおちたことはない。彼女はピアノも上手に弾いた。小学校に入る前からピアノのレッスンを受けていて、ときどき音楽の授業で小《こ》林《ばやし》則子《のりこ》先生に代わってピアノの伴奏をしたりした。足が速く、リレーの学校代表選手の一人でもあった。走る姿がスマートですばらしくかっこよかった。美人で、学業、スポーツ、音楽となんにでも優れ、しかもスラリと背が高くてスタイルもよく、かといって偉そうな態度をみせることはなく、意地悪でもなく、すてきな笑顔を持っていた。先生たちも一目おいているような雰囲気があったし、学校中のマドンナだった。男子が彼女と話をするときにはみんな顔が真っ赤になる。劣等生のぼくには、彼女はまぶしすぎる存在だった。話をしたことなどただの一度もない。いつもちらちらと盗みみるようにながめているだけだった。

「こらアッ、ちゃんと正座しろオ！　泣くなアア！」

ぼくの頭を工藤がぶった。さっきよりも威勢がよかった。女子たちが、とくに杉本夏子がみていることに気づいたからだ。

クソッ、五分《ごぶ》の魂だッ。ぼくは胸をはって姿勢を正した。苦しかったけど、見栄《みえ》をはった。情けない姿を憧《あこが》れの杉本夏子にさらすわけにはいかない。拷問をうけていてもかっこいい姿をみせなければッ。

「いこう、いこう！」

「杉本さん、いこう！」

キャハハハ……女子たちの笑い声が遠ざかった。振り向くと、杉本夏子と女子たちが校門をでていくところだった。

ほっとした。もうどうなってもよかった。ぼくは思いきりぶん殴られてもいいやと覚悟をきめて前のめりに上体を倒し、両腕で身体を支えた。苦痛が和らいでものすごく楽になった。てっきりぶん殴られると思ったら、

「よしッ、もういい。いいか、真面目に練習しろッ。サボんじゃねえぞ！」

工藤はそういうとさっさと下校した。中川先生がそろそろやってきそうだと思ったのだ。練習が終わるころになると中川先生がやってきて訓示をたれる。工藤はその前にいつもとんずらをしてしまう。

思ったとおりだった。工藤が去ってすぐに中川先生がやってきた。東井は立ちあがって練習に戻ったけどぼくたちは立ちあがれなかった。足が痛くて立てないのだ。しびれてもいた。膝を立てて両手をついたままの姿勢で痛みとしびれがとれるのをじっと待たなければならなかった。

中川先生が不思議そうにぼくたちをみた。桜田《さくらだ》のやつが中川先生に事のなりゆきを話した。中川先生はフフン、と鼻で笑っただけだった。それからぼくたち三人をのぞいて全員をマウンドに集めて訓示をたれた。中川先生は訓示が終わると、

「おい、お前ら、明日から真面目に球拾いするんだぞ」

とぼくたち三人に気のない声をかけて下校してしまった。

同級生の野球部員たちが立ちあがれないぼくたちをからかい、笑って帰っていった。工藤に文句をいった東井までが、

「アホ！　お前らのおかげで俺まで正座させられてしまったじゃねえか。防風林の首吊《くびつ》り自

殺の幽霊がでてくんまでそうやってろッ」

と捨てゼリフを投げつけて帰っていった。

力石は、ウッセー！　バカヤロー！　と吠《ほ》え、輪島は吠えることはしなかったけれど、帰っていく同級生たちをみあげてだまってにらみつけた。ぼくは涙をこらえるのに必死で、吠えることもにらみつけることもできなかった。

一年生たちがグラウンド整備をして帰り、他の運動部もみんなひきあげて、グラウンドにはぼくたち三人だけが残った。ぼくたちはグラウンドに座りこんでしびれた痛い足をさすった。赤い太陽がずっと遠くの八甲田山《はっこうださん》に隠れ、空が夜のカーテンをひき始めていた。それでもグラウンドはまだ明るかった。

「でよ、力石、ヘッペのことだけどよ、あれ本当か？」

ぼくはおずおずときいた。気になって仕方がなかった。

力石は空に残っていたうす明かりをたよりに小石でグラウンドに人体図を描き始めた。女の身体の仕組み、男の身体の仕組み、子供ができる仕組みを描いてべらべらとしゃべりまくった。ぼくと輪島は魔法をかけられたみたいに口を開くことができなかった。なにもいいださず、ときどきツバを飲みこむだけで、力石の魔法の呪文《じゅもん》のような言葉にじっと耳を傾けた。嘘《うそ》みたいな話だった。だけど完璧で納得させられる説明だったので、ぼくと輪島が疑問をはさむ余地はどこにもなかった。クラスの女子がポツリ、ポツリと学校を休むわけも納得したし、ときどき田んぼの水路にひっかかっているコンドームは、子供ができないようにするためにあるということも納得した。

「だからよ、女は月経がくれれば大人になったということで、男は精液がでるようになれば大人になったということなんだ。つまりだ、男も女も子供をつくれる身体になればもう大人になったということだぜ」

力石は自信満々、得意気な笑いをつくった。

「精液って、いつでるようになるんだ？」

ぼくは咳払《せきばら》いをしてからきいた。のどがカラカラだった。精液という言葉がひどくいやらしくてこそばゆい感じだった。

「そりゃあ、ヘッペをしてみなければわからねえんじゃねえか？」

ぼくはなるほどそういうものかと納得した。と同時に軽いショックを受けた。同級生の同じ補欠の力石に男と女の性について教えられてしまったということがくやしかった。癪《しゃく》で仕方がなかったけど、ともかくぼくは、人間の子供は犬や猫や馬と同じように男と女がヘッペをしてつくらなければならない、という衝撃的な事実を初めて知った。

学校から帰ると風呂焚《ふろた》きをした。その日はぼくの当番だった。風呂焚きが嫌だと思ったことはない。むしろ好きなくらいだ。父がノコギリと斧《おの》で作っておいた薪《まき》を、ぼくはさらにナタで小さく割って焚きつけた。父の作った太い薪をそのままくべたほうが火持ちがいいのはわかっていたけど、薪をナタで割ったり、一定の火力を保つために気を配って小まめに薪を入れこむ作業が好きだった。なにも考えないで薪を割ったり燃える薪をみつめているのもいい気持ちだし、あれこれと頭に浮かんできたことをぼんやりと考えるのも好きだ。

風呂釜《がま》に薪をくべながら、力石がいったヘッペと赤ん坊のことをぼんやりと考えていると、ふと、小学生のときに父に鼻血がでるまでひっぱたかれたことを思いだした。ヘッペ、という言葉が思いおこさせたのだ。

六年生のときだった。普段は絶対にそんなことはなかったけど、眠っていたぼくは夜中にふと目がさめてしまった。襖《ふすま》をとおして話し声がきこえた。父と祖父と祖母がなにやら話していた。

「ま、子供たちがどう思うかだな……」

祖父の声がぼんやりと耳に入ってきた。

「あんたの気持ちもわからんでもないけど、すぐにどうこうするのは、子供たちのためにもう少し待ってやったらどうかねえ。子供たちはやっと落ちついてきたところだし、いまいきなりいってみても、気持ちの整理がつかないんじゃないだろうかねえ」

祖母は低い声でとまどったようなものいいだった。

「だから、すぐにどうこうするってことじゃないんだ。俺一人じゃ子供たちには目がとどかないし、お袋にいつまでも子供たちの面倒をみてもらうわけにもいかないだろう」

父がいった。

「その人は、お前に子供が二人いて、それでも後添《のちぞ》えにきてもいいっていうのか？」

祖父がきいた。

「ああ。子供たちのことはいってある。彼女はそれでもいいっていってくれたんだ」

「わたしはねえ、ちよ子さんが死んでまだ二年だし、もう少し待ってからのほうがいいと思うんだけどねえ。世間体もねえ……」

「だからいますぐということじゃないんだ。いずれ折りをみて子供たちには話す」

後添え、という言葉が耳についてはなれなかった。その言葉がどういう意味かははっきりとはわからなかったけど、なんとなく新しい母になってくれる人のことなのではないかと思った。三人の会話はつづいていたけれど、ぼくはまた眠ってしまった。

翌朝目がさめて最初に思ったことは、母の代わりの人なんかいらないということだった。ぼくの母は死んだ母だけで、ほかの誰をも母とは思いたくなかった。朝食のときにそのことをいわれたらどうしようとドキドキしたけど、誰もなにもいわなかったのでほっとした。それから父が夕食までに帰らなかったときは、きっとその女の人のところにいっているんだと思い始めた。そう思い始めると、母が入院していたときにも父が夕食までに帰らなかった日は、その女の人のところにいっていたのではないかと苦々しく思えてきた。あんなにやさしい母だったのに父は別の女の人を好きになったんだ、母がかわいそうだと母への思いが胸にこみあげた。父のことをおもしろく思わなかった。悲しくて無性に腹がたった。ぼくは父と仲が悪くはなかったけど、そのとき以来父をさけるようになり、あまり言葉を交わさなくなった。

父がその女の人のことを初めてぼくにいったとき、ぼくは風呂場で風呂焚きをしていた。桜が散り始めたあたたかい春の夕方だった。日曜日で、父は畑仕事の帰りだった。畑がいそがしい時期の週末は父が祖父母を手伝って畑仕事をした。父はぼくの目の届くところで耕耘《こううん》機《き》を洗っていた。ぼくは父のほうをみようともしなかった。耕耘機を洗い終えた父はぼくの隣にやってきてしゃがみこんだ。

「久志《ひさし》、つぎの日曜日、伸二《しんじ》といっしょにバスで浅虫《あさむし》の遊園地にいこう」と父はきりだした。

「女の人もいっしょだ。楽しい旅行になるぞ」

ぼくはピンときた。後添え、という言葉がすぐに思いだされた。父のいう女の人というのは新しい母になる人のことにちがいない。

「いかない……」ぼくは立て膝の中に顔をうずめた。

「うん？　なんでだ？　伸二はいきたいっていってたぞ」

ぼくは顔をうずめたまま頭を振った。

「お前の好きな水族館にだっていけるじゃないか。ああ、女の人がいっしょにいくんではずかしいのか？　大丈夫だ。やさしい人だ。みんなの弁当をつくってきてくれるんだ。いくだろう？」

ぼくはだまって頭を振りつづけた。

父はなんとかぼくを誘おうと言葉をつづけた。それでもぼくはがんこに頭を振りつづけた。頭を振るほどに母への思いがこみあげてきて胸をいっぱいにした。すっぱいものがあふれだしてぼくはしゃくりあげ始めてしまった。ぼくが泣き始めると、父はしだいにいらついた調子の声に変わった。しまいにはとうとう父は怒りだしてしまった。ぼくのことをわがままだと怒って、勝手にしろといいすてて立ち去ろうとした。

つぎの瞬間、ぼくは父を振り向いていい放った。

「その女の人とヘッペしたんだろうッ」

ぼくはめちゃくちゃに腹がたっていた。父を非難する言葉としてでてしまったのだった。ヘッペは大人のいやらしい不真面目な遊びだという思いしかなかった。とにかく父が母以外の女の人と仲良くしているということが許せなかった。やさしかった母に対する侮辱だと思った。

涙に滲《にじ》む視界に、カッと目をみひらいた鬼のような顔をした父が大きく迫ってきた。ぶたれるだろうと覚悟した。ぼくは逃げなかった。逃げることはぼくの心の中にいる母をまもってやれないことだった。父が手を振りおろし、目の前で光りがはじけた。紫がかった光りで、そのまわりを白や黄色や赤い光りが飛び散っていった。ぼくは吹っ飛んで地べたに転がった。頭がガンガン鳴って、すっぱいものがわきあがった。鼻の奥に気持ちの悪い生あたたかいものがじんわりと広がった。

父の怒りはすさまじかった。ものすごい力でぼくの胸ぐらをつかんで立たせると、怒りにまかせた遠慮のない平手打ちをぼくにくらわせた。ぼくはそれまで父にぶたれたことがなかった。生まれて初めて父にぶたれた。ものすごい衝撃に顔がバラバラにこわれそうだった。ぼくは抵抗しなかった。腕をあげて顔をまもることもしなかった。父をにらみつけていた。そうすることがぼくの戦いだと思った。力でやりあえば負ける。ぼくの勝利は父がぶつのをやめるまでにらみつけていることだった。勝たなければならなかった。ぼくの心の中の母をまもらなければならないのだ。

父がなにかを怒鳴りながらぼくをぶった。またぶった。ぼくは父をにらみつけていた。ぼくの胸ぐらをつかんでいる父の太い腕や、ぶっている手が真っ赤になっているのに気づいた。

鼻の中で生あたたかい血のにおいがした。唇をなめてみるとぬるぬるする。右手で鼻と口をぬぐった。真っ赤だった。父はぼくの鼻血の返り血をあびていたのだった。ぼくにとって血は恐怖そのものだった。それは死体や幽霊やお化けと同列に並ぶ最悪の恐怖で、いつ、どんな場合においても無条件に恐怖を感じた。血をみたとたん、かたい意志ががらがらと音を立てて崩れていった。とたんに弱気の虫がでて麻痺《まひ》していた皮膚感覚がめざめてしまった。顔が破裂しそうに痛かった。あまりの痛さにぼくは腕をあげて顔をまもってしまった。暴力に屈伏して負けを認めてしまったのだ。

「助けて……」

ぼくは泣きながらつぶやいてしまった。父にいったのではない。心の中の母に助けを求めていた。

それでも父はぼくを振りまわしながらまたぶった。

「助けて……、母ちゃん……、助けて……」

ぼくは声をもらしつづけていた。父はそれでもぶつのをやめなかった。

「母ちゃん！　母ちゃん！　母ちゃん！」

とうとうぼくは泣き叫んでしまった。胸がはり裂けそうなくらいの悲鳴をあげて母を呼びつづけていた。あまりの悲鳴のすさまじさに父はたじろいでしまったようだった。ぶつのをやめ、ぼくを地べたに叩《たた》きつけていってしまった。

その夜ぼくはずっと泣きつづけた。父のことがくやしくて泣いたのではない。ぼくがぼくの戦いに負けたこと、心の中の母のためのぼくの戦いに負けたことがくやしかった。母をまもってやることができなかった自分が情けなくて泣いた。それどころか、まもってやるべき母に逆に助けを求めてしまった弱虫の自分が情けなくて泣いた。

父はあのとき以来、ぼくに対して女の人のことはひとこともいわなくなった。あのことからすぐに、父が家で夕食を食べるのは一週間に一度ぐらいになってしまった。仕事がいそがしくなったのでしようがないのだと祖母がぼくと弟を慰めたけど、ぼくには女の人のところにいっているとしか思えなかった。祖父が死んでからも父は一週間に一度ぐらいしか家で夕食を食べなかった。父が食卓に加わると、祖母と弟は父と笑って話をしたけれど、父とぼくは話をしなかった。たまに父がぼくを怒鳴り散らすことはあっても、話しかけるということはなかった。ぼくのほうから話しかけることもしなかった。

ヘッペ、という言葉でそのことを思いだしながらぼくは風呂焚きをしていた。父に対して、ヘッペしたんだろう！　だなんて、最低のひどいことをいったものだと胸に苦いものがわきあがった。風呂がわいて、ぼくは釜の焚口《たきぐち》にフタをした。小さな空気取りの穴があいている鉄のフタで、これをしておけば風でオキが飛ぶこともない。

夕食は祖母と弟の三人で食卓をかこんだ。弟は父がいないのをさみしがったけど、ぼくは父に対してずっと苦々しい思いを抱いていたので、さみしいという気持ちはなかった。でも女の人のところにいっていると思うといい気分はしない。

夕食をすませて風呂に入り、大好きなテレビを振り向きもせずに自室にこもった。

ぼくの部屋は四畳半で、祖父が、中学生になったのだからと物置にしていた部屋を片づけて勉強部屋をプレゼントしてくれた。祖父はそれから三日後に死んだ。脳卒中だった。せっかく勉強部屋をもらったというのに勉強するのはテストの前の夜だけで、ほかの日は勉強なんかしたことがない。ラジオをきいて眠るだけの部屋だった。机と小さな本棚と、長島茂雄《ながしましげお》のポスター。たたんだ布団。トランジスタラジオ。部屋にあるのはそれだけだ。外では秋の虫がしっとりとした声で鳴きつづけていて、窓を閉めきっていてもうるさかった。

ぼくは机に座って辞書を開いた。ヘッペのことを英語でセックス、日本語で性交というんだぜ、と力石がいっていたことを確かめるためだ。

性交——男女が性器を交える行為。交接。交合。とあった。なんだかいやらしい感じがしてモヤモヤした気分になった。交接をひいてみた。性交。交合。房事。とあった。最後のやつはなんて読むのかわからない。最初の字を画数で調べると、ふさ、ぼう、とでていた。ふさじ、で調べた。そんな言葉はなかった。ふさごと、もなかった。ぼうじ、で調べてみると、あった。寝室の中のこと。ねやごと。性交。交接。ねやごと、ってなんだ？　ねや－ごと、とでていた。男女の交合。房事。つまりセックスのことだ。日本語には同じことをいう言葉がいくつもある、ということを知った。

キスや性、性器、性のところにでていた性欲、性欲のところにでていた肉欲、欲望、をひいてみた。キス、くちづけ、接吻《せっぷん》、セックスや性に関する思いつく限りの言葉を次々にひいてみた。初めて知る言葉がいっぱいあった。同じことをいっている言葉なのに、ちがう言葉で表現すると微妙に感じ方がちがう。大発見だ。たいした進歩だ。

杉本夏子も性交するのだろうか？　どう考えても杉本夏子が性交するなんて考えられない。だいいちあんな美人がウンコをするのも考えられない。杉本夏子が誰かとくちづけをする姿は、まあ想像できるけど、まだ中学生の杉本夏子が大人になって誰かとヘッペをするなんて考えられない……。

小林先生はどうだろう？

小林先生は大学をでたての新任の音楽教師で、毎日洗いたての真っ白いブラウスを着てきた。はにかみ屋の先生で、授業で話すときもはずかしそうに笑い、頰《ほお》がほんのりと赤く染まった。真っ白いブラウスは形のいい乳房に突きあげられて大きく膨らみ、ウエストをピッチリと締めるスカートは大人の腰の丸い曲線を完璧に描きだしていた。小林先生が歩くと、丸いお尻《しり》の線がなんともいえない動き方をして、スカートがこすれキュッキュッと耳をくすぐる音がした。すれちがうといい匂《にお》いがした。小林先生をみていると、同級生の女子たちには感じない、なにか身体の真ん中からムクムクとわきおこる熱っぽい感情をいつも抑えきれなくてドキドキする。

小林先生は大人だ。いますぐ結婚して性交してもおかしくはない。だけど、あのはにかみ屋の小林先生は、いやらしい性交なんかきっとはずかしくてできないと思う。はずかしくて死んでしまうはずだ。いや待てよ……。いやらしくない性交というものがあるかもしれない。それがどういう性交かはわからないけど、きっと性交っていやらしいものだけじゃなくて、真面目なやつもあるんじゃないか？　だってそうじゃなければ、小林先生や杉本夏子ややさしかった母が性交なんてするはずがないじゃないか。きっとそうにきまってる。だけど、性交は性交だ。やることは同じのはずだ。だったらいやらしいも真面目もないんじゃないか？だけど、小林先生や杉本夏子や死んだ母がいやらしい性交をするだろうか？　いやいや、やっぱりいやらしい性交と真面目な性交がある。だけど、やることはいっしょだ。やることはいっしょなのに、いやらしいも真面目もないんじゃないか?

もやもやとしながら安物のトランジスタラジオを抱えて布団にもぐりこんだ。すっぽりと頭まで布団をかぶり、トランジスタラジオのアンテナを伸ばしてスイッチを入れた。ダイヤルはずっと三沢《みさわ》基地のアメリカ軍放送にあわせっぱなしにしてある。英語の歌をきくためだ。英語の歌が好きだということじゃない。英語の歌を進んできく自分がなんとなく大人の世界に一歩ずつ近づいている、という気分になれるからだ。知っている歌手はフランク・シナトラと、エルビス・プレスリーだけだった。フランク・シナトラもエルビス・プレスリーもそのほかの曲も、なんだかお経をきいているみたいで好きにはなれない。ピンとくるものがないのだ。それでもときどき、なんという歌かはわからなかったけど、心のドアを軽くノックするような、少しだけ新鮮な感覚の歌にであったりして、だんだんとアメリカ軍放送をきくことがおもしろくなりかけていた。

布団に入ると、アメリカ軍放送が子守歌となってすぐに意識がもうろうとした。工藤のやつに拷問を受けてクタクタになったせいだ。はっとして意識が戻り、トランジスタラジオのスイッチを切ろうとした。ときどきラジオをつけっぱなしにして途中で寝入ってしまい、神経質な祖母から夜中にラジオがきこえて眠れないと文句をいわれていた。

低くよくとおる声のディスクジョッキーが、活気を帯びた調子でなにかいい、すぐにハーモニカの短い前奏につづいて、明るく繊細そうな若者のにぎやかな歌声がきこえてきた。次の瞬間、ぼくはものすごい衝撃に見舞われた。そいつは途方もないエネルギーを持った落雷のようにぼくを直撃した。ぼくのすべてのドアを勢いよく押し開けてドカドカと入りこみ、もうろうとした頭の中に雷鳴を轟《とどろ》かせた。半ば眠っているぼくを叩きおこし、頭も心も身体も、手足の先、髪の毛の先端までもしびれさせて激しく感電させ始めた。

それまでにきいたどの曲ともちがう感じの曲だった。まったく新しい音楽だった。その歌声は単純で軽快なエレキサウンドをトランポリン代わりにして、その上を勝手きままに自由に飛び跳ねて踊っているようだった。

こいつは……！

ぼくは一瞬のうちに心を奪われてしまった。息をするのも忘れてトランジスタラジオに耳を近づけた。眠けが一気に吹き飛んだ。トランジスタラジオを鷲《わし》づかみにしてボリュームをあげた。曲も演奏も歌声も、なにもかもが新鮮でピカピカに輝いていた。小さなスピーカーから飛びだす音が、まぶしく光ってみえるようだった。英語なのでなにを歌っているのかはわからないけど、そんなことはどうでもよかった。新しい感覚の楽しくおぼえやすいメロディーと気どらない歌い方。ぼくはその曲に心も身体もむんずとつかまれて激しくゆさぶられた。

こいつはいいぞ！

ぼくは心の中で叫んだ。身体のすみずみから歓喜と興奮がわきあがった。

♪カモンカモン、カモンカモン、カモンカモン、カモンカモン！　プリーズ・プリーズ・ミー・オー・イエ……。

盛りあがっていく歌にあわせて、身体が勝手に動きだしていた。

「すげえ……！」

　声をださずにはいられなかった。皮膚が縮みあがってひきつるのをおぼえた。腕に鳥肌が立っていた。

　ビートルズ！　プリーズ・プリーズ・ミー！

　曲が終わると、ディスクジョッキーは絶叫した。その歌はまるで呪《のろ》いをとく呪文のようだった。ぼくをがんじがらめに縛っていたみえない太いロープが、その歌をきいたとたんにかき消えたような気分になった。とにかくじっとなんかしていられない曲にであったのは初めてだった。

　こんなにすごい曲なのだからきっと日本の放送局でも流すにちがいない、ぼくはすぐにダイヤルをまわして東京の放送局に変えた。雑音がひどくてよくききとれなかった。東京の放送局の電波は出力が弱くて、東京から北に遠く離れた十和田市では空気が澄んだ深夜にならないと電波をうまくキャッチすることができない。電波をつかまえることができたとしても、その日によってははっきりきこえたりよくきこえなかったりした。気象の関係なのだろう、外国語やら地方の放送局の電波が入り乱れたり、音がきれいになったりくぐもったり、大きなブランコにゆられるように遠くなったり近くなったりしてきこえた。うっとうしかったけど、東京との距離感が実感できてそれはそれでぼくは好きだった。

　東京の放送局はあきらめて青森の地方局の電波にあわせたけれど、ビートルズはおろか英語の歌はひとつも流れなかった。流れてくるのは橋幸夫《はしゆきお》であったり、クレージー・キャッツであったり、ザ・ピーナッツや美空《みそら》ひばりだった。あきらめて三沢基地のアメリカ軍放送にチャンネルを戻すと、また同じ曲が流れていた。ディスクジョッキーのお気に入りって感じだった。何曲かはさんでまたその曲がラジオから飛びだした。きくたびに興奮した。興奮はうすれるどころか大きくなっていく。その曲は《プリーズ・プリーズ・ミー》、演奏しているのは《ビートルズ》というグループだろうと当たりをつけることができた。はっきりしないのは、ディスクジョッキーの英語がなにをいっているのかわからなかったからだ。ぼくの英語理解力ではわかるわけはない。

深夜になってやっと東京の放送局の電波がきれいに届くようになった。音楽番組を探してダイヤルをまわしつづけたけど、どこの放送局も《プリーズ・プリーズ・ミー》はただの一回も流さなかった。またアメリカ軍放送に戻した。うれしいことに何度も《プリーズ・ミー》が流れた。

その夜ぼくは興奮してラジオにかじりついた。《プリーズ・プリーズ・ミー》をききたかったし、英語の歌詞はちゃんとおぼえられないまでもメロディーだけはおぼえてしまいたいという強い欲求を抑えつけられなかった。何度も《プリーズ・プリーズ・ミー》をきいているうちに、ぼくの心にある感情が芽生えた。なんだか、《プリーズ・プリーズ・ミー》がぼくに語りかけているように思えてきたのだ。それはきくほどに確かなものとなっていった。

ぼくの英語力ではどんなことを歌っているのかわかるはずもなかったけど、《プリーズ・プリーズ・ミー》はぼくにこういっているように思えた。

♪大人のやり方を真似《まね》することなんかないぜ！　ぼくたちのやり方でやろうぜ！　自分は誰でもない、自分なんだ。自分を信じろよ！　飾りを捨てようぜ。ありのままの自分でなにがいけないんだ？　少しだけ勇気をだしてみろよ。思ったとおりやってみようぜ。ぼくはぼくの好きなことをやる。君は君の好きなことをやれよ！

どういうわけか、ぼくにはそう語りかけているようにきこえた。まるでぼくへの応援歌みたいにきこえ始めたのだ。そんなふうに思えた歌は初めてだった。

翌朝、浅い眠りからさめたとき、きのうまでとは確実にちがう自分になったみたいな気がした。《プリーズ・プリーズ・ミー》のメロディーをひとりでに口ずさんでいた。ほとんど眠っていないというのに、気分がよくて心が軽くなったような気がしたし、目の前の世界が変わってみえた。なにもかもが待ちどおしかった。顔を洗って食事をするのも、学校へいくことも、杉本夏子やクラスのみんなとあうことも、球拾いばっかりの野球部の練習も、不思議なことにあんなに退屈だった授業時間さえもだ。

通学路もいつもとちがって輝いてみえた。級友たちと朝の挨拶《あいさつ》をかわすこともうれしく思えた。そんな気分になったのは初めてのことだった。

ぼくははりきっていた。教室でさっそく力石と輪島をつかまえた。

「オス！　ゆうべアメリカ軍放送きいたか？」

「バッカヤロー、アホ工藤の拷問のせいでくたびれはてて眠っちまったぜ」

力石は思いだすのもいやだというように苦々しく顔をゆがめた。

「大発見だ。すげえ曲を発見したぞ。ビートルズっていうのが歌っているんだ。《お願い・お願い・わたし》って曲だ」

「ナ、ナ、なんだ、ソ、それ？　イ、イ、意味になって、ネ、ねえじゃねえか」

輪島は気のない声でいった。

「バーカ、日本語に訳せばそうなるんだよ。《プリーズ・プリーズ・ミー》って曲だった」

ぼくは自慢して力石と輪島を交互にみた。

「なにが訳せばだ、バカヤロー。お前、ジス・イズ・ア・ペンしか訳せねえじゃねえかよ」

力石はフフンと軽くいなした。

残念ながらそれは認めざるをえない。つけ加えると、国語も数学も社会も理科も苦手だ。好きなのは体育と美術と音楽と技術家庭だけ。勉強嫌いタイプの見本品だ。

「ド、ド、どうせ、タ、タ、たいした曲じゃ、ネ、ねえだろう」

輪島は鼻もひっかけない態度だ。

「バーカ。すげえ曲だぜ。お前ら今夜アメリカ軍放送きいてみろよ。ぶったまげるぞ。日本の放送局はどこも流してなかった。ということは新曲ってことだ。まだ誰も知らねえ曲だ。新発見だぞ」

「ふん、どんな曲か歌ってみろよ、バッカヤロー」

「……ヨシッ。こんな曲だ。歌詞はでたらめだけどな」

ぼくは度胸をきめて歌い始めた。少しためらったぶんだけ耳が熱くなるのを感じた。たぶん顔も真っ赤だったと思う。心臓がドキドキしたけれど、大きく息を吸いこんでドキドキを抑えつけてから歌いだした。しかも大声で。照れ屋でひっこみ思案のぼくにしては画期的なことだ。

♪ラースタアナーセイトウマートウーマーイガール！

それからエレキギターの口真似でジャジャジャジャジャジャ！　と演奏をやってつづけた。

一瞬教室がシンとなった。ぼくの歌に感動したのでも、歌った曲に心をひきつけられたのでもない。ぼくがいきなり大声で歌いだしたのでびっくりしてしまっただけなのだ。

♪アーノーユーネーバーイーブントラーイガール！　ジャジャジャジャジャ！

みんなが笑いだした。不思議なことに笑われてもぼくはなんとも思わなかった。いざ度胸をきめて歌い始めるとちっともはずかしくなかった。耳や顔のほてりもおさまっていた。人前で一人で歌って照れくさくなかったのは初めてのことだ。そんなことより《お願い・お願い・わたし》をみんなにきかせたいという思いをどうしても抑えることができなかった。

♪カモンカモン、カモンカモン、カモンカモン、カモンカモン！　プリズプリーズミーオーイエーライイップリズユー！

なに歌ってんだこのバカ！　ヘタクソ！　教室のあちこちから罵声《ばせい》が飛んだ。こういうときのきまり文句で昔からの冷やかしのセリフ、味噌《みそ》が腐る！　という女子の声もした。声の主は阿部貞子《あべさだこ》。男子の間ではでしゃばり貞子でとおっている。

♪……オーイエー、ライップリズユーオーイエー、ライップリズユー！

ぼくは教室のみんなの冷やかしや罵声、バカにした笑いを気にしないで最後まで歌いあげた。実際、ぼくの歌はかなりヘタクソだったと思う。きれいに歌うという、それまでの歌うことの美的基準をぼくははなから無視して歌っていた。英語もでたらめだった。ぼくは声を絞りだし、叫び、身体を動かし、感情をあけっぴろげにして思いきり歌いあげた。《お願い・お願い・わたし》は上手に歌うとかきれいに歌うとかは関係ない歌のように思えたからだ。君の好きなように歌ってくれ！　とビートルズがぼくにいっていた。

歌っている途中で、斉藤多恵《さいとうたえ》がぼくの歌をききながら身体でリズムをきざんでいるのが目に入った。彼女は笑っていた。でもそれはバカにしている笑いではなかった。楽しそうだった。長めのおかっぱ髪に隠れてよくみえなかったけど、彼女の目はキラキラと光っていた。

杉本夏子の反応はどうだろう……。ぼくは彼女の席のほうにちらちらと目を向けながら歌った。誰かの陰になってみえなかった。残念。

ぼくが歌い終わると教室の中は歓声で満ちた。感動したわけではない。力石と輪島は腹をかかえて笑っていたし、歓声は冷やかしとバカにした笑いだった。ところが次の瞬間、およそ考えられないことがおこった。斉藤多恵がゆっくりとぼくのほうに向かって歩いてきたのだ。彼女は瞳《ひとみ》を輝かせてやってきた。

「いまの歌、なんという歌なの？　わたし、とってもいい曲だと思う。もう一回歌って？」

きれいな標準語だった。

教室中が水を打ったようにシンと静まりかえった。

斉藤多恵が面と向かって誰かに話しかけたのは初めてのことだった。ぼくたちは斉藤多恵のことを、音痴で、歌うことはもちろん、きくことも含めて音楽の素養がないと思っていたので、彼女の言葉にびっくりしてしまった。

斉藤多恵は一年生の冬の初めに埼玉から茶太郎婆《ちゃたろうばあ》ちゃんの家に一人でやってきた。茶太郎婆ちゃんの家は、学校のグラウンドから西側に一〇〇メートルほど離れた畑の真ん中に一軒だけポツンとあった。窓がひとつだけの小さい粗末な家だった。茶太郎婆ちゃんというのは本当の名前ではない。飼っていた猫が茶太郎という名前で、いつも婆ちゃんの家のほうから、茶太郎おおおおウウウ、と猫を呼ぶ婆ちゃんの震え声が風にのってうす気味悪く漂ってきたので、先輩たちが茶太郎婆ちゃんと呼ぶようになった。ぼくたちが中学生になったときは茶太郎婆ちゃんが猫を呼ぶ声はきこえなかった。茶太郎は死んでしまったにちがいない。斉藤多恵はなにかの事情があって家族と別れて一人だけでやってきたらしかった。なんの事情かはわからなかった。

　不思議な女子だった。ほとんどしゃべらないのだ。転校したてのころは同級生の女子たちがなにかにつけて話しかけていたけど、斉藤多恵が自分から話しかけようとしないので、しまいには誰も話しかけることはなくなってしまった。顔に大きな傷があり、それは口から左の耳に向かって頬をひっぱりあげるように線をひいていた。顔のほとんどを長めのおかっぱ髪で隠していた。傷をみられたくなかったのだ。

　男子たちも彼女には近づかなかった。からかったりいじめたりするやつもいなかった。顔の傷がどうしてできたのかきいてみる度胸のあるやつもいなかった。気になって仕方がないのだけど、ちょっとミステリアスで不気味な雰囲気があったからだし、なにか事情のある子にちょっかいをだすことは卑怯者《ひきょうもの》のすることだ。誰も卑怯者にはなりたくなかった。卑怯者の烙印《らくいん》を押されることほどいやなことはなかった。

　斉藤多恵の制服は一年生のときから同じもので、転校したてはおそろしく大きくてブカブカだった。茶太郎婆ちゃんの家は貧乏なので、一着の制服を三年間着つづけられるように大きめの制服を買ったのだろうと、女子たちがひそひそ話をしていた。ぼくもそう思った。制服は二年生になってもまだブカブカだった。制服の襟《えり》からみえるブラウスはいつも色あせてよれよれだった。足元の靴下もズックも上履きもそうだった。それでもいつも洗いたてで、汚いということはなかった。きっと斉藤多恵が毎日自分で洗っていたのだと思う。

転校したての斉藤多恵は左の足を少しひきずるようにして歩いた。その理由は誰も知らなかった。体育の授業はいつも参加せずに一人で見学していたし、身体測定や健康診断もほかの女子といっしょに受けたことはなかった。一人だけ別になって保健室で受けていた。身体のどこかが不自由だということは察しがついたけど、くわしいことはわからなかった。おとなしく、もの静かな女子だった。農作業がいそがしい時期にはよく学校を休んだ。

勉強もできなかった。授業中、先生の問いに手をあげることは一度たりともなかったし、先生に名指しされても「わかりません」とうつむくだけだった。そのうち誰からも相手にされなくなった。

斉藤多恵はいつもポツンと一人ぼっちだった。

転校してきて二度目の音楽の授業が終わったとき、女子たちの間でひそひそ話が始まった。ひそひそ話の中心は阿部貞子で、のべつ幕なしにしゃべっていなければ窒息してしまうタイプの女子だ。阿部貞子は音楽の授業でたまたま斉藤多恵の隣に座ったのだ。阿部貞子はさも大事件のように、斉藤多恵が声をだして歌っていないと騒いだ。

「変な子だよ。だってさ、笑って口をぱくぱくさせるだけで声をださないんだからッ」

そのことで、次の音楽の授業で西原静子《にしはらしずこ》先生が口から泡をふいてヒステリーをおこした。

一年生のときの音楽の先生で、ツンと気が強そうな顔をした冷たい感じのおばさんだった。左手がいつも同じコードを押さえるだけで、堅苦しく、歌っていてもちっとも楽しくならないピアノだった。ぼくたちが西原先生のヘタクソなピアノ伴奏で歌いだしてすぐ、突然西原先生はピアノをやめてしまった。

「斉藤さん。あなた、どうして声をだして歌わないの？」

西原先生の顔はこわばり、声は氷のように冷たかった。

斉藤多恵はだまってうつむいた。阿部貞子が西原先生に告げ口したにちがいなかった。阿部貞子は意地悪そうな笑みを浮かべて誇らしげに胸をはっていた。

「口をぱくぱくさせるだけで声をださないなんてどうしてなの？　先生が納得できる説明をしてちょうだい」

斉藤多恵はなにもいえずうつむいたままだった。

「斉藤さん！」

西原先生は斉藤多恵をにらみつけたまま、いきなりピアノの鍵盤《けんばん》を叩いた。不協和音がムチのように鳴った。教室中がしんと静まり返った。

「先生をバカにしてるの!?」

斉藤多恵は身体をこわばらせて小さく頭を振った。

「ちゃんと答えなさいッ。立って！」

西原先生はたちあがって斉藤多恵を指さした。大人は命令し、服従させる——。ばかばかしいキャッチボールが始まった。いつもそうだ。大人たちから一方的に投げつけられるだけのキャッチボール。

斉藤多恵は素直に立ちあがった。落ちついていた。ゆっくりと立ちあがってうしろを向き、手をそえてちゃんと椅子《いす》をひいた。ちっともおどおどしたところがなかった。斉藤多恵の落ちついた態度が西原先生の怒りをふくらませてしまったみたいだった。みるまに目がつりあがった。

「あなたッ。いつも楽しそうに笑って歌っているとばかり思っていたけど、声をださないで口をぱくぱくさせていただけだなんて、先生のピアノがヘタなんでバカにして笑っていたんでしょう！」

西原先生の顔は青白かった。なんともすごい理由をみつけたものだ。斉藤多恵は首を振るだけだった。

「だまっていないでなんとかいいなさいッ。どうして笑っていたの！　どうして声をださないで口をぱくぱくさせるだけなの！　どうしてだまってるの！　いいえ、わかっているわッ。私をバカにしてるんでしょうッ。ピアノがヘタなんでバカにしてるんでしょう！　そうなんでしょう!?」

声が完全に裏返って金切り声になった。口から泡をふいて、ツバが盛大に飛んだ。

「いいえ、ちがいます……。あの」

斉藤多恵は頭を振り振り、消え入りそうな声で懸命になにかをいおうとしたけど、西原先生はきく耳を持たなかった。

「いいえッ、いわなくてもいいわッ。どうせ本当のことをいわないにきまっているわ。先生のことバカにしてるからいえるはずないものねッ。そうでしょうッ。もういいわッ。先生をバカにする人は授業を受けさせません！　廊下に立ってなさいッ。廊下にでてッ。いますぐッ。さっさとでてッ。でていって！　早くでなさあああイッ！」

西原先生の声はほとんど悲鳴だった。阿部貞子がどう告げ口したのかはわからないけど、西原先生はめちゃくちゃに怒っていた。目がつりあがり、口が裂け、完全にバランスがくずれた恐ろしい形相になった。西原先生はナチスの敬礼のように廊下を指さした。斉藤多恵はうつむいたまま静かにガラス戸を閉めて廊下にでていった。背中がものすごくさみしそうだった。

「さあ、つづけましょうッ」

西原先生は乱暴にピアノの前に座った。ピアノを弾こうとしていきなり怒りを鍵盤にぶつけた。またものすごい不協和音が爆発した。バン！　と力まかせにピアノの蓋《ふた》を閉めて立ちあがった。

「ああッ、もうッ。今日は自習にしますッ。いいえッ、斉藤さんが先生に謝らなければこれから音楽の授業はずっと自習にします！」

いらついたキンキン声でそういうと、西原先生はスタスタと教室をでていってしまった。大きな音を立ててガラス戸を閉めた。すぐにガラス戸越しに西原先生のヒステリックな金切り声がビリビリと響いた。

「先生をバカにするのもいいかげんになさあああいッ！」

パチン！　と平手打ちをくらわせる音がした。ぼくたちはいっせいにガラス戸越しに廊下のほうをみた。斉藤多恵が深くうつむき、西原先生が肩を怒らせて去っていった。

少しして杉本夏子が斉藤多恵を諭《さと》して職員室につれていった。阿部貞子もいっしょについていった。戻ってきて、阿部貞子はさも自分が主導権をとって斉藤多恵に謝罪させたように自慢した。誰も信じはしなかった。当たり前だ。阿部貞子のやつは金魚のウンコみたいに杉本夏子についていったにすぎないのだ。斉藤多恵は歌わない理由を、自分はものすごく音痴で、声にだして歌うとみんなに迷惑がかかると思って歌う振りをしていただけだ、といったという。西原先生はそれならば歌わなくてもいい、口をぱくぱくさせないでだまって座っていろといったそうだ。冷たい声で、いとも簡単にいい放ったにちがいない。だから斉藤多恵はそれからずっと音楽の授業では口を閉じたままだった。一番うしろの端の席で一人ポツンとしていた。

二年生になって音楽の先生は新任の小林則子先生になった。西原先生じゃなくてホッとした。西原先生の授業はちっとも楽しくなかった。

小林先生は歌わない斉藤多恵をめざとくみつけてその理由を聞いた。待ってましたとばかりに阿部貞子が説明した。そのあとで小林先生は意を決したようにしゃべり始めた。

「わたしね、本当はオペラの歌手になりたかったの」

小林先生はそうきりだした。顔を真っ赤にして。

「歌うことが大好きだったの。いまでも大好きよ。でも、声が悪くて歌うことをあきらめた。それはプロの歌手としてということなの。みんなの音楽の授業はプロの歌手を目指そうというための授業じゃないわ。音楽の知識をおぼえたり、理解するということ、音感を養うことや、楽しく歌うということが大事だと思うの。もちろん上手に歌うことも大切。でも歌うことだけでいえば、もっと大事なことは心をこめて一生懸命歌うということなの。心をこめて歌うこと。大きな声でね。音痴でもいいの。音楽ってすばらしいもの。音痴だから歌わないっていうのはもったいないわ。音痴でもいいの。心をこめるって、自分の気持ちを歌に託して表にだすの。そうするとね、気持ちが穏やかになったり、気持ちがよくなったり、すっきりするの。だから音痴でもいいの。声にだして心をこめて歌っていれば音痴はなおるのよ。じつはね、先生もそうだったわ。小学生まで本当に音痴だった。でも歌うことは好きだったの。どうして音痴がなおったかというと大きな声をだして歌いつづけたからなの。だから大丈夫よ、斉藤さん。音程が外れていても気にしないで、大きな声をだして歌っていればきっとなおるわ」

斉藤多恵は沈黙してうつむいたままだった。

「斉藤さん。椅子を持ってピアノの側《そば》にきて」

小林先生は明るい声でいって斉藤多恵を手招きした。それでも斉藤多恵はなにも反応しなかった。身をかたくしてうつむいている。

「ピアノの音に神経を集中させるの。そうすれば大丈夫。ピアノの大きな音の側で歌うと、自然に声が大きくなるの。それだとはずかしくないでしょ？」

やはり斉藤多恵はなにもいわなかった。深くうつむいたままだった。

「先生。斉藤さん泣いてます！」

阿部貞子が大発見でもしたかのように大声で報告した。

みんないっせいに斉藤多恵に顔を向けた。斉藤多恵は机の下できちんと足を揃《そろ》え、スカートの上でぎゅっと手を組んでいた。うつむいた顔を隠しているおかっぱ髪の中から涙がこぼれ落ち、組まれた両手を濡《ぬ》らして光っている。小林先生にいわれたことがうれしかったのだろうか。それともくやしかったのだろうか。ぼくにはわからなかった。

小林先生は斉藤多恵のところまでいって膝を折ってしゃがみこんだ。丸い、形のいいふっくらとしたお尻の線が現れた。キュッと、ぴったりのスカートがのびる音がした。

「ごめんなさいね。斉藤さんを困らせるつもりはなかったの。でも先生にはわかるの。斉藤さんはすごい音痴なんかじゃないわ。歌っていなくても、身体でリズムをとっているのがすごく楽しそうだったもの。私のピアノのリズムにぴったりあってた。はずかしがらずに声にだして歌ってみようよ。大丈夫。誰も笑わないわ」

小林先生は根気強くやさしく諭した。それでも斉藤多恵はうつむいて首を振るだけだった。

結局、斉藤多恵は歌うことはなかった。ことあるごとに小林先生が何度も説得してみたし、音楽部に入ることを勧めたりもした。斉藤多恵はどのクラブにも入っていなかった。そのことで阿部貞子がずるいといって大騒ぎした。担任の中川先生は、斉藤多恵は茶太郎婆ちゃんの畑仕事の手伝いをしなければならないので、特別にクラブ活動を免除することにしたと説明した。斉藤多恵は学校にくる前の毎朝畑仕事をしていた。クラスのやつが通学するときに何度もみかけている。身体が思うように動かない茶太郎婆ちゃんに代わって、朝も夕方も畑仕事をしなければならないのだ。小林先生は週に一回でもいいから、三〇分でもいいから音楽部の練習にきて歌ってみようと声をかけつづけた。杉本夏子もたまに誘っていた。斉藤多恵はだまってうつむき、首を振るだけだった。よっぽど歌うことがいやだったのだ。

そういうことがあったので、斉藤多恵が「いい曲ね」といったのでぼくたちはびっくりしてしまった。

それでもぼくはうれしかった。音痴の斉藤多恵のアンコールだけど、アンコールはアンコールだ。生まれて初めてのアンコールだ。

「おう、いいよ」

ぼくはヤジの嵐《あらし》の中でもう一度歌った。ちっともはずかしくなかった。ヤジったり、紙屑《かみくず》を投げつけたりするやつがほとんどだったけど、笑いながらも耳を傾けているやつらも何人かいた。歌い終わると斉藤多恵の口もとがゆるんだ。

「ありがとう。本当にいい曲ね」

斉藤多恵はまたきれいな標準語でそういった。ぼくはどぎまぎしてしまった。女子から面と向かってありがとうといわれたのは初めてだ。

「な、いい曲だろう」

それでもうれしくて心があたたかくなった。

「うん。なんていう曲なの？」

彼女は笑ってぼくをみた。彼女の笑い顔が意外に明るかったので少しびっくりした。

「《お願い・お願い・わたし》っていうんだ。たぶんな。《プリーズ・プリーズ・ミー》っていっていたから、日本語だとそうなるんじゃねえかと思うんだけどさ」

「そう、かもね」

彼女はクスクスと笑った。かわいい笑顔だった。ぼくはまたまたびっくりした。いつも一人静かにしている彼女がこんなにもかわいい笑顔を持っていたのかと本当におどろいた。

「ヒョウヒョウ！」

「ヘタクソのプレスリー！」

「この、えふりこき！」

級友たちが、この、キザ野郎！　とぼくをからかい始め、斉藤多恵は急に笑顔をひっこめて席に戻った。からかいの的《まと》になるのがいやなのだ。からかいの集中攻撃を受けたけれど、不思議なことにぼくは度胸が据わっていた。こんなことも初めてだ。

「俺の歌はヘタクソだけど、お前らもアメリカ軍放送でちゃんときいてみろよ。ぶったまげるぐらいにすげえいい歌だぞ！」

ぼくはみんなをみまわしていってやった。

信じられないことに、翌日からぼくたちの教室で《プリーズ・プリーズ・ミー》があちこちで歌われだした。アメリカ軍放送をきいた連中で、熱い炎は勢いよく飛び火して同学年の二年生たちを燃えあがらせた。誰かが《プリーズ・プリーズ・ミー》を歌う。歌いたくて仕方がないのだし、歌をおぼえたことを自慢したいのだ。すると誰かが、ちがう、こうだぜ、と歌い始める。するとまた誰かが、ちがうちがう、こうだよ、と歌い始める。そんな調子であっというまに《プリーズ・プリーズ・ミー》に熱狂してしまった。

鼻高々だった。なにしろぼくが発見した曲なのだ。ぼくは調子にのって斉藤多恵に声をかけた。女子に声をかけるなんて初めての経験だった。《プリーズ・プリーズ・ミー》をみんなの前で歌ったことで少しだけ度胸がついたみたいだった。斉藤多恵に《プリーズ・プリーズ・ミー》の感想をきいてみたかった。ぼくが歌ったとき、彼女のひとことで力石や輪島や、ほかの何人かがアメリカ軍放送に耳を傾けたのだし、彼女が声をかけてくれたことがうれしかったし、そのことで感謝の気持ちもあって声をかけたかった。

「斉藤、どうだった？　《お願い・お願い・わたし》、ラジオできいてみたか？」

きっとぼくを喜ばすような返事をしてくれると確信していた。

「ううん。うち、ラジオがないの」

斉藤多恵ははにかむように少し笑った。

ぼくは息がつまった。きいてはいけないことをきいてしまったような気がした。

「そうか……」

といったっきり声がでなかった。

「でも神山君が歌ったのをきいて、すごくいい歌だというのはわかったよ」

「ほんとはもっといい歌なんだ。俺のでたらめな英語じゃなくてちゃんとした英語できいたほうがさ」

そういってからまたしまったと後悔した。斉藤多恵の家にはラジオがないと告白されたばかりじゃねえか……。

「神山君の英語、ぜんぜんおかしくなかったよ」

彼女はいとも自然にすっというのだった。

ぼくは面くらってしまった。というのも、斉藤多恵は英語なんて理解できないと思っていたからだ。英語のテストの点数はいつも最低だし、ヒアリングやスピーキングで先生に指名されても答えたためしがない。それなのに少しのとまどいもみせずに、はっきりと自信たっぷりなものいいだったからだ。ぼくを気づかってのことなのだろうけど、面くらってしまった。

「そうか、サンキュー……」

ぼくたちはそれっきり話すのをやめてしまった。

八甲田山が少し赤く色づき始めたころ、ぼくと力石は畑での球拾いから解放された。レギュラーになったのだ。力石はどうかわからないけど、ぼくがレギュラーになれたのは《お願い・お願い・わたし》のおかげだった。スローイングでびびることがなくなったのだ。♪うまくやろうなんていいかっこうをすることはないぜ――。《お願い・お願い・わたし》がそうぼくに語りかけてくれたおかげで、失敗したらどうしようとびびらなくなった。頭に浮かぶのはただひとつ、一塁手をめがけて思いきり投げる、ということだけになった。結果は恐れなかった。

♪カモンカモン！　カモンカモン！　ぼくは《お願い・お願い・わたし》を口ずさみながら守備につき、スローイングをした。《お願い・お願い・わたし》が、どのみち自分の持っている力以上のプレーはしようったってできるものじゃない、リラックスしてのびのびやろうぜ、ということを悟らせてくれた。

ぼくがスローイングでびびらなくなると、どうしたことか力石もまるで人が変わったみたいにプレーに集中し始めた。ぼくが歌ったときに大笑いしていた力石は、アメリカ軍放送で

《お願い・お願い・わたし》をきいてすっかりビートルズの新しい風に夢中になった。ぼくのように《お願い・お願い・わたし》をきいてなにかを感じることがあったのかどうかはわからない。ぼくたちは《お願い・お願い・わたし》をいっしょに歌って騒ぎはしたけど、その歌からどんなことを感じとったかについてはお互いにしゃべらなかった。ぼくがサードのポジションをとったので対抗心を燃やしただけかもしれない。もともと野球はうまいのだから気を抜いたプレーさえしなければレギュラーの実力はあったのだ。力石はふてくされたりボーッとしてポカをすることがなくなったし、なにより打席での集中力が格段に増した。気のないスイングで情けない空振りをすることがなくなった。

すぐにぼくと力石は一年生にとって代わってレギュラーになった。ぼくは念願の三塁手を手にした。ジャイアンツのスーパースター、長島茂雄と同じポジションだ。気分は最高だった。野球をやり始めた子供のころから、中学の野球部でサードのポジションをやってこそ本物の三塁手になったと胸がはれるのだとずっと思いつづけていた。《お願い・お願い・わたし》とであって長年の夢がかなったのだ。

力石はライトの定位置をものにした。輪島のやつは相変わらずライトのうしろ、畑の中がポジションだった。それでも輪島はくやしそうなそぶりはみせなかった。空高く舞いあがって、畑の中に飛びこんでくる大飛球を捕ることに命をかけているという意気込みで、はりきって畑の中を走りまわっていた。はりきっていたけど、輪島はただの一回もフライを捕球できなかった。突き指が数回、眼鏡を壊して鼻血をだしたのが一回、身体に当てたのは数えきれないほどだった。

十月の末、ぼくたちは十和田市の新人戦で優勝した。自信はあった。練習試合で連戦連勝だったのだ。ぼくたちのチームはみんながっしりとして身体が大きく、運動能力も優れていた。試合前の打撃練習で鋭く大きな打球をガンガンかっ飛ばすものだから、相手チームがびびってしまって試合開始前から戦意喪失状態となってしまう。それに大学で二塁手をしていた中川先生じこみの守備練習はぼくたちのチームのもっとも得意とするところで、試合前の守備練習では矢のような送球がダイヤモンドをいきかい、華麗なダブルプレーを披露して相手チームの目を丸くさせてやった。ぼくたちのチームが相当鍛えられたチームだということを実感して、また相手チームは少し戦意をなくす。最後のしあげは試合前のホームプレートを挟んだ挨拶で、そのときは輪島がスターだった。毛むくじゃらの腕と髭面《ひげづら》を相手チームにみせつけてやるのだ。

「みんなでっけえな……」

「一人、親父みてえなおっさんがいるぞ」

輪島のことだ。まずは輪島の存在に度肝《どぎも》を抜かれる。

「髭があるぞ。こいつら本当に中学生か？」

「うるせえぞお前ら。挨拶はちゃんとしろ」

キャッチャーの東井が標準語でいって一八〇センチの高さからにらみつける。相手が押しだまる。いい返す者は一人としていない。勝負あり。びびった相手は力を発揮できないまま、ぼくたちにいいように暴れられて大敗してしまうのだった。

新人戦であっさりと優勝したぼくたちは、来年の中体連では県大会に出場して優勝することを目標にかかげた。毎日の練習が楽しくてしようがなかった。県大会で優勝する、考えただけでも興奮した。一躍英雄になれる。決勝戦で活躍すれば、杉本夏子が少しはぼくに興味を示してくれるかも……。ぼくは野球の練習に夢中になった。ぼくの生活は野球中心で進学のこととか勉強は二の次となった。夜のアメリカ軍放送でビートルズをきくのが楽しみだったけど、考えるのは野球のことだけだった。

秋も深まった十一月、大きな事件がぼくたちを驚かせた。アメリカからの初めてのテレビ衛星中継に映しだされた記念すべき画像で、ケネディー大統領の暗殺が伝えられたのだ。ショックだった。世界一強いと思っていたアメリカの、その若き星の指導者が簡単に殺されたのだ。暗殺、という初めて耳にする言葉が、いいしれぬ恐怖をともなってぼくの心に深く打ちつけられた。

2

長い冬が終わり、待ちに待った野球の季節がやってきた。

ぼくたちは三年生になった。体育館での始業式で新任の先生が紹介された。体育の田口《たぐち》先生。中川先生の大学の後輩で、学生時代は相撲部員として活躍したと校長先生が紹介した。ごつくいかつい顔で、ずんぐりむっくりの筋肉のかたまりというような身体をしている。すっと極細の筆を走らせたような細い目が不気味だ。

壇上にあがった田口先生は、全校生徒を前にふてぶてしいうすら笑いをつくってぼくたち

をにらみまわし、

「よろしくな」

と、それだけいって壇をおりた。

「けっ、威張りやがって、バカヤロー。気に食わない野郎だぜ」力石がいい、

「オ、オ、おっかな、ソ、そうだぜ」輪島が不安そうな顔をした。

「バッカヤロー、どうってことねえよ。あんなのははったりかましてるだけだぜ」

「どっちみち俺たちとは関係ねえよ」

ぼくはいった。ぼくたち三年生の体育の授業は中川先生で、田口先生は一年生と二年生の授業を受け持つと校長先生がいっていたのだ。

そのあとで教頭先生が壇上にあがった。

「ビートルズはきかないようにしましょう。ね、いいですか」

とぼくたちに通達した。ビートルズはとても音楽といえるような代物ではない、あれは君たちの成長にとって正しい方向から逸《そ》れて不良へと導く好ましくない音楽だ、というような理由を述べた。いきなり冷水をぶっかけられた気分だった。日本はもちろん、世界中にビートルズ旋風が吹き荒れていた。ぼくたちはみんなが大騒ぎをするよりずっと前にビートルズに夢中になっていたので、優越感にひたって得意満面だったのだ。

ホームルームの時間に中川先生も教頭先生と同じようなことをいった。みんな不満たらたらだったけど、中川先生に一喝《いっかつ》されると押しだまってしまった。面と向かって不満を口にする者はいない。そんな度胸のあるやつは一人もいない。大人は命令し、服従させる。ぼくた

ちは意見をいうことさえもゆるされない。

おどろいたことに音楽の小林先生までもがビートルズはきかないほうがいいといった。小林先生だけはビートルズの歌をわかってくれると思っていたのでぼくたちはびっくりしてしまった。

「とにかく、ビートルズの歌はきいてはいけないと教育委員会できめられたし、職員会議でもきまったの」と小林先生はいった。

そういわれるとぼくたちはなにもいえない。教育委員会や職員会議という存在はぼくたちには途方もない大きなものなのだ。誰もが口をつぐむことしかできなかった。

だけどぼくたちはビートルズをききつづけた。当たり前だ。一方的な大人の命令をまもって、好きな音楽をきかないなんてバカげている。誰も大人たちのいうことをきく者はいなかった。先生や大人たちの目の前できかなければいいだけの話だ。大人に隠れてきくぶんには誰からも文句はいわれないのだ。

野球部のみんなが桜田をキャプテンに選出した。

キャプテンになりそこねたレフトで四番バッターの笠原《かさはら》は顔を真っ赤にしてみんなをにらみつけた。

キャプテンに立候補した笠原は、もうキャプテンになったも同然と高をくくり、余裕の笑いをみせていた。身体がでかくて腕力が自慢の笠原は、暴力をちらつかせて自分の言動を押しとおしてしまう恐怖支配崇拝主義者だ。なにか気にくわないことがあるとすぐに暴力で話をつけたがる。だから誰も面と向かっては笠原に逆らわなかった。だけど結果はたったの一票だった。

怒り狂った笠原はキャプテン選出のその日から、野球の練習が終わるとぼくたち野球部員を一人ずつ片っ端から血祭りにあげた。「ジャイアント馬場《ばば》がヘッドロックです！」とかなんとかふざける振りをして誰かをつかまえ、そのまま相手が泣きだすまでやっつけては溜飲《りゅういん》をさげた。笠原は全員を血祭りにあげたけど、ただ一人、キャッチャーの東井だけにはちょっかいをださなかった。

東井は一年生のときに札幌《さっぽろ》から転校してきた。身体は笠原と同じぐらい大きく、さっぱりとした性分で都会育ちのあか抜けた雰囲気を持っている。いいたいことをはっきりいうタイプだった。腕っぷしが強いだけのあか抜けない笠原は、腕っぷしが強くて弁もたつ東井にコンプレックスがあったのかもしれない。タイプはちがうけど二人は互いの力量を認めていて、ソビエトとアメリカみたいに自制心を働かせて直接つかみあいになることは避けていた。一八〇センチもある二人はぼくたちからみればまるで恐竜のようにでかかった。恐竜のケンカとなれば、少しのケガだけではすまなくなるのは目にみえている。だから二人は面と向かってやりあうことは避けていたのだ。

キャプテンになり損ねて癇癪《かんしゃく》をおこした笠原は、ほとんどの野球部員を血祭りにあげて暴れ狂うと、土曜日の午後の練習に姿をみせなかった。翌日の日曜日の練習にもやってこなかった。宿直だった中川先生が練習の終わりにグラウンドに顔をだし、笠原はどうした？とキャプテンの桜田にきいた。桜田は笠原が昨日の練習にもこなかったし、今日もどうして休んだのかわからないと答えた。中川先生は顔をしかめた。

「お前たちそれでいいのか？　二日もだまって練習を休まれてなにもいわなくていいのか？　みんなのチームだろうが。笠原一人が好き勝手してもいいチームなのか？　四番バッターだから無断で練習を休んでもいいのか？　明日練習にきたらなんというつもりだ。どうなんだ、桜田。キャプテンだろうが」

「あの、いや、やっぱり、笠原は四番バッターだし、ちゃんと練習にでてくれといいます」

　桜田はしどろもどろに答えた。

「中心選手だったら、チームが必要とする選手だったら、みんなできめた練習をだまって休んだとしても、ちゃんと練習にでてくれってお願いするっていうのか？　勝つためにはお前たちをなめてかかっているやつでも必要なのか？　そんなチームで野球やっておもしろいか？　みんなも桜田と同じ意見なのか？　そうだとしたら情けないやつらだぞ、お前らは。やる気がなかったら野球部を辞めろと笠原にいってこい！」

　中川先生はぼくたちを軽蔑《けいべつ》するようにみまわした。

ずばりと道理を口にしたので、さすがに大人のいうことはちがうと大いに中川先生をみなおした。さっそく三年生だけが自転車で笠原の家にでむいた。農作業の手伝いで家にいないかもしれないと思ったけど、笠原は家にいた。部屋でプラモデルを作っていると母親が笠原を呼びにいった。

「なんだよ？」

　玄関にでてきた笠原はふてぶてしくニヤニヤ笑った。バツの悪そうな笑いではない。

「野球部のことでちょっと話があってきたんだ。俺たちのことだから外で話そうぜ」

と東井がいい、笠原が外にでてきて東井がぼくたちの考えを伝えた。野球をやる気があるのかないのか、あるのなら休むときはちゃんと休む理由をキャプテンにいえ、やる気がないのなら部を辞めろ、と。笠原は一瞬うろたえたような表情をみせたけど、すぐに怒り狂ったものすごい形相に変わった。ぼくたちをにらみまわして縮みあがらせようとした。ぼくたちはひるまなかった。全員がひとつになっていたので恐怖心はわかなかったのだ。

「どうなんだ」

東井は真っ直ぐに笠原と向かいあっていった。二頭の恐竜は火花をちらしてにらみあった。ほんの短い時間だったけど、重苦しい、危険が充満した長い時間に感じられた。どっちも一歩もひかない構えだ。東井のうしろにはぼくたち三年生が全員いたけど、東井も笠原もぼくたちは眼中にないといったようににらみあっている。あまりの迫力に、ぼくたちの口は接着剤でくっつけられたようにピタリと閉じられたままだ。

「イ、イ、いっしょに、ヤ、野球やろうぜ」

ふいに輪島のどもり声が二人の間に割って入ったので、ぼくたちはびっくりして輪島をみた。輪島のやつが野球部のことで自分の意見を述べるなどついぞなかったことだ。なにをいだすのかと、笠原と東井も輪島をみつめた。

「オ、オ、俺は、シ、試合にでられないと思うけどよ、ミ、みんなで、ケ、県大会にいって、ユ、ユ、優勝したいんだ。ヤ、辞めて、ホ、ほしくないんだ。ミ、ミ、みんなも、ソ、そうなんだ。イ、イ、いっしょにやりたくて、キ、きたんだ。イ、イ、いっしょに、ヤ、野球やろうぜ」

輪島がこのことをいわなかったら、ぼくたちの野球部は空中分解していたにちがいない。輪島の言葉は、俺たちはみんな野球が大好きな仲間じゃないか、という強い大きなくさびとなって、笠原とぼくたちをつないだ。ぼくたちの緊張がとけていった。全員の目つきがおだやかになっていった。

それでもこの出来事は笠原にとってはものすごい屈辱だった。怒りをこらえて顔が真っ赤になった。

「ちょっと熱っぽくて調子が悪かっただけだよ。熱がさがったら練習にでるよ。わかったらさっさと帰れ!」

笠原は捨てゼリフを吐き、玄関に入って乱暴にドアを閉めた。

帰り道、ぼくは自転車を走らせながらうれしくてしかたがなかった。笠原が戻ってくることになってほっとしたけれど、そのことがうれしかったのではない。輪島のことが無性にうれしかった。補欠の補欠だけど、輪島は立派な野球部員だとみんなが認めた日だった。

春の市内中学野球大会が一週間後に迫った。

放課後、ぼくたちはグラウンドで野球の練習をしていた。県大会で優勝しようぜ! という目標があったので、みんな気合いが入っていた。バッティング練習をしていると、まわしに姿の田口先生が現れた。ぼくたちがいぶかるひまもなく、田口先生はずいっとグラウンドに入りこみ、ホームプレート上に仁王立ちした。ぼくたちはいやでも練習を中断しなければならなかった。まったく図太い神経の持主だ。

「笠原と桜田、それに苫篠《とましの》、すぐにここにこーい」

田口先生はゆったりと間延びしたような声をはりあげた。

グラウンドいっぱいに広がった不安な空気の中を、レフトの笠原とキャプテンでセンターの桜田、それにショートの苫篠が、ホームプレート上で田口先生に帽子をとって向かいあった。ぼくはサードの守備位置でみまもっていた。田口先生がなにかいい、三人はとまどったようにききいっていた。やがて田口先生は肩をそびやかして帰っていった。

三年生全員がなにごとかとホームプレート上に集まった。ピッチャーの村木《むらき》、ファーストの松岡《まつおか》、セカンドの生徒会長の伊東《いとう》、サードのぼく、ライトの力石、畑の中から輪島もかけつけた。好奇心にみちた目をしたやつは誰もいない。みんな不安ととまどいで落ちつかない目をしている。いったい何事なんだ？

「バカヤローの田口先生がなんだって？」と力石。「なんの話だよ」

「うるせえな、お前らに関係ねえ！」笠原がいい放った。

「関係ねえことあるかよ。ものすごく関係あるじゃねえか」キャッチャーの東井が怒ったようにいい返した。

「関係ねえじゃねえか、バッカヤロー。俺たちに話があったんだ。俺たちの問題だ」笠原は顔を真っ赤にして東井をにらみつけた。

笠原はいつだってこうなのだ。どんなことであれ、他人にあれこれ口だしされるのを好まない。いつも自分が王様でなければ気がすまない。キャプテンになりそこねたときの騒動以来、笠原はわりとおとなしくしていたけど、桜田と苫篠が同じ立場におかれたのに力を得て、またでかい態度にでたのだ。笠原がプライドをへし折られて癪にさわっていたのはあきらかだった。この前は孤立無援だったけどいまはちがう。

「お前ら関係ねえ。俺たちの問題だ。なあ、桜田、苫篠」

笠原は同意を求めたけど、二人は伏目がちにどうしたものかととまどっていた。

「なにい？　ふざけんなッ。俺たちみんなの問題じゃねえか。みんなで県大会へでて優勝しようって約束はどうなるんだよ」

東井の顔から血の気がひいた。東井はものすごく怒ると顔が青ざめる。それからぼくたちをみていった。「あの先公、この三人に相撲の練習にこいっていったんだぜ。春の相撲大会にでろっていうんだ。中川先生の了解をとってくるから今日から相撲の練習にこいっていうんだぜ。そんなの野球部としてゆるすわけにはいかねえだろうが。関係ねえわけねえだろう」

ぼくたちはあきれて田口先生をなじった。

「あのデブ、アホじゃねえか。三人は野球部員じゃねえか」

「偉そうに、なんだって相撲の練習にこいっていうんだ？」

「あの相撲バカ！」

田口先生は相撲部をつくって部員を勧誘したけど、集まったのは六人で、みんな痩《や》せこけて弱々しく、まるで相撲部らしくない部員たちだった。笠原と桜田と苫篠は小学六年生のときに市の相撲大会でそれぞれ優勝、二位、三位になった。なにしろでかくて力が強い。三人は中川先生と相撲をとっても勝ったり負けたりの互角の勝負をした。そのことを田口先生は誰かからきいたにちがいなかった。それにしても、いきなりグラウンドにやってきて今日から相撲の練習にこいとはどういう神経をしているのだろう。春の相撲大会と野球大会は同じ連休中におこなわれて重なってしまう。野球部の中心選手が相撲のためにチームから抜けるなんてできる相談じゃない、ということぐらい赤ん坊だってわかりそうなものだ。

「なんだあのバカヤロー。お前ら、当然断ったんだろうな。春の大会がもうすぐなんだからな」

力石がいうと桜田と苫篠は口をつぐんだ。

「うるせえ！」ただ一人笠原はかみついた。「俺たちのことなのに、なんだって当然断るってお前らにきめつけられなきゃならねえんだよ、アホ！」

「ケンカすることはねえよ」ぼくはいった。「中川先生がそんなことゆるすはずがねえさ。この前」ぼくはちらっと笠原をみあげてつづけた。「笠原のときだって、中川先生はみんなのチームなんだからみんないっしょに練習しなきゃおかしい、っていったじゃないか」

笠原が真っ赤になってぼくをにらみつけた。吸血鬼のフレッド・ブラッシーとにらめっこをしても勝てそうなすごい形相だった。

「そうだよな、中川先生が相撲の練習にいっていいっていうはずはないよな」

ファーストの松岡がほっとした声をだし、笠原と桜田と苫篠以外のみんなもほっとしたようにうなずいた。

「きまりだな」東井が緊急会議の終わりを宣言した。「さあ、練習つづけようぜ。それとも女子みたいにピーチクパーチクしゃべくっていたいか？」

野球部が動くとき、いつも東井のかけ声がそこにある。本当は東井をキャプテンにすべきだったのだとみんなが思っていた。東井をキャプテンにすると笠原がへそを曲げて野球部を辞めてしまうかもしれないという不安がぼくたちにあって、それで東井とも笠原とも仲のいい桜田をキャプテンにしたててしまったのだ。

みんなが守備位置に散り、ぼくたちは練習を再開した。少しして中川先生が現れた。

「おーい、みんな集合だ」

中川先生はぼくたちをホームプレート上に集めた。田口先生との話しあいの結果を教えるつもりなのだ。きっぱりと断ったからよけいなことは考えずに練習に集中しろ、というにちがいない。

「さっき田口先生が、笠原と桜田と苫篠を相撲の練習に誘いにきたろう？　そのことで話がある。田口先生と話して、三人を相撲の試合にだすことにした」

え？　ぼくたちは凍りついてしまった。

「というのはな、今年の春の野球大会がなくなったんだ。午後連絡があったんだ。今年は太《たい》素《そ》塚《づか》の祭りを盛大におこなうので、そっちのほうにいそがしくて役員だの審判を集められないというんだ。相撲は太素祭でおこなう主要行事なんだ。だから学校代表として笠原と桜田と苫篠を相撲部に貸してやることにした」

ぼくたちは予想もしなかった展開に呆然《ぼうぜん》として中川先生をみつめた。中川先生はかまわずにつづけた。

「これからは月、水、金と三人は相撲の練習にいく。火曜、木曜、土曜は野球部の練習を一時間だけやってから相撲の練習にいく。いいな」

「春の野球大会、中止になったんですか？」東井が落胆してききかえした。

「うん。中止だ」

ぼくたちはがっくりと肩を落とした。春の大会で優勝して弾みをつけ、中体連の地区大会に挑もうとしたもくろみは一瞬にして消えてしまった。

「先生」東井は不満を示した。「笠原と桜田と苫篠は野球部員です。二股《ふたまた》かけて練習していいんですか。桜田はキャプテンだし、まとめるやつがいなくなってもいいんですか」

「相撲大会が終わるまでお前が代理キャプテンだ。いいな。二股かけるといっても、連休までだ。それが終わればもう三人は相撲はしない。わかったな」

中川先生はちょっと不機嫌になって答えた。いつもなら有無をいわせず一喝してお終《しま》いなのだけど、ぼくたちの不満を嗅《か》ぎとり、少し辛抱して説得し、ぼくたちを納得させたほうがいいと考えたらしい。

「俺たちは中体連で県大会へでて優勝しようとみんなで目標をたてて誓ったんです。だからみんなで練習に集中したいんだ。俺たちが納得していないのに、三人が相撲にいくというのは、チームワークを乱すことにならないすか」

だけど東井はひきさがらなかった。初めてのことだった。東井は納得がいかないという口調でつづけた。

東井のいうとおりだ。ぼくたちはよくぞいってくれたと同調してうなずきあった。

「もうきまったんだからゴチャゴチャいうなッ」中川先生はいきなりわめいて、いつもの中川先生になった。命令し、服従させる——。「三人が相撲が終わるまで練習しなくてもチームは大丈夫だ。ちゃんと県大会へいける。それに今度の太素祭の相撲大会は全市をあげて盛大におこなわれるんだ。学校としての名誉がかかっているんだ。三人がちょっとぐらい練習にこないぐらいでガタガタいうな。学校のために相撲やるんだぞ。もうきまったことだ。文句いってる暇があったら練習しろッ。三人はすぐ相撲の練習にいけ」

ぼくは混乱した。笠原が練習をサボったときの中川先生はいったいなんだったのだろう？目の前にいる中川先生と同じ人物だとはとても思えない。学校のためなら、野球部がひっかきまわされてもいいのだろうか？　こんなことは大人の世界では当たり前のことなのかもしれない。だけど、ぼくたちは大人じゃない。ぼくたちは中学生だ。ぼくたちはチームワークを固めて地区大会を勝ち進み、県大会へ出場して優勝しようという目標があった。そのためにはともかくチームワークが大事だと思いこんでいた。中川先生だって笠原の練習サボリ事件のときにチームワークが大事だということを強調した。なのにこんどはチームワークをぶっ壊そうとしている。中心選手が三人も抜けてチームが宙ぶらりんな状態になるのは大きな不安だった。集中して練習に打ちこめるわけがない。そのことが大人の中川先生と田口先生にはわからないはずがない。なのにぼくたちの気持ちを無視するなんて信じられない。

「先生」東井は青ざめた顔で中川先生を真っ直ぐにみた。「三人は相撲大会が終わったら本当に相撲をしないで、野球の練習に専念できるんでしょうね」東井はひるむことなく念を押した。

「当たり前だろうが。俺がそうするといったらそうするんだ。三人の相撲は連休までだ。もういいからさっさと練習しろッ」

　中川先生は、イライラをつのらせてめんどうくさそうに命令すると、さっさと校舎に戻っていった。

「じゃあな」笠原は勝ち誇った笑いをみせた。「さあいこうぜ。しようがないよな、桜田、苫篠。先生がきめたんだからな」

　笠原と桜田と苫篠の三人はうしろめたいそぶりもみせずにグラウンドから去っていった。残されたぼくたちはやるせなさをまとわりつかせたまま呆然と突っ立っていた。しばらく誰も、東井さえも声がでなかった。


　相撲大会が終わるのをぼくたちは指折り数えて待った。あいつら三人が戻ってこないうちは練習試合が組めないからだ。びっくりしたことに、三人が主力となった相撲部は優勝してしまった。田口先生は鼻高々だった。笠原と桜田と苫篠も鼻高々だった。中川先生も満足そうだった。校長先生と教頭先生も上機嫌で、朝礼で相撲部の快挙を讃《たた》えた。残された野球部員がいやな思いをしたことなど、中川先生も田口先生も笠原も桜田も苫篠も校長先生も教頭先生も、学校中の誰も考えてくれた者はいなかった。

　それでも三人が戻ってきてぼくたちはほっとした。遅まきながらやっと地区大会に向けて全員での練習がスタートできたのだ。ぼくたちは練習に集中した。練習試合でぼくたちは連戦連勝だった。強いといわれている三沢市の三沢一中にも勝ったし、七戸町《しちのへまち》の七戸中学にも勝った。もうどことやっても負ける気はしなかった。

地区大会は二週間後に迫った。

放課後、ぼくたちははりきって練習していた。中川先生がグラウンドにやってきた。いつものようにノックが始まるのだ。待ってましたという気分だった。カモン！　さあこいッ。ガンガン打ってくれ。土煙をあげる強烈なやつを！

「練習やめえ！　ちょっと集まれ」

中川先生が叫んだ。ぼくたちは組立式バックネットの横に集合した。地区大会がもうすぐなので気合いを入れて練習しろ、とかなんとか活を入れるんだろう。

「今日から笠原と桜田と苫篠はまた相撲部の練習にいくことになった。三人は野球部と相撲部のふたつでがんばってくれ。月、水、金は野球部の練習、火、木は相撲部、土、日は野球部の練習が終わってから相撲部の練習に参加する。学校の方針としてきまったんだ。わかったな」

いっていることが通じたかどうかということなら確かにわかった。が、納得したろう、という意味ならわかるわけがない。どうわかればいいというのだ？　相撲は連休までだと約束した先生の同じ口からでた言葉とはとても信じられなかった。大人や先生たちは嘘をつくなと教えてきた。だけどその先生が平気で嘘をついた。ぼくたちはあまりにショックが大きかったので誰もなにもいいだせなかった。

ぼくはまた混乱した。頭にもきた。先生が平気で嘘をついてもいいものだろうか？　笠原が練習をサボったときのかっこよかった中川先生と、平気で嘘をつく中川先生と、いったいどっちが本当の中川先生なんだろう？

ぼくたちは互いにいいようのない表情で顔をみあわせた。帽子をにぎりしめたり、しきりに手足を動かしたり、首を動かしたり、とにかく落ちつきがなかった。ぼくたちのショックを感じた桜田と苫篠はさすがに居心地が悪そうにうつむいていたけど、笠原だけは誇らしげに胸をはっていた。誰もひとことも返事をしないので中川先生はみんなに返事を強要した。

「どうした。わかったな」

「はい」

返事をしたのは笠原一人だけだった。

「なんだなんだ。女子みたいにいじけてシュンとするなよ。三人が相撲にいくといったって、毎日いくわけじゃない。野球の練習だってちゃんとするじゃないか。男だろうが、もっと大きな気持ちを持て。自分たちだけじゃなくて相撲部のことも考えてやれよ。せっかく田口先生がはりきって相撲部をつくったけど、相撲部員はモヤシみたいなやつらばっかりだ。それが三人が参加して市の大会で優勝したんだ。みんな大喜びだったじゃないか。それに田口先生が県下の主だった学校の相撲部をみてきたら、三人が参加すればうちの相撲部が県大会でも優勝争いできそうだから、なんとしてもまた相撲部に貸してくれというんだ。校長先生も教頭先生も、学校としては優勝できるチャンスはそうあるものじゃないし、優勝となればこの新しい南中学校が県下に知れわたることになる。そうなればみんなの意気もあがって学校が元気になるから、なんとか協力できないかというしな。大丈夫、お前たちの野球部は強い。

三人がちょっとぐらい相撲の練習にいったたって、お前たちの実力は落ちない。県大会へいったって、十分優勝できる実力がある。県大会で野球部と相撲部が優勝してみろ、大変な騒ぎになるぞ。女子にもてるぞ」

中川先生はぼくたちの気持ちをひきたてようと明るくいった。笠原は声にだして笑った。苫篠は顔をあげてニヤニヤ笑った。桜田はうつむいたままニヤニヤ笑った。笑ったのは三人だけだった。ほかの誰も笑わなかった。笑う気分になれるわけがない。あきらめと落胆とどうしようもないくやしさ。大きな鉛のかたまりを飲まされた気分だった。どうあがいたって、先生たちがそうきめたのならそうなるにきまっているのだ。わめいたって泣いたってどうにもなるものじゃない。

「先生」東井がやっとという感じで重々しく口をひらいた。「野球部の試合と相撲部の試合が同じ時間だったらどうすんですか」

よほどくやしかったのだろう、東井の声は震えていた。

「そんなことは心配しなくていいッ」中川先生はまた怒り始めた。「野球部の試合を優先するにきまっているだろうがッ。三人はあくまでも野球部員なんだから、そんなことは当たり前だろうがッ」

「だけど」

東井はいいかけてやめた。ぼくたちは東井の不安をわかっていた。東井はこうつづけたかったのだ。だけどこの前約束したじゃないか、三人は連休の相撲大会が終わったらもう相撲はしないって。それなのに先生は嘘をついた。だから信用できない。

東井が途中でやめたのは、野球部と相撲部の試合時間が重なったら、いくら嘘つきの先生だって相撲部の試合にいってこいとはいわないだろう、と思い直したからだ。なんといったって中川先生は野球部の顧問で監督なのだから、俺たちの味方となるべき先生じゃないか？

そんな空気を察したのだと思う、中川先生は声の調子を変えてぺらぺらしゃべりだした。

「まあ、この前は確かにもう相撲はさせないといったけど、状況が変わってしまったんだ。野球部もいい成績あげたいし、相撲部にもいい成績をあげさせてやりたい。田口先生は俺の大学の後輩だし、頼まれれば無下《むげ》には断れんだろうが。校長先生と教頭先生もなんとかうまくできないかと泣きつくしな。お前たちが弱いっていうなら話はべつだ。三人が相撲の練習にいったって、お前たちの実力は落ちない。大丈夫だって。お前たちは簡単に地区大会を勝ち抜けるし、県大会でも優勝を狙《ねら》える、それにな」

「わかりました。もういいです」中川先生はもっといいたそうだったが、東井がきっぱりと断ち切った。「さあ練習つづけようぜ。シートバッティングだ。神山、ピッチャーだ」

「キャプテンは桜田だぞッ」中川先生がムッとした顔で声を荒らげた。「桜田、指示をだせッ」

「あー、んーと、シートバッティングやろう。んーと、ピッチャーは、えーと、神山、じゃなくて、松岡、投げろ」

桜田はもぞもぞと居心地悪そうにいった。

その日からまた集中できない練習が始まった。みんな相撲部のことでずっとわだかまりを胸につまらせていた。でも誰もそのことはいわなかった。いっても愚痴になるだけで、状況を変えることにはならないし、いってしまえばケンカになることは目にみえている。不満がくすぶってすっきりとしないままではいい練習ができるわけがない。ぼくたちはいいしれぬ重い不安をかかえたまま、中体連の地区大会を迎えねばならなくなった。

地区大会の朝、空にはいまにも雨がふりそうな真っ黒な重苦しい雲がたれこめていた。なにかいやなことがおこりそうな予感を抱かせる雲だった。

ぼくたちは陸上競技場での開会式のあと、三本木《さんぼんぎ》高校のグラウンドで試合前の練習を入念にしていた。試合は市営野球場でおこなわれる。十和田市の運動公園は街の中心部にあり、街のど真ん中に運動公園があるのは全国の市町村でも珍しいと大人たちは自慢だった。テニスコート、陸上競技場、サッカーグラウンド、相撲場、野球場、弓道場、公園がひとかたまりになっている。緑豊かな広大な運動公園で、夕暮れどきになると散歩を楽しむ人々や、恋人たちのそぞろデートの晴舞台となっていた。運動公園の西に隣接して三本木中学校、東側に寺と墓地、そして古い木造校舎の三本木高校がある。

一回戦の相手は三沢一中だった。組みあわせがきまったとき、事実上の決勝戦だとぼくたちは思った。練習試合では勝っていたけど、三沢一中のサウスポーのカーブには苦しめられた。左腕からの大きくてコントロール抜群のカーブが、両コーナーにピタリ、ピタリときまり、ぼくたちは相手の失策がらみで1点をとるのがやっとだった。情報では三沢一中は練習試合でぼくたちに負けた以外は全勝だった。三沢市の春の大会は軽く優勝していた。そのことと不安をかかえたままの練習とで、公式戦ということもあり、ぼくたちはピリピリとした緊張感に包まれていた。

それでもちゃんと地に足がついていた。笠原も桜田も苫篠もいる。県大会で優勝しようぜ！　と誓った仲間が全員いる。そのことだけで心強かった。大丈夫、みんな揃っている。絶対に勝てる。きりりとひき締まったみんなの顔がそういっていた。そのことを証明するように、バッティングでは全員が鋭い打球を飛ばし、守備練習はきびきびとした軽快な動きで活気づいていた。

ぼくは打撃練習を終えて三塁の守備位置に戻った。打撃練習ではボールがよくみえてしっかりとバットを振ることができた。これならあのカーブを打てるッ。絶対に勝てるッ。確かな自信に武者震いがした。

「もうすぐ第一試合が終わりそうです」

市営球場に様子をみにいっていた一年生部員が戻ってきてそう伝えた。ぼくたちの試合は第三試合だった。

「ようし。もう少し練習してそれから市営球場のほうに移動しよう」

中川先生はいった。

そのときだった。

いやなかたまりが目の隅に飛びこんできた。太った悪魔が市営球場のほうから走ってくる。田口先生だ。背広がはちきれそうな肉のかたまりが、大地をゆるがし、がに股《また》で、いやらしいうすら笑いを浮かべて走ってくる。胃のあたりにむかつくものが突きあげた。田口先生はじきにぼくたちの練習しているグラウンドまでやってくると、真っ直ぐに中川先生に走りよった。ジャガイモのお化けのようなでかい頭をうなずくように振って話し始めた。中川先生の困ったような顔がみるみる赤く染まった。真っ赤になった。田口先生が拝む仕種《しぐさ》をする。腕組みをして首をひねる。ぼくたちは練習を中断して不安げにみまもった。中川先生が真っ赤になって首をひねる。田口先生が笠原と桜田と苫篠を借りにきたのは誰の目にもあきらかだった。

ぼくたちは不安げにみまもっていたけど、それでもさすがに中川先生は田口先生の申しでをはねつけてくれるだろうと思っていた。大事な初戦だし、事実上の決勝戦だし、それに試合時間が重なったら野球を優先させると約束したのだから。

「桜田ッ、笠原ッ、苫篠ッ、あがれ！　相撲にいくぞッ、急げ！」

突然、中川先生が叫んだ。

なんだ!?　嘘だろう!?　ぼくたちは目をぱちくりさせてびっくりした。三人がそれぞれの守備位置から一塁側のベンチに走っていく。キャッチャーの東井が血相を変えて中川先生につめ寄った。ぼくも走った。全員が一塁側のベンチ前に走った。

「ほら急げ」田口先生はこぼれる笑いをこらえきれないように顔を崩し、うれしそうな声で三人を急《せ》かした。「すぐに試合だぞ。そのままでいい。ほい、相撲場まで走るぞ」

「ちょっと待ってよ」

東井がムッとしてとめた。顔は真っ青だ。中川先生に向き直り、「約束したじゃないか。野球部の試合を優先させるって」

「そうだよ」「そうだそうだ」ぼくたちは口を尖《とが》らせた。

「いいから心配するな。ちゃんと試合前には返すって田口先生が約束したんだ」中川先生は顔をしかめた。

「おう、返す返す。心配すんな」田口先生は軽く受けあった。

「だけど、もうすぐ試合なんだぜ」

東井は納得しない。もちろんぼくたちもだ。当たり前だ。ぼくたちの夢の第一歩の大事な試合なのだ。

いつも東井ばかりに文句をいわせていていいのか？　いいたいことをいえよ。ぼくの中のもう一人のぼくがいう。俺たちの大事な初戦がもうすぐなんだ、絶対に三人はいかせちゃいけねえぞッ。だけど情けないことに、ぼくは口を開くだけの度胸がなかった。なにかをいわなければと思えば思うほど、口は逆にギュッと強く結ばれてしまう。

「先生のいうことが信じられないっていうのか！」中川先生は真っ赤になって怒鳴った。

「おう、そうだぞ。なんだその口のききかたは？　お前ら先生をなめんじゃねえぞッ」田口先生はぼくたちをおどしつけておいてから、「ほら、早くしろ。さあいくぞ。ほい、走れ」と三人を急がせてひとかたまりになって走っていった。

「クソッタレ！」

力石のやつがグラブを叩きつけた。

練習を切りあげたぼくたちは、野球場の隣の公園の芝生に座っていた。みんな元気がなく、落ちこんでいた。三人が早く帰ってくることをひたすら祈った。時間の流れがものすごく早く感じられた。相撲場は目と鼻の先だ。歓声がきこえる。ぼくたちはじりじりして待った。胃のあたりが巨大なペンチでねじあげられているようにキリキリと痛んだ。尻がむずむずとしてどうにも落ちつかない。誰もが無言だった。重苦しい雰囲気から逃げだすように、中川先生はどっかに消えてしまっていた。

「どうしたのみんな？」

小林先生の声が頭上でした。振り向くと小林先生が生徒や応援団、ブラスバンド部といっしょに公園にやってきていた。小林先生のまわりに音楽部の女子がいた。杉本夏子と阿部貞子もいた。そのうしろで斉藤多恵が小さな笑顔をつくってぼくをみていた。

「なんだか元気ないわよ。さあ、もうすぐよ。応援にきたんだからがんばってね！」

小林先生はぼくたちを元気づけようと明るくいったけど、ぼくたちは誰も返事ができなかった。

「いったいどうしたっていうの？」

ぼくたちは押しだまったままだった。

「ねえ、東井君、どうしたの？」

「俺たちはいま、先生たちがいったことを信じて待ってるんだ」東井はいった。

「なにを信じて待ってるの？」

「俺たちの試合がちゃんとできるようにって」

「んー、よくわからないけど、とにかく、私たち一生懸命応援するからがんばってよ」

「五回が終わりました！」一年生部員が野球場から走ってきて報告した。

「よし」東井は立ちあがった。「村木、そろそろピッチング練習はじめようぜ。ほかのやつらもキャッチボールをして肩をあったためろ」

ぼくたちは立ちあがった。みんな無言だった。

「声だしていこうぜ。どっちみちゃんなきゃいけねえんだ。先生が約束やぶるはずはねえッ。最後まで信じようぜッ。声だしていこう！」

まったく東井のやつはたいしたやつだ。本当に頼りになるやつだ。ぼくたちは東井に元気づけられて声をだしてキャッチボールを始めた。それでもいつもの百分の一も元気がない。第二試合が終わっても三人は帰ってこなかった。ぼくたちの不安は極限に達していた。試合開始まであとわずかしかない。本当に試合開始にまにあうんだろうか？　ぼくたちは落ちつかないままグラウンド入口のゲートに集合した。中川先生がいた。東井がみんなを代表して真っ先に口をひらいた。

「先生、三人がまだ帰ってこないけど」

「うるさいなあ」中川先生は露骨《ろこつ》にいやな顔をした。「さっき一年生を相撲場に走らせたよ。試合が始まるから返してくれって田口先生にいえってな。試合開始までには戻ってくるッ。ぐちゃぐちゃいうなッ」

ぼくたちが三塁側のダッグアウトに入り、それから軽いトスバッティングを終え、守備練習が終わってもまだ三人は帰ってこなかった。三人のポジションには二年生の補欠が入った。ぼくたちと入れ替わりに三沢一中が守備練習を始め、スタンドでは早くもにぎやかな応援合戦とブラスバンドの演奏合戦が始まってグラウンドを熱く燃えさせていた。もうすぐ試合が開始される。登録以外の部員がグラウンドをでてスタンドに移動した。輪島は三年生だというのにベンチ入りできなかった。

　レギュラーと補欠部員はダッグアウトで重く落ちこんでいた。三人がいますぐ戻ってこなければ試合開始にまにあわない。ぼくたちはかたまったまま動くことができなかった。中川先生は口を真一文字に結んで腕組みをし、グラウンドの一点をにらみつけている。誰もがなにもいいだせないでいた。そんな状況で口をひらけるのはやはり東井しかいない。

「先生。もう一回誰かを呼びにやらせたほうがいい。いまならすぐくれば試合にまにあう」

「いいから、そんなこともう考えるなッ。まったくもう、いつまでもグチャグチャ、グチャグチャ、試合のことを考えろ！　たとえあの三人がこなくても、残ったお前たちだけでも十分勝てる！」

「だけど」

「うるさいッ。もうだまれ！」

　中川先生が真っ赤になって東井をにらみつけた。東井も負けずににらめっこに応じた。顔が真っ青だった。

　そのときだ。

♪カモンカモン、カモンカモンカモン、カモンカモンカモン、カモンカモン！　プリズプリーズミーオーイエー……。

　ぼくの心が勝手に《お願い・お願い・わたし》を歌いだした。いや、心の中にきこえてきたといったほうがいいかもしれない。

♪いいたいことをいえよッ。君らのやりたいようにやれよッ。いまやらなきゃ後悔するぜッ。大丈夫、ぼくたちがついてるッ。

《お願い・お願い・わたし》がぼくにそう語りかけてはげました。

♪新しい自分に生まれ変わるんだ。それはいまだ。いいたいことをいえよ。やりたいようにやれよッ。

新しい自分に……。

東井が気力に満ちた表情でぼくたちのほうを向いた。

「もういい！　とにかく俺たちはやることをやろうぜッ」

「ケッ、わかったぜ」力石が応じた。「だけどよ、なんだかバカくせえよな。俺たちのことなのに、なんで俺たちできめられねえんだよ、バッカヤロー」

「まったくもうお前たちはッ。やる気があるのかないのか、はっきりしろ！」

中川先生が怒鳴りつけたそのとき、ぼくは意を決した。初めて先生にはむかうことになる。その結果がどうなるか、考えもしなかった。そんなことはどうでもいいッ。いうべきことをいうんだッ。いまだッ。いわなきゃ後悔するぞッ。ぼくは、ひとつツバを飲みこんでから口をひらいた。

「先生。俺たちは先生たちを信じていた。だから先生たちは約束をまもるべきだ。いまからでも遅くない。三人を呼んでこようよ」

ぼくの声は震えていた。膝も小刻みに震えていた。中川先生はひっこみ思案のぼくが意見を述べたことでびっくりしたみたいだった。信じられないというように目を丸くしていたけど、すぐに癇癪を爆発させた。

「そのことはもう終わりだ！　もうだまれ！」

　ぼくはすくみあがった。でも屈しなかった。膝はまだ震えていたけど、一度いいだしてしまったら弱気の虫は消えてしまった。

「俺たちは俺たちの試合をしたい。三年間この大会を目標に全員で練習してきた。それなのになんだって俺たちが犠牲になって相撲部を、田口先生を、教頭先生や校長先生を喜ばせなきゃならねえんだ。先生がなんといおうと、俺たちはそんなのいやだッ。俺たちはみんなで試合をしたいんだッ」

「なにいッ、先生がお前らのことを考えてないっていうのか！」

「三人がいなくても勝てるかもしれねえ。でも俺たちはみんなでいっしょに試合をしたいんだ。それにおっかねえんだッ。いままで三人が抜けて試合したことはないからおっかねえんだッ」

「だから大丈夫だっていったろうがッ。俺を信じられないのか！　三人がいなくたってお前たちは勝てる！」

「信じられねえよ。先生は相撲のことで二回も約束を破った。あいつらがいますぐこなければ三回目になる。俺たちは信じていたのに、先生、もう約束を破られるのはいやだ。だからいますぐあの三人を呼びにやってほしいんだッ」

　ぼくはいつの間にか泣いていた。自分では泣くつもりはなかったけど、胸のあたりがぐちゃぐちゃになった感じで涙が盛りあがり、いつのまにか流れて頬を伝《つた》っていた。

「先生たちはいろんなことを考えてきめているんだッ。大人のやることによけいな口だしするなッ。お前らガキはだまっていうことをきいていればいいッ」

「先生たちはいつもそうだッ。そんなのはもういやだッ。俺たちはもうがまんしたくないッ。先生たちと相撲部の野球部じゃないッ、俺たちの野球部だッ。それなのになんだって俺たちの思うように野球できねえんだッ」

背中にみんなの後押しを感じた。ぼくのうしろには東井や力石やみんながいる。ぼくは一人ぼっちじゃないッ。いっしょにがんばってきた仲間がいるッ。

「この野郎ッ、そんなにいやならでていけ！　試合前だというのにチームワークを乱すやつなんかいらないッ」

「もういい。こいよ神山。落ちつけよ。キャッチボールしようぜ」

東井がぼくの腕をひっぱってダッグアウトからひっぱりだそうとした。これ以上いい争ったらぼくが試合から放りだされてしまうと思ったのだ。ぼくはそんなことよりもみんなで野球をやりたかった。ぼくは東井の手を振りほどいた。

「先生、お願いだから、三人を呼んでこようよ。みんなで野球やろうよ」

「もういいッ。でてけッ。お前なんかいらない！」

「いやだッ」

「……このガキい……」

中川先生が目をつりあげて迫ってきた。ぼくは後ずさりした。中川先生はものすごい力でぼくの胸ぐらをむんずとつかむと、ダッグアウトからひきずりだそうとした。ぼくはやっとの思いでベンチにしがみついた。

「……お前なんか、いらねえ……」

中川先生はドスのきいた低音でゆっくりといった。本気で怒っている証拠だった。

「いやだッ。試合にでるんだッ」

ぼくは泣き叫んだ。この試合が目標だったのだ。この試合のためにみんなで三年間がんばってきたのだ。

「生意気いいやがって、このクソガキが……」

中川先生はベンチにしがみついているぼくの腕を蹴飛《けと》ばした。衝撃と激痛でぼくの手がベンチからひきはがされた。中川先生はぼくをグラウンドにひっぱりだした。そのとき初めて球場中の目がこの騒ぎに注がれているのがわかった。三沢一中の選手たちは守備練習をやめてぼくたちをみていた。両校の応援団もシーンとしてぼくたちに注目している。ぼくはダッグアウト横の金網の桟《さん》に手を伸ばしてひきずりだされてなるもんかと力のかぎりにつかまった。

「……お前なんか、さっさと、消えちまえ……」

指に鋭い痛みを感じた。と同時に、強くにぎっていたぼくの手は金網からはがされていた。圧倒的な大人の腕力に、ぼくの抵抗は無意味に等しかった。中川先生は有無をいわさずぼくをつりあげるようにしてかかえ、バックネット横の出口へとひきずっていった。

「放せよッ。試合にでるんだッ。放せよッ」ぼくは手足をばたつかせて抵抗した。

「……お前なんか、誰が試合にだすかよッ」

ぼくはゴミ屑でも捨てられるみたいに、グラウンドの外にポイと放り投げられた。倒れた拍子に、手のひらが裂けて血が流れていることに気づいた。金網の桟で削ってしまったのだ。血が飛び散り、真っ白なユニフォームに点々と赤い血が走っていた。

「戻ってきてみろ、思いきりひっぱたいてやるぞッ。チームワークを乱すやつは試合にださないッ。どこへでもいけッ。さっさと消えろ、このタコ！　アホ！」中川先生は恐ろしい顔でわめいた。

ぼくたちの応援席で小さな笑いがおきた。小林先生と杉本夏子もグラウンドから放りだされたぼくをみて笑っているのだろうかと考えたら、カッと身体が熱くなった。反射的にグラウンドに戻ろうと金網にかけよった。ダッグアウト前でみんなが心細そうにぼくをみていた。東井が、ピッチャーの村木が、ファーストの松岡が、セカンドの伊東が、力石が。この日のために夢をともにしてがんばってきた仲間の顔を目にして、ぼくはつぎにしなければならないことを悟った。やつらのためにしなければならないことを。ぼくは走りだした。一目散に相撲場をめざしてすっ飛ばした。

いつもはサクサクと心地よい音をだすスパイクの金具が、ガッ、ガッ、となにかをぶっ壊すような鈍い音を響かせた。ぼくは怒りにまかせて石ころだらけの道を蹴散らすようにして相撲場へと走った。

相撲場は相撲好きの近郷近在の大人たちが自分たちの中学校の応援に大挙して押しかけ、立見がでるほどの熱気にあふれていた。

すり鉢状の芝生の観客席が中心に向かってなだらかに落ちこみ、その中心にでんと盛りあがった土俵がある。ぼくは急いで三人を探した。北側の観客席が選手たちの居場所になっていた。各学校の選手たちがそれぞれに集まって陣取っている。プラカードが立ててあり、各学校名が書いてあった。南中学校は探すまでもなかった。なんだか騒がしい一ヵ所があり、その場所に目をこらすと、まわし姿の笠原と桜田と苫篠がいた。田口先生もいた。なにごとかわめいている誰かを田口先生が押さえつけるようにしていて、押さえつけられているやつは野球のユニフォームを着ている。

白い練習用のユニフォームからはみだしている太い腕は毛むくじゃらだった。あれは……。髪は真っ黒い縮れっ毛。不精髭に眼鏡。あいつは……ッ、輪島だ！　野球場のスタンドにいるはずの輪島のやつがそこにいたのだ。田口先生がなにかをわめいている輪島を押さえつけ、相撲場の外へとひきずりだそうとしていた。笠原と桜田と苫篠が呆然とした面持《おもも》ちでみつめている。まわりのやつらもなにごとかとみやっている。輪島のやつが三人を連れ戻しにきて、田口先生に阻止されているのだ。まちがいないッ。

クソッ。輪島の、あのアホ野郎が！

胸が熱くなり、ものすごく勇気がわいた。少しだけあったおびえが消えた。補欠の補欠の輪島だってがんばっているッ。田口先生にぶちのめされようが、そんなのはなんだってんだッ。

ぼくは観客席を真っ直ぐに突っ切って三人のところに走った。三人はいきなり現れたぼくの姿をみておびえたようなびっくり顔をつくった。

「すぐに戻れよッ。試合が始まったぞッ。輪島にきいたろう!」

「お、お前、どうしたんだ?　血だらけだぞ」桜田が眉《まゆ》を寄せていった。

「お前、試合はどうしたんだよ?」苫篠が続けていった。

「戻れよッ。みんなお前たちを待ってんだッ。みんなで県大会へいって優勝するって約束したろうッ」

いきなりぼくは足払いをくらって宙に飛んだ。もんどりうって芝生に叩きつけられた。ぼんやりとした視界いっぱいに田口先生のいやったらしい顔が現れた。

「このバカどもがッ。次は準決勝なんだぞ。じゃまするバカがどこにいるッ。集中できなくなるだろうがあ!」

田口先生はぼくの襟首を鷲《わし》づかみにすると、ものすごい力で相撲場の外へとひきずりだした。ぼくはひきずられている間中、いますぐ戻れ!　と三人に向かって叫んだ。

相撲場の外にひきずりだされると、輪島のやつが地べたからおきあがろうとしていた。眼鏡がおかしなかっこうに歪《ゆが》み、鼻血で口が真っ赤だった。田口先生にビンタをはられたにちがいなかった。

「こんどじゃましたらッ」と田口先生はいいかけて、ぼくから手を離すとあわてて走りだした。「こらッ、待てこら!」

田口先生が走る先を、輪島のやつが、笠原と桜田と苫篠めがけて突進していく。ぼくもあとを追った。田口先生につかまった輪島のやつが、どもりながら必死に三人に向かって野球場へいけと叫んでいる。ぼくは二人の横をすりぬけて笠原たち三人の前に立った。怒りで、にぎっている拳《こぶし》がブルブル震えた。

「俺たちの目標を、俺たちの約束を捨ててもいいのか！　みんなお前たちがくるのを待ってんだぞッ」

三人はうなだれるだけだった。

「このアホがあ！」

またむんずと田口先生に襟首をつかまれてしまった。ぼくと輪島は田口先生にひっぱられて相撲場の外へと連れだされた。ひきずられていく間中、輪島とぼくは三人に向かって叫び続けた。

「カ、カ、帰れ！」

「まだ試合にまにあうぞッ」

「イ、いますぐ、イ、いけええ！」

「みんな待ってんだぞおお！」

むなしい叫びだった。ぼくたちはあっというまにまた場外にひきずりだされた。田口先生は左手でぼくをつかんだまま、もう一方の右腕で輪島を地べたに叩きつけた。輪島はうめき声をだして身体を丸めた。そしてぼくの身体が宙に浮いた。どでかい起重機が子鼠《こねずみ》をつまみあげたように、いとも簡単にひょいという感じだった。

「きさまらあ！」

いやったらしい田口先生の怒声とともに、左目の隅にごつい手のひらをチラッと捉《とら》えた。と思った瞬間、目の前が青白く弾《はじ》けて光った。顔が首からひきちぎれたかと思った。アイロンを押しつけられたように熱くなった。痛みはさほど感じなかった。衝撃、そしてカッと熱くなった。それだけだった。ぼくは地べたに崩れ落ちた。すぐに吐き気がして気分が悪くなった。田口先生がなにかを叫んでいた。目の前の地べたが、カメラのファインダーが丸く閉じていくみたいに段々と小さくすぼまっていき、点になり、ついにはふっつりと消えて真っ暗になった。

「やめ……」

誰かが、叫んでいるのがわかる。田口先生の声じゃない。女の声だった。胃の中の気分の悪い重いかたまりが、口からあふれて外にでていった。すると意識が少しずつ戻っていった。ぼくの目の前に制服姿の女子が立っている。初めは白いソックスがみえただけだった。スマートなふくらはぎ。スカートの裾《すそ》がゆれていた。その女子はぼくと田口先生の間に入って田口先生をにらんでいるようだった。尻と背中がテカテカの南中の女子の制服だった。

「やめてください！」

斉藤多恵……の声？

「なにい、こらッ、生意気いうんじゃないぞ」

「やめてください！」

まちがいない。斉藤多恵だ。どうして斉藤多恵が……。ぼくがみあげる先で、斉藤多恵のにぎっている手と足と身体と、彼女の全部がわなわな震えていた。精一杯の勇気を振りしぼっているのだった。

「このバカらがッ。めちゃくちゃにしやがってッ……。お前ら自分のしたことがわかってんのか！」

叩きつけられたショックで息が詰まった輪島がのたうちまわっている。ぼくは自分が吐きだした物の中に顔をうずめている。もうぼくと輪島にはおきあがって三人のところに走りだす力は残っていなかった。田口先生の前に立ちはだかっている斉藤多恵が頼もしかった。ぼくと輪島の味方は誰もいないと思っていたので、斉藤多恵の出現は本当にうれしかった。斉藤多恵にこんなクソ度胸があったなんて信じられない。夢なんじゃないか……。

「なにをしているんですかッ」別の女の声。小林先生の毅然《きぜん》とした声だ。「いったいこれは……、どうしたっていうんですか!?」

「小林先生、いいところにきた。このバカどものおかげで相撲部がめちゃくちゃになりそうなんすよ。このバカどもをどっかに連れてってくださいよ。頼んましたよ」田口先生はツバを吐き捨てるようにしていい、相撲場の中に戻っていった。

「きったなあい」阿部貞子の声だ。「神山君、ゲロ吐いてるう！　みっともなあいッ。輪島君、顔中血だらけぇッ。気持ち悪うぃッ」

ぼくはやっとの思いで身体をおこした。阿部貞子に音楽部の女子が数人、杉本夏子もいる。ぼくと輪島と斉藤多恵を遠巻きにしておびえたように突っ立っている。斉藤多恵と小林先生だけがぼくと輪島を介抱し始めた。ぼくはブルブルと震えだした。いまごろになって自分のしでかした騒動の大きさに、恐怖に似た恐ろしさが一気に押しよせてきて背筋がぞくぞくとした。しだいに震えは大きくなっていき、いまではガタガタと全身を震わせている。

「大丈夫？　気分が悪いの？」小林先生が心配して顔を近づけた。歯がガチガチと鳴った。小林先生の不安げな視線があまりに近すぎて、ぼくは居心地が悪くなって小林先生の目をみていられなくなり、視線をそらせて輪島をみた。斉藤多恵が親身になって輪島の顔の血を拭《ふ》いている。ドラマの世界の献身的な看護婦のようだ。斉藤多恵は自分のハンカチをだして血だらけの輪島の顔をふき、小林先生がぼくの顔についていた吐きだした物をやはり自分のハンカチでぬぐってくれた。ほかの女子は遠くからながめているだけだった。それから小林先生と斉藤多恵はぼくと輪島を水道までひっぱっていって顔を洗わせた。誰かハンカチを貸して、と小林先生が遠巻きにしている女子たちに声をかけた。

「えー、やだあ」

「だってえ」

とみんな尻ごみした。他人のケガより自分のハンカチのほうが大事なのだ。それほどにぼくと輪島は汚らしいものだったんだろう。一人、杉本夏子がハンカチを小林先生に手わたした。手わたしただけで、どう振るまっていいのか決心がつきかねている、というようにおろおろと突っ立ったままだった。

「ね、いったいどうしたっていうの？　先生にいってみて」

小林先生はやんわりと子供をあやすような口調できいた。

ぼくは口を閉じて首を振った。小林先生のあったかい声に、こらえていたものが、一気にせりあがってきた。懸命に心をさらすまいとがんばったけど、あったかくやさしい小林先生の声に、だんだんとがまんできなくなってきた。とうとう、ぼくは呻《うめ》くように泣きだした。

「ね、どうして中川先生にグラウンドからだされたの？　どうして田口先生に怒られたの？　いってみて？　先生が力になれるかもよ？」

ぼくは首を振って呻くように泣きつづけた。しゃくりあげた。このくやしさを小林先生にぶつけたってどうにもなるものじゃない。杉本夏子にみられていることがはずかしかったけど、それでもぼくは崩れた気持ちを立て直すことができなかった。ぼくが泣きだすと、輪島のやつも泣きだした。やつは偉かった。声をださずに泣いていた。輪島のごつい手がぼくのユニフォームの肩口をつかんだ。

「イ、イ、いこう」輪島はぼくのユニフォームをひっぱって歩きだした。

「待って。いっしょに野球場に戻ろうよ、ねえ」

小林先生がぼくの腕をつかんでひきとめようとした。ぼくは腕を振って払いのけた。ぼくは呻くように泣きながら、輪島のやつにひっぱられて歩きだした。小林先生や音楽部の女子たち、それに杉本夏子に連れられて野球場に戻ることはできない。そんなことをしたらみんなに弱虫なことを証明してしまうし、かっこう悪い。それに泣いていたし。輪島も同じ気持ちだったと思う。

ぼくと輪島はレフトの芝生外野席のうしろ、広葉樹の大木の根元に座って試合をみまもった。サードはぼくの代わりに二年生が入っていた。一回を終わって2対0で負けていた。元気のない守備で二回の表にまた1点とられた。と同時に、ぼくと輪島はどちらからともなく立ちあがり、走りだした。仲間の苦戦を目の当たりにして居ても立ってもいられなかった。内野スタンドに入り、ダッグアウト横の金網にしがみついた。三沢一中の攻撃をなんとか1

点に抑えてみんながダッグアウトに戻ってきた。ぼくと輪島に気づいて真っ先に力石と東井がかけよってきた。ピッチャーの村木とファーストの松岡、セカンドの伊東の三年生たちがつづいてやってきた。

「大丈夫かお前ら？」

東井が驚いた表情で大きく目をみひらき、ぼくと輪島を交互にみながらいった。実際ぼくと輪島は無様なかっこうだった。顔もユニフォームもぼろくそになっていたのだ。

「そんなことより、あいつらはもう当てにするな。俺たちでなんとかするしかないぞ」

ぼくの声は低くざらついていた。東井はそのひとことでぼくと輪島がぼろくそになっているわけを理解したようだった。

「そうか。よしわかった。もう俺たちだけでやるぞッ、やってやろうじゃないかッ、いいなみんなッ」

東井はみんなをみまわしてきっぱりと告げた。みんなの目つきが変わった。霞《かすみ》が晴れてすっきりとしたように、いきいきと輝きだした。みんな男らしくていい顔だった。

「ケッ、やってやろうぜッ、バッカヤロー！」

力石のやつが雄叫《おたけ》びをあげた。みんなが力強くうなずいた。

「なにをそんなとこで遊んでるんだ！」中川先生の怒声がダッグアウトの中にビリビリと響いた。「遊んでいる暇なんかないぞッ。負けているんだぞッ。さっさと攻撃にうつれッ」

「先生、神山を試合にだしてくれ」

東井が中川先生を振り向いて予期しないことをいったので、ぼくの目はびっくりして東井にはりついた。全身が熱くなった。試合にでたいッ。みんなといっしょに野球をしたいッ。

「なにい!?」

「神山が戻ってきた。あいつら三人はもうどうでもいい。俺たちだけでこの試合に勝つ。だから神山を試合にだしてくれ」東井はふたたびいった。きっぱりと。

「寝ぼけたことをいうな！　誰が神山なんか試合にだすかあ！」中川先生は怒鳴り、東井をにらみつけた。

「だけど、俺たちは神山が必要なんだ。こいつがいるのといないのとでは……」

東井が必死にくらいついているそのとき、

またぼくの中で《お願い・お願い・わたし》がきこえだした。

♪カモンカモン、カモンカモン、カモンカモン、カモンカモン！

♪もめているときじゃないぜ。負けてもいいのか？　自分だけのことを考えているときじゃないだろう？　さあ、いえよ。いわなきゃ東井まで放りだされるぞ。

中川先生が怒鳴りつづけ、東井が一歩もひかない構えで訴えていた。ぼくは金網から身をのりだして東井のユニフォームをひっぱり、ぐいとひきよせた。

「もういい。お前まで放りだされたらお終いだ。俺と輪島はここにいて応援する。1点ずつでいいから確実に返せ。絶対に勝てるッ」

東井はぼくと輪島をみつめた。目の奥が燃えて光った。ひとつ、大きく深呼吸してから告げた。

「よし、わかった。お前ら絶対にそこにいろよ。もうどこへもいくなよッ。お前らのために絶対に勝ってやるからなッ」

「おう。頼むぞッ」ぼくと輪島はうなずいた。

やつらは気迫にあふれる攻撃をみせ、その回の攻撃で約束どおり1点をもぎとった。力石が球にくらいついてしぶとくポテンヒットを打った。流れが変わったように思えた。三回の表を0点に抑え、その裏また1点返した。3対2。みんなすごく集中していた。ぼくや笠原たち三人の代わりにプレーしている二年生の補欠たちも、三年生にひっぱられてがんばっていた。これなら絶対に逆転できるッ。ぼくは確信した。

ところが、その確信もすぐにしぼんでしまった。四回の守備についたと同時に、なんと笠原と桜田と苫篠が戻ってきたのだ。三人はすぐにダッグアウト前でキャッチボールをはじめた。三人が姿をみせたとたん、それまで集中して気合いの入った声をはりあげていたみんなの口がピタリと閉じてしまった。いやな空気が流れ始めた。強く互いを結びつけていた糸がぐんにゃりとゆるんでいくのが目にみえるようだった。東井たちみんなも、戻ってきた三人も、気持ちがゆれて集中できないというような複雑な表情だった。

三人はすぐに二年生と交代して守備についた。そのとたんに守備が乱れて1点失った。こっちに寄せてきた勝利の波が、三沢一中にひいていくのがはっきりと感じられた。悪い予感は的中する。そのままチームは4対2で敗れてしまった。

あの三人が戻ってこなければ……。ぼくと輪島はうちひしがれてなにもいいだせなかった。

少しして、厚くたれこめた雲から、バシン、バシン、と地面を叩いて大粒の雨が落ちてきた。すぐに雨足は激しくなった。スタンドに陣取っていた応援団や観客が大慌てで、木陰やスタンド下に雨宿りに走ったり、雨傘を広げた。雨音に混じって輪島が声をだして泣きはじめた。輪島が声をあげて泣いたのを初めてみた。県大会で優勝するという夢を打ち砕かれて、はりつめていた輪島の心がずたずたにきり裂かれたのだ。

こいつは補欠の補欠で試合にでられないどころか、いつも畑の中で球拾いばかりしているけど、俺たちの大事なチームメイトなんだ。ぼくは泣きだした輪島のことを誇らしく思った。

「みんなのところにいこうぜ」

ぼくは立ちあがった。中川先生にひっぱたかれてもいい。そんなことより、みんなのところにいきたかった。なんて言葉をかけてやればいいのかわからなかったけど、無性にみんなといっしょになりたかった。輪島のユニフォームをつかんでひっぱりあげようとしたけど重くてもちあがらなかった。それでもぼくはひっぱりつづけた。輪島のやつはわんわん泣きながら自分で立ちあがった。

ダッグアウトに中川先生はいなかった。みんなしょんぼりとして暗く沈みこんでいた。ぼくと輪島をみて、「悪かったな」と東井が力なく声をだした。

「俺のほうこそ、悪かった……」

ぼくは首を振った。ぼくが試合から放りだされなければちがった展開になっていたかもしれないのだ。笠原と桜田と苫篠はなにもいわなかった。三人もみんなもなにかをいいたかったようだったけど、なにもいわなかった。

「バッカヤローが！」

力石のやつが誰にいうでもなく吐き捨てた。それがぼくたち全員の気持ちを表していた。

その日おこったこと、春からおきたゴタゴタをふくめ、ひとことでいうとなにもかもが「バッカヤロー！」だったのだ。

ぼくたちはただだまって雨のグラウンドをみていた。ずっとずっと長いこと。雨も雲も木々も空気でさえもいびつにみえた。動く気力がわいてこなかった。優勝候補ナンバーワン・チームが一回戦で負けた……。自分たちの力とはまるで関係ない原因で、無残に夢が崩れ落ちていった。


翌朝、校舎に入ると斉藤多恵がぽつんと廊下のロッカーの前にいた。ぼくは少し勇気をだして、

「きのう、悪かったな」

と声をかけた。本当はもっと感謝の言葉をいいたかったけど、照れくさくて言葉にならなかった。斉藤多恵は左側の顔の傷を隠すように、少し横向きに笑ってぼくをみた。

「大丈夫だった？」

彼女の笑顔が心にしみた。あったかいものが生まれて身体を熱くした。杉本夏子に対する憧れの気持ちとはちがう、いままで感じたことのないあったかくてうれしいような、照れくさいような、初めて経験する気分だった。

「うん」ぼくは少しだけ笑って答えた。

「よかった」

斉藤多恵はそれだけいうと、教室の中に入ってしまった。どうしてあのとき斉藤多恵が相

撲場に現れたのかをききだしたかったのだけど、彼女をひきとめることができなかった。二人きりで長話をしていると、誰かがからかってはやしたてるにきまっている。おい、神山と斉藤、仲がいいぞ！　ヒョウヒョウ！　好きなんだろうお前ら！　からかいの標的にされるのはまっぴらだった。斉藤多恵もそう思ってさっさと教室の中に入っていったにちがいなかった。

朝のホームルームで中川先生が昨日の事件のことでなにかをいうかとビクビクしたけど、そのことにはひとこともふれなかった。ほっとした。みんなの前で、杉本夏子の前で、つるしあげをくらうんじゃないかとドキドキしていたのだ。放課後あたりに呼びだしをくらってこっぴどく怒られるのだろうが、杉本夏子がみていなければ怒られてもぶん殴られてもいいやと開き直った。そのときは絶対に謝らないし、泣くまいと心にきめた。なにもいえないままでも、泣かないことで屈伏しないということを示せるのだ。

一時間目は社会だった。社会は教頭先生が教えていた。白髪の混じった薄い髪をきちんとわけ、てかてかと光る丸顔に眼鏡をかけ、いつもニコニコとやさしい笑顔を浮かべている。この笑顔がクセモノだった。

「今日はね、授業に入る前に、少し話があります。ね、いいですか」と笑顔で教頭先生はいいだした。

なんとなくいやな予感がした。気をつけろ。ぼくの心に危険信号が点滅した。

「私はね、これも社会科のいい勉強のひとつだと思って、昨日のある騒ぎのことをとりあげてみようと思います。ね、いいですか。きのうの地区大会、みんなも知っているとおり、野球部と相撲部は残念な結果に終わってしまいました。どっちも優勝候補だったのに、相撲部は準決勝で、野球部は一回戦で負けてしまいました。勝つとか負けるというのは時の運だからこれはしようがない。いくら強い人でも負けるときは負ける。一生懸命やったのならそれもしようがない。ね、いいですか。しかし、ですよ、相撲部も野球部も十分に力を発揮できずに終わってしまったというのは、いいですか、ある騒ぎのおかげで一生懸命できないようになってしまったからです。それはね、ある野球部員の生徒が、もうみんなも知っているでしょうから名前を隠してもしようがありませんね、このクラスの神山君が野球の試合の前に騒ぎだしたことが原因でした」

　ほらみろ。ぼくはうんざりした。中川先生がせっかくホームルームでとりあげなかったというのに、なんだって社会科の授業で教頭先生がとりあげるんだ？　重いパンチを腹にみまわれた気分になってぼくはうなだれ、机の上に組まれた両手にじっと目をこらした。

「神山君は野球部の中川先生に、相撲部の試合にでている桜田君と苫篠君と笠原君を呼び戻すべきだと主張しました。でもこれは、野球部の中川先生と相撲部の田口先生が話しあって、どっちも負けないと判断してきめたことです。それに逆らって神山君は騒ぎをおこした。神山君のいいたいこともわからなくはありません。ね、そりゃあ、野球部はみんなで野球をやりたいでしょう。でもほかの野球部のみんなはがまんしていた。ね、中川先生のいうことをきいてがんばろうと思っていた。でも神山君はみんなでやりたいといいはった。いってはいけないとはいいませんよ。ね、いってもいいけど、最後には先生のいうことをきかなければなりません。そうでしょう。そうでなければいつまでたっても終わらないじゃないですか。

ある程度までいったら、あとは先生のいうことをきいてがまんしなければ、野球に集中できなくなってしまいます。ね、そうでしょう？　先生たちはいいかげんなことをいっているわけじゃないんですから。ね、いいですか。神山君があまりにもわあわあ騒ぐものだから、中川先生は野球部のみんなが、いいですか、これから試合だというのに野球部のみんなが動揺すると思って、神山君を退場させることにした。試合前にあんな騒ぎをおこしてはだめです。南中学校はみんなの笑い物になってしまいました。相手の三沢一中は、あんなチームワークが悪い南中に負けるわけはないと自信を持ってしまいました。逆に南中の野球部のみんなは騒ぎのショックでシュンとしてしまった。神山君はみんながシュンとしたのをみて、相撲から笠原君たち三人を呼び戻せばみんなを元気づけることができるとこんどは相撲場にいきました。相撲部は快進撃で、準々決勝を勝ちあがったあとでした。準決勝を控えて相撲部は意気があがっていた。ね、さあやるぞ、と。そこにまた神山君が騒ぎを持ちこんだ」

「ウフッ」と女子の笑い声がした。「まったくもう」阿部貞子の笑い声だった。つられて何人か笑った。

「神山君が騒ぎをおこしたので、相撲部は動揺してしまって集中力がなくなってしまいました。ね、いいですか。せっかく相撲に集中しているのに、野球部のみんなが待っているから戻れ、といったら、あれこれ考えてしまって一生懸命できなくなっちゃいますよね。ね、笠原君」

「あったりまえだよ」笠原はすぐに反応して怒った口調でいった。声の矛先《ほこさき》はぼくに向いている。

「ね、いいですか。それで相撲部は負けてしまった。三人はすぐに野球場にいきました。でも、気分がスカッとしないままいったのでこんどは野球に集中できない。ね、それじゃあいつもの実力が発揮できるはずはありません。待っていた野球部員も戻ってきた三人に元気がないので同じように元気がなくなってしまいました。ね、いいですか。神山君が野球部のみんなのためにしようとしたことは、わかりますね。だけど、結果的には相撲部もだめになって野球部もだめになった。さあ、みんなはどう思いますか」

「はい。神山君たら、ゲロ吐いてきったなかったです」

例によって真っ先にいうのは阿部貞子ときまっている。「田口先生に怒られて、もう、顔も身体もゲロだらけで、ものすごく気持ち悪くて、かっこ悪かったです」

みんな笑った。ぼくの無様な姿を想像して笑ったやつもいたけど、阿部貞子がトンチンカンなことをいったので笑ったやつもいたと思う。こいつは一生バカなことしかしゃべれないと思う。

「かっこ悪いか。なるほど。ほかには？」

みんなだまっていた。

「宮田《みやた》君はどうだ？」

「あの、よくわかんないけど、がまんして先生のいうことをきけばよかったんだよ」

東井がこの場にいたらきっとぼくのためになにかしらいいそえて反論してくれるはずだ。

しかし東井は隣のクラスだった。

「うん。なるほど。杉本さんはどう思う？」

　ぼくは耳たぶまでカッと熱くなった。杉本夏子はどう思っているのか、ぼくの心臓が口から飛びだしそうになるくらい大きく脈打った。ぼくのとった言動を理解してくれているのだろうか？

「結果的には、やっぱり、先生のいうことをきけばよかったと思います。わがままを押しとおすと、結果的にはみんなに迷惑をかけることになるということだと思います。でも……、いいえ、いいです」

　それだけ？　ほかには？　ぼくはうろたえた。少しはぼくのとった行動に理解を示すようなことはいってくれないのか？　杉本夏子は二度と口をひらかなかった。完全に突き放されたということだ。あんたなんか嫌いよ、と宣告された気分だった。ショック。どこかに走って逃げだしたかった。地獄に落ちたらきっとこういう気分になるのだろう。お先真っ暗という感じで、死にたい気分だった。

「うん。ね、いいですか。私が君たちにいいたいのもそこなんです。神山君は野球部のみんなのためを思って行動したのかもしれない。でも、よく考えて先生のいうことをきいていたら、相撲部も野球部もうまくいったかもしれない。神山君ががまんして野球を一生懸命やっていたら、相撲部は優勝して、そして三人は元気いっぱいで野球に戻れたでしょう。相撲の決勝が終わった時間は、まだ野球の試合は続いていましたからね。先生たちはちゃんとそのことも考えていたと思いますよ。ね、いいですか。神山君がちゃんと試合にでていたら、三人が野球に戻ってくるまでは三沢一中と五分の勝負ができる、と中川先生は考えていたと思いますよ。それで三人が帰ってきたら絶対に勝てるって。ね、それなのに神山君がいうことをきかないので、みんなのことを考えて退場させなければならなかった。いいですか、これはみんなにいいたいことですよ。なにかをいったり、行動するときは、よく考えなければならないということです。自分がそれでいいと思ったときでも、相手のことやみんなのことや、そのあとどうなるかまでよく考えてしゃべったり、行動するということが大事なのです」

　もしかしたら、そうなのだろうか？　大きな不安が広がった。ぼくのしたことはよけいなことだったのだろうか？　確かに三人が戻ってこなければきっと逆転して勝ったと思う。そのことでいえば、ぼくと輪島がとった行動はまちがいだった。結果的にはあいつら三人にはだまって相撲をやらせておいたほうがよかっただろう。でも、勝ったかどうかはわからない。そうだ。誰にもなにもわかりっこないのだ。教頭先生がいうように、ぼくがいいたいことをいわずにがまんして野球をしていたら、野球部も相撲部も勝てたのだろうか。そんなのはわかりっこないのだ。もしもぼくががまんして野球をして野球部が負けたら、教頭先生は三人が相撲にいったことをどういうふうにぼくたちにいうつもりだったのだろう。いいや、なにもいわずにだまっているにちがいない。絶対だ。それともなにかの理由をつけて、三人が相撲にいったことを正当化するのだろうか？　教頭先生はわかっていない。ぼくと輪島は自分の問題として行動をおこしたということを。いっしょにがんばってきた野球部のみんなのためになにをしなければならないのか、ぼくと輪島は決断を迫られた。なにもいわず、なにも行動をおこさないで、一生後悔しなければいけない臆病者《おくびょうもの》になりたくなかった。教頭先生も中川先生も田口先生も、クラスの誰もかれも、杉本夏子も、そのことをわかってはいない。でも……。確かに、ぼくがとった行動で戻ってこなくてもよかった三人が戻ってきた、ということではぼくのとった行動は結果的にはまちがいだったともいえる。

「ケッ、くだらねえぜ、ばっかばかしい」

力石のやつがあっけらかんと小さく吐き捨てた。

「ん？　力石君、なにかいいたいことがありますか？」

「あのお、便所にいきたいんすけど」

クスクスと何人かが笑いだした。教頭先生はみるまに真っ赤になった。

「休み時間にいってこなかったのか？　授業が始まったばかりでしょう。がまんできないのか？」

「もれそうなんす。それでもやっぱり、がまん、しなくちゃいけないっすか？」

また笑いがもれた。力石の言葉には、教頭先生がさっきいったみたいに、という箇所が抜けていたけど、ぼくにはそのことはわかっていた。教頭先生はますます真っ赤になった。たぶん教頭先生もわかったと思う。そうでなければこんなに真っ赤になって怒るはずがない。

「よろしいッ。いってきなさいッ。ただし、もう戻ってこなくてよろしいッ」

けッ、なんだバッカヤロー。力石のやつは小さくつぶやいて立ちあがり、さっさと歩きだした。ぼくの机の前までくると、教頭先生にみえないように人指し指と親指を丸めてぼくにオーケーサインをつくった。そのサインをみたとき、ぼくのハートはギュッとなにかにつかまれたようにくしゃくしゃにひしゃげて感情をコントロールできなくなった。胸がいっぱいになって思わず涙がこぼれそうになった。

この、アホの、力石の、バッカヤローが……。

放課後にうちひしがれた気持ちを東井にうちあけた。杉本夏子にぼくの言動を否定されたこともあって、ぼくはずっと最低の気分に落ちこんでいた。元気のないぼくを東井がつかまえてそのわけをしつこく問いただした。なんでもねえよ、といいつづけていたけど、とうとう根負けしたぼくは、本当はみんなに悪いことをしたんじゃないだろうかと正直に胸のうちを告白した。そうだったらスマン、とぼくはいった。東井はすぐに、たったひとつのことで最低に落ちこんだ気分からぼくをひきあげてくれた。

「握手」

「なんで……」

「いいから、握手」

「だけど……」

「俺はお前と輪島のおっさんはすごいと思う。俺も村木も力石も松岡も伊東も、お前とおっさんが同じ野球部ですごくよかったと思っている。だから、握手」

ぼくの中に重くたまっていたいやな気分がバラバラにこわれて小さくなっていった。

「お前をキャプテンにするべきだったんだ……」ぼくはいった。

「女子みたいにペチャクチャしゃべくっていたいってのか？　握手」

ぼくたちは握手した。

「もうくよくよすんなよ。終わりだ」

「うん。終わりだ」

握手したと同時に気分がすっきりした。東井と握手してもうそのことは気にならなくなった。

ぼくたちの夢は終わった。結果としては最悪のラストだったけど、気分はそう悪くはなかった。ぼくのとった言動は先生たちや学校にとっては正しくなかったのかもしれない。だけど、初めて先生に対していわなければならないと思ったことをいえたし、やらなければならないと思ったことをやった。補欠の補欠だった輪島がぼくより先に、野球部のことを思ってぼくと同じことをやったことがうれしかった。そのことを力石と東井と村木と松岡と伊東がちゃんと評価してくれていることがうれしかった。教頭先生にはみんなの前で批判されたし、杉本夏子には嫌われたけど、ぼくのことをわかってくれる仲間たちがいる。悪くはない。

それ以上のなにを望むというんだい、神山君？

3

昼休みの教室はうきうきとしていた。夏休みまであとわずか一週間なのだ。

「おい、職員室に集合だ。中川先生が話があるってよ」

東井がやってきて野球部のみんなに告げた。うんざりした。中体連でのことで説教をくらうにちがいない。ぼくたちはもう野球部を離れていた。三年生抜きの新チームがスタートしていた。それなのに、いまさらなんだというのだ。まあ、ぼくたちの頭が冷えたところで説教したいのだろう。

「春に中止になった市の大会な、あれ、お盆のあとにやることになったんだ」

中川先生の口からでた言葉は思いがけないものだった。

「八月十七、十八、十九日だ。それで練習の相談だけどな、明日から終業式まで練習やって、夏休みは十七日の十日前、つまり七日からまた練習を再開するというのはどうだ？　中学生活最後の夏休みだから、毎日練習があっちゃつまらないだろう？」

当たり前だ。またみんなと野球ができるのはいいとして、もう一度中体連の地区大会のやり直しをすることになったというのなら喜んで毎日練習したいところだけど、正直いって市の大会ではあまり情熱もわいてはこない。県大会での優勝が目標だったぼくたちにとって市の大会はおまけみたいなものだ。それにしても、いつも命令して服従させるだけの中川先生が相談とは。ぼくたちはとまどい、おどろいてしまった。

翌日から練習を再開した。まるでだらけてしまりがなかった。春からのゴタゴタや、地区大会でのわだかまりがそれぞれに残っていて、みんななんとなく練習に集中できないでいた。バッティング練習では快音がきかれないし、守備練習はザル同然で、金曜日にはショートの苫篠が足をもつれさせて捻挫《ねんざ》してしまうし、セカンドの伊東までがなんでもないゴロをさばこうとして突き指してしまった。みかねた東井がみんなを集めた。

「桜田、このままじゃみんな大ケガしてしまうぜ」

東井はなにごとか考えがあるような顔をしていた。

「そうだな……。まあ、しかし、まだ先だし、夏休みの練習に入ってからでいいんじゃないか、その、気合い入れてやるのはよ」

桜田は歯切れの悪いものいいだった。まだ相撲のことでのもやもやがひっかかっているみたいな顔色だった。

「そうだぜ。やる気がでねえぜ。まったく、負けてすぐだからな。いっそ夏休みに入ってから練習しねえかよ？」

笠原は投げやりな口調でずばっといった。俺《おれ》はなにも悪くはねえぜ、相撲も野球も負けたのはお前らのせいだ、という非難の色を浮かべた怒り目でぼくたちをみまわした。

「俺はこう思うぜ」東井はむずかしい顔をしていった。「こんどの大会はさ、誰かが俺たちのためにプレゼントしてくれたと思うんだ。俺たちをこのまま終わらせたくないと思ったんだぜ。俺はそう思いたいんだ」

「誰がだよ？　中川先生かよ？」

笠原は挑戦的な口調でいった。笠原はいつだって普通にしゃべることができない。

「ちがう。はっきりいうぜ。俺たちはこの前のことでお互いにいいたいことがある。だけどもう済んだことだ。いまさらああだこうだといいたくねえ。だけど、このままではみんなすっきりしねえままで終わりになっちまう。このままじゃいつかぶつかりあってつまんねえケンカをするかもしれねえ」

「それがなんだってんだ。やるならやるぞッ」笠原は鼻息を荒くしてつっかかった。

「ちょっときけよ。そんなことになっちゃつまんねえっていってんだ。俺たちはみんなでひとつになって野球をしたかった。それが俺たちの意志とは関係ねえところでバラバラにされちまった。本当はそのまますっきりしないで終わるはずだった。だけど、これは俺たちがすっきりして終われるいいプレゼントをもらったと俺は思うんだ。もしかしたらどっかの神様のプレゼントかもしれねえ。とにかくこれはチャンスだと思うんだ。俺たちがひとつにまとまって、すっきり終われる。俺はだから、試合までの練習はちゃんと気を抜かないでやって優勝したいんだ。お前らはどうだ？」

東井はぼくと輪島をすごいやつだといったけど、ぼくは東井こそすごいやつだとあらためて感心した。こいつは将来もっとすげえやつになるにちがいない。

「うん。もしかしたら、そうかもしれねえ。だけど、市の大会だったら、そんなに一生懸命練習しなくてもよ、だいたいどことやっても勝てるんじゃねえか？」

とファーストの松岡が軽くいった。こいつはいつだって物事を深く考えることができない。能天気なのだが、にくめないやつだ。こういう緩衝装置《かんしょうそうち》のようなやつもチームには必要だ。

「勝つか負けるかは、そんときにならなきゃわかんねえぜ」東井はいった。「だけど、みんなでひとつになって集中して練習することが、なんとなくバラバラになっている俺たちがやるべきことじゃねえか？」

「キャプテンじゃねえのにでしゃばるなってんだ」笠原がケンカ腰で吠《ほ》えた。「俺と桜田と苫篠のせいでバラバラになったっていうのかよ！」

「誰がお前らのせいでバラバラになったといったよ。俺たちの意志とは関係ねえところでバラバラにされちまったといったろうが」

「だいたいお前らがだらしねえから負けたんじゃねえか」

「なにいッ」

東井の顔がさっと青ざめた。きびしい目でにらみつける。

笠原の顔がリトマス試験紙の酸性反応みたいにさっと赤くなった。

「なんだッ、やるか！」

「やめろやめろ」

力石が無造作に一歩前に進みでた。「いい手があるぜ。すっきりしねえ原因をつくったのは俺たちじゃねえ、もとはといえば先生たちだ。学校のためとかいってよ。このさいよ、みんなで先生たちと学校にクソッタレをしねえか？　すっきりするまで学校にクソッタレをしたらよ、俺たちのいろんなこともすっきりするんじゃねえか？」

「学校になにをクソッタレするんだよ？」ピッチャーの村木がすぐに応じた。

「クソッタレってなんだよ？」セカンドの伊東がつづいた。

「学校でみんなでくっせえクソすんのかあ？」と松岡。

「アホ。学校でクソしたって、腹はすっきりするけど、そんなことで気持ちはすっきりするかよ、バッカヤロー。学校でビートルズ流して、ツイスト踊るってのはどうだ？」

ぼくたちは唖然《あぜん》として力石をみつめた。力石のやつは突拍子もないことを口走ってみんなをおどろかすことが得意だったけど、このひとことは本当にぼくたちをおどろかせた。

「バッカヤローはお前だ、バッカヤロー」笠原が噛《か》みついた。「学校なんかでビートルズでツイスト踊れっこねえだろうがッ、バッカヤローのバッカヤロー！」

「うん。そりゃだめだぜ。学校はよ、ビートルズとツイストとジーパンはだめだっていってるじゃねえか。だめだよ」と伊東はあっさりとはねつけた。

「それによ、そんなことしたらただじゃすまねえぞ」桜田が目をぱちくりさせながらいった。

「恐ろしいことになるぜ」

「ああ、大騒ぎになるぜ」村木の声が甲高《かんだか》くなった。

「先生たちはバカみてえに怒るぞッ」と松岡。

「あのよー、親に知らせてよー、それで親にも怒られるぞお？　先生に殴られてよー、親にも殴られたら、すっきりするどころじゃなくなるじゃねえかよー、それでよー」苫篠はもっと理屈をこねくりまわしたかったようだったけど、力石がそうはさせなかった。

「アホか、お前ら！　だからやるんだよ、バッカヤロー」力石はいった。「大騒ぎになるかもしんねえけど、だからこそみつかってもみつからなくても俺たちのことをクソミソにした学校を、俺たちがクソミソにしてやれるじゃねえか」

「アホ。誰がやるかよ。俺はキャプテンとして」

「待てよ。俺はやるぞ」東井が桜田をさえぎっていった。目が異様にきらめいている。「おもしれえじゃねえか。力石にしてはいいアイデアだ。それをやったら、きっとすっきりすると思うぜ。学校でビートルズとツイストか。うん。いいじゃねえか。学校のせいで俺たちの腹にたまったくっせえクソをすっきりだせそうじゃねえか？」

「俺もやる」

　ぼくはいった。興奮して熱くなった。学校にガツンと一発くらわせてやれそうな気がする。学校が禁止しているビートルズを、学校の中でかけてツイストを踊る——利口な振る舞いでないというのはわかってたけど、先生たちに怒られようが怒られまいが気分がスカッとすることはまちがいない。確信があるわけではないけど、直感でなんとなくそうなりそうな気がする。「三年生の野球部みんなでやろうぜ。それでなにもかもチャラだ。俺たちの間になんの貸し借りもなしになりそうな気がしねえか？」

みんなの目が輝きだした。笠原は口をつぐんでしまった。いい兆候だ。笠原は他人の意見に心をゆり動かされると無口になる。理由ははっきりしている。他人の意見を認めるにしても、どうしたら自分が主導権をにぎることができるか、コンクリートみたいにカチンカチンの固い脳味噌を必死にこねくりまわして考えているからだ。

「怒られたら、どうする」桜田がおろおろしていった。「俺が一番怒られるんだぜ、キャプテンだし……」

「たとえ怒られたってよ」ぼくはいった。「野球部のみんなで怒られたらいいじゃねえか？　キャプテンは関係ねえ。みんなでやってみんなで怒られる。それで俺たちはひとつになれるってもんだろう？」

「どうだ？　やるか？」

と東井が促した。みんながうなずく。

「よし、やろう。もしもみつかって怒られたら、俺が全部責任を持つ」

「アホ！」と笠原。「俺たちのためにやるなら、みんなで怒られるほうがいいじゃねえかよ。それよりも、俺たちだけでやるっていうのはおもしろくねえ。もうジャリンコじゃねえんだからよ、ツイスト踊るなら女子もいなくちゃな。女子の何人かにも声をかけてみようぜ。そっちのほうは俺にまかせろ。明後日《あさって》の日曜日。午前十時。三年D組の教室でやろう。職員室から離れているから日直の先生にはきこえねえ。思いきり騒げる」

話はきまった。

ビートルズのレコードは力石が、ポータブル電気蓄音機を笠原が持ってくるということで話はきまった。

学校でビートルズをかけてツイストを踊る——誰もやったことがない、未知の世界への危険な大冒険だ。学校が禁止していることを学校でやるのだ。ぼくは、内心は震えあがってビクビクしていた。大人たちがきめて命令し、服従させることへの初めての計画的な反抗なのだ。だけど、もう一方では興奮と期待で胸が高鳴っていた。愉快ですらあった。ぼくたちの存在がすこしだけ大きくなったような、大人へ一歩近づいたような気分になった。女子とツイストを踊るなんて初めてだし。

すっきりと晴れわたった暑い日だった。学校までの景色が、空も大地もみな光り輝いていた。空気も清々《すがすが》しく思えた。

日曜日、午前十時。ぼくはユニフォーム姿で三年D組の教室に入っていった。教室の中は机と椅子がきっちりと隅に片づけられていて、若草色のポータブル電気蓄音機がすでに机の上にセットされていた。野球部の連中とともに三年生の女子が十人ばかりいた。ユニフォーム姿はぼくと輪島と伊東と苫篠だけで、笠原と東井と村木と力石と松岡、それに桜田は私服だった。一番きまっているのは東井だった。なんてったって都会じこみのジーパンを一人はいていたのだから。あとの連中はあまりかっこういいとはいえないズボンにあか抜けないシャツだった。みんなこれから悪さをするいたずらっ子みたいに、にやけた笑いを抑えきれない様子で、妙にいきいきとした輝く目で、落ちつきなく誰彼なくみまわしては意味もなく笑みをかわしあっている。

「オス。遅いじゃねえかよ、バカヤロー」

力石のやつがにやにや笑って声をかけてきた。

「オス。俺が最後か？」

「そうだよ。主役がこなくちゃ始められねえだろうが、バカヤロー」

「俺が主役？」

「あったり前だぜ、アホ。主役はお前と輪島のおっさんにきまってんだろうが。これはよう、お前と輪島のおっさんのための復讐戦《ふくしゅうせん》でもあるんだぜ」

輪島は知ってか知らずか、キョロキョロと女子たちに目移りしっぱなしで、そんなことを思っている暇はなさそうだ。

輪島が女子に目をクギづけにされたのも無理はない。女子はみんな私服で、岡田里子《おかださとこ》はチェックの赤いシャツとポニーテール、小田島千枝《おだじまちえ》はタイトスカートと真っ赤な口紅、ほかの女子も、ピッタリとしたバミューダパンツにソフトクリームみたいにアップにした髪の子、ノースリーブのワンピースや水玉模様のフレアスカート、ピンクのブラウスの胸がスイカみたいに膨らんでいる子、ぴったりしたズボンでプリンと丸い尻《しり》の線をみせている子……とにかく私服の女子はみんなぐっと大人びてみえた。テレビのドラマでみるような都会の遊び人お姉ちゃんのイカスかっこうを真似《まね》ていた。彼女たちは優等生ではなかったけど、自分の好奇心にたいしては積極的に行動するタイプだった。つまりは明るくてくったくがない、進んでる女子たちばかりだった。勉強や学校の中ではぜんぜんめだたなかったけど、みんないきいきと輝いて存在感をみせつけていた。ひとことでいうとかっこよかった。

「よし、やるぞ！」

笠原が声をかけてレコードに針をのせた。

かけ声の割には小さな音のビートルズが流れだした。

女子は場馴《ばな》れているといった感じで大胆にのびのびとツイストを踊り始めたけど、野球部のみんなは、なんとなく気はずかしいという雰囲気でぎくしゃくしたでだしだった。縮《ちぢ》こまった窮屈な踊りだった。音量が小さいせいだったし、照れくさかったし、日直の先生に気づかれはしないかという警戒心が消えずにいたのだ。それにスローな曲だったり、アップテンポな曲だったりして、気分の高まりがとぎれとぎれになったりしたせいだ。

「もっと音を大きくしてよ」

ポニーテールの岡田里子がこらえきれずに唇をとがらせた。

「エー!?　職員室まできこえねえか？」キャプテンの桜田が尻ごみした。

「大丈夫だよ、遠いもの」

「そうよそうよ。どうせならパアーッといかなきゃつまんないよ」

女子たちは口々にいい放った。こういうことになると女のほうが大胆になる。いつだってそうだ。

「わたしにまかせといて。踊りやすい曲ばっかり選んでかけるからね！」

赤い口紅を塗った小田島千枝が蓄音機にかけよった。

蓄音機のまわりには何枚ものビートルズのレコードがあった。それらのレコードは力石が持ってきたものばかりではなく、女子が持ってきた数のほうが多かった。小田島千枝はレコードジャケットを手にとってみくらべ、蓄音機にレコードをセットして、

「おっけい！　いくわよ！」とかけ声をかけて針をおろした。

音量をいっぱいにあげて、いきなりバーン！　と音が飛びだしてきた。ジョン・レノンが絶叫する。

「イエーイ！　こうでなくっちゃ！」《ツイスト・アンド・シャウト》。

「さあ、踊るわよ！」

女子たちは弾《はじ》け跳ぶように踊りだした。女子の勢いに男子は気おくれしてしまって一瞬とまどってしまった。すかさず東井が叫んだ。

「俺たちもいこうぜッ。俺たちのバカヤローをすっきりさせようぜ！」

「そうだよ、東井君！　踊ろう！」

岡田里子が東井をひっぱってフロアの中央へいざなった。二人はフロアの真ん中で猛烈な勢いで踊りだした。なかなかきまっていた。それに刺激されて、やっとぼくたち男子も踊りだした。踊りが様になっているのは東井と力石ぐらいのものだった。あとはぶかっこうだった。とくに輪島の踊りはぎくしゃくとして故障したロボットみたいだった。でもそれが輪島のキャラクターに不思議にあい、へんてこりんな、個性的なツイストになっていた。

「神山君、もっと膝《ひざ》の力を抜いて、足を動かすのよ！」

岡田里子がぼくの前にやってきて踊りながらいった。

「こうか？」

「ちがうちがう、こうよ！」

岡田里子の腰や足がなまめかしくゆれた。ドキドキした。顔が熱くなった。ぼくの顔は真っ赤っ赤だったと思う。すぐ目の前で女子が腰を振り振り、ツイストを踊っているなんて初めての体験だった。バッカヤローをすっきりさせるんだ！　負けじとぼくは強烈に身体《からだ》をひねってやった。

「そうよ、そうそう！　やるじゃない、神山君！」

岡田里子がうれしそうに笑った。ぼくも笑った。ぼくたちはすぐそばで、身体がくっつきそうになるぐらいに近づいて踊りつづけた。女子の甘い香りが脳味噌《のうみそ》をくすぐった。心臓が口から飛びだしそうに早鐘を打っている。

数曲踊り終えると、やっと気持ちも身体も違和感から解放された。ぼくたちは教室いっぱいに踊りつづけた。かけ声をかけあったり、ビートルズといっしょに歌ったり、奇声を発したりして調子がでてきた。汗でびっしょりだった。ひと休みしようと隅にどかしてあった机に座ると、すぐに東井がやってきた。やつも汗でびっしょりだ。

「どうだ神山、すっきりしたか？」

「うーん、たぶんな。なんとなくそんな気分だけどさ、でもなんだか、百パーセントすっきりした気分じゃねえんだ」

「実はさ、俺もなんだ。なんだかちがうって感じなんだよな」

「わかんねえけどさ、ビートルズの曲っていいんだけどよ、なんだかツイスト踊るって感じじゃねえような気がするんだ」

「そうか？」

「うん。ツイストって、ビートルズ以前の曲の踊りって感じがするんだ。ビートルズの歌って、ツイストとかってきめられた踊りじゃなくてさ、もっと勝手に踊ったほうがいいような気がする。ツイストしたらいいし、ツイスト踊りたいやつはツイスト踊ればいいし、勝手に好きなように踊りたいやつはそうしたらいいし、走ったり跳んだり、盆踊りみたいに踊ったり。そうしたほうが曲にのれそうな気がするんだ。ビートルズの曲ってさ、お前たちの好き勝手に踊ってくれ！って呼びかけているようにきこえねえか？」

「……確かにそうだな、いや、絶対にそうだぜ。ツイストだけって感じじゃねえよな」

「だろう？」

「だけど、ここじゃあ走ったり跳んだりするのはちょっと狭すぎるぜ。……よしッ、体育館で踊ろうぜ！」

「え？　だってよ、バスケット部が練習してるし、卓球部とバレー部もいるぜ。体操部もいるかもしれないぜ？」

「かまうもんか。あいつらだって踊りたければ踊るさ！　俺たちは学校のクソをだしてすっきりするんだろう？　体育館で思いきり踊れば、ここで踊っているよりはすっきりしそうだぜ」

「うん。そうだな。やるか！」

「あいつにいっておかねえと、またぶんむくれそうだな」

東井は大人がよくみせる複雑な表情をつくっていった。やつの顔は一気に二十歳も老けたような感じになった。あいつとはきまっている。東井はまるで様になっちゃいないツイストを踊っている笠原をみやった。本人はかっこういいと思っているみたいで、フロアの真ん中で自信たっぷりだった。やつのまわりを踊り上手な女子が取り囲んでいたので、ヘタクソがいっそうめだってみえる。

「うん、たぶんな。俺がいうか？」

ぼくはいった。東井は野球部をひとつにまとめることに気をつかっていた。少しでも東井の手助けをしたい気分だった。

「いや、俺からいう」

「そのほうがいいかもしれねえな」

ぼくからいうと、笠原のやつは鼻もひっかけないかもしれない。一目おいている東井のいうことなら笠原も軽くあしらうことなどできない。ぼくたちはそのことをわかっていた。

東井は踊っている笠原のそばにいって耳打ちした。笠原がにんまりと笑ってうなずいた。それから踊りをやめて大声をだした。

「おーい、ここじゃ狭すぎるからよ、体育館で思いっきり踊んねえか？　どうだ！」

笠原は自慢げに胸をはった。まるで自分の発案だという態度だった。東井がぼくにウインクを投げてきた。作戦成功。

「賛成！」

「グッドアイデア！」

「いこういこう！」

ぼくたちは歓声をあげ、勢いにまかせて教室を飛びだし、体育館へとなだれこんだ。後先のことなど考えもしなかった。体育館で部活をしていた連中が、おどろいてぼくたちに顔を向けた。みんな人形のようにかたまり、ぴくりとも動かない。

「おい神山、なななな、なんだ!?」

バスケットボール部主将の大川《おおかわ》がぼくをつかまえ、小さい目をひんむいて叫んだ。

「学校のバッカヤローとクソッタレをぶっとばしてスカッとするんだッ。お前たちもやろうぜ！」ぼくは叫んだ。

大川のやつはポカンと口をあけてまたかたまってしまった。体育館にいた全員がわけがわからないというようにポカンとしている。

窓ガラスが震えるぐらいの大音量で、うきうきとせずにはいられない《ツイスト・アンド・シャウト》が体育館の大スピーカーからものすごい勢いでぼくたちに体当たりしてきた。

「イエーイ！」

「ヤッホオオオオ！」

体育館に乱入したぼくたちは歓声をあげて飛びあがった。

「こいよ！　いっしょに踊ろうぜ！」

東井が唖然とみつめているバスケット部や体操部、卓球部、バレーボール部の連中を手招きして叫んだ。つづけて私服の女子たちも口々に熱っぽい声を小気味よくはりあげた。

「きなよ！」

「踊ろう！」

体育館にいた女子と男子はどうしたものかと互いに顔をみあわせて、とまどっていた。突然の予期しない騒々しい乱入者にどう対処していいのか心をきめかねている。怒るべきか、それともいっしょになって騒ぐべきか。

「いくぞ！　どけどけ」

一人だけ、元気者の体操部キャプテンの佐々本《ささもと》が応《こた》えて叫んだ。いきなり助走をつけてソク転からバク転に入り、バク転の連続で踊りの中心に飛びこんできた。最後に空中高く飛びあがってトン！　と軽やかに着地すると、猛烈な勢いでツイストを踊りだした。それが引き金となった。体育館にいる全員がひとつになって歓声を爆発させた。みんな顔を輝かせて踊りの中に入ってきた。ツイストを踊る者、走り回る者、飛び跳ねている者、グルグル回転運動だけしている者、手足を振りまわしているだけのやつ、みんなてんで勝手にしたいことをし始めた。

ジョン・レノンの絶叫がぼくたちを煽《あお》る。

♪その調子！　自分の踊りたいように踊ろうぜッ。いいじゃないか、それかっこいいぜッ。ぼくはぼくの好きなようにやるッ。君は君の好きなようにやれよッ。楽しもうぜ！

みんな猛烈な勢いで踊りだした。ぼくは両手を突きあげたり、ステップを踏んだり、回転したりしながら体育館いっぱいに音楽にあわせて動きまわった。踊っているというよりは暴れて走っている感じだった。でもそのほうがビートルズの曲にはぴったりだった。ぼくにはビートルズとツイストはあわなかった。好きなようにのびのびと身体を動かしたかった。輪島がテンポにあわせて軽々と腕立て伏せをしているのが目に入った。ジルバやマンボに身をくねらせている女子もいた。水玉のフレアスカートをフワリと広げてくるくるまわっている女子、でたらめに踊っているやつ、ちゃんとツイストを踊っている者、逆立ちしたまま足で踊っている体操部のやつ、バスケットボール部のやつらはやたらとピョンピョン飛び跳ねていた。歌ったり、歓喜の叫びをあげたり、ぼくたちは小田島千枝が選曲したアップテンポな曲にのって踊りつづけた。気分は最高だった。体育館はぼくたちの熱気で沸騰したヤカンみたいになっていた。

突然レコードが引き裂かれたような耳障りな轟音が響いた。レコード針がレコードを擦《こす》った音だった。レコードがとまってシーンとなった。すぐに、

「なにすんですか！」舞台の袖《そで》から小田島千枝の金切り声が聞こえた。「やめて！　返してよ！」

舞台の袖から教頭先生がおりてきた。真っ赤な怒り顔だった。ビートルズのレコードをつかんでいた。やっとぼくたちはなにがおこったのか悟った。熱中するあまりに、ぼくたちのほとんどが体育館に駆けつけた教頭先生に気づかなかった。教頭先生は舞台の袖の音響機器前に突進し、レコードをとめたのだ。

「返してよッ、返してよッ、なんで持っていくのよ！」

小田島千枝が勇敢にも教頭先生の前に立ちはだかった。彼女にとってはビートルズのレコードは宝物だった。大人がマイカーを大切にするように、宝石に興奮するように、小田島千枝たちにとっては大切な宝物だった。女子の連中が血相を変えて教頭先生につめよった。普

段は先生にたてつくことはなかった彼女たちだったけど、大事なビートルズのレコードをとりあげられるとなると話はべつだった。

教頭先生の顔は赤ペンキを浴びたみたいに真っ赤だった。だが額は真っ青だ。ビートルズのレコードを抱きかかえたまま無言で歩きつづけた。すぐさま東井が応援にかけつけた。もちろんぼくたちもつめよった。

「なんだって奪っていくんだッ。俺たちのものじゃないかッ。返してくれよ!」

東井がいい、ぼくたちはそうだそうだと騒いだ。

教頭先生は無言のまま、ますます顔を真っ赤にさせて出口へと向かおうとした。ぼくたちは口々に教頭先生をののしって後を追った。それでも教頭先生はギュッと口を真一文字に結んだままぼくたちを押しのけて突き進んだ。教頭先生は怒鳴りもしなければわめき散らすこともしない。気が動転してしまって何もしゃべれなかったのだろう。教頭先生にとってはびっくり仰天、前代未聞の大事件なのだ。どう対処していいのかわからず、とにかくビートルズのレコードをとりあげなければと、とりあえずの行動にでたにちがいなかった。レコードをとりあげれば生徒たちはシュンとして騒ぎは終わりになると思ったのかもしれない。ところが、体育館にいたぼくたちに予期せぬ反撃をくらった。

教頭先生はビートルズのレコードをしっかりと胸にかかえたまま、入れ替わりにつぎつぎと前方に立ちふさがるぼくたちを無言で押しのけて廊下を歩きつづけ、校長室へ入っていって中からカギをかけてしまった。

ぼくたちはドアを叩《たた》き、レコードを返せと騒ぎつづけた。でもドアを叩こうがわめこうが、教頭先生は校長室からでてこなかった。そのうちに二人の男の先生が慌てふためいて学校に飛んできた。学校の近くに住んでいる先生たちだった。教頭先生が電話で応援を頼んだのだ。二人の先生はぼくたちに雷を落として怒鳴り始めた。そうすればいつものように事は簡単に決着するはずだった。ところがぼくたちは猛然と反発した。とにかくいきなりレコードをとりあげていったのは卑怯《ひきょう》だ、レコードを返せとつめよった。押し問答が始まったけど、一歩もひかないぼくたちに、先生たちはただやたらに怒鳴り散らしまくった。

そこに相撲部の田口先生がダンプカーのように突進してきた。

「やかましい！　だまれッ、このクソガキらが！　ひっぱたかれなければだまらんのかあ！」

田口先生はグラブのようなでかい右手を振りあげておどしつけた。

なぜ先生や大人は暴力でしかぼくたちと接することができないのだろう？　大人は命令し、服従させるだけだ。暴力に訴えてもだ。ぼくは猛烈に腹が立った。いつもならシュンとしてしまうところだけど、ビートルズとツイストで興奮している気持ちがぼくを反抗的にさせた。田口先生と目があった。ぼくは目をそらさなかった。

「またきさまかあッ、なんだその目はああッ、先生をにらみつけてただですむと思ってんのかあああ！」

田口先生が左腕一本でぼくの胸ぐらをつかんで怒りにまかせて持ちあげた。ぼくの反抗的な目つきがよほど気にくわなかったのだ。田口先生はつかんだユニフォームをねじりあげた。汗にぬれたユニフォームが首に食いこみ、ぼくは息がつまって手足をばたつかせてもがいた。

「やめろよ！　なにすんだよ！」

力石が田口先生の左腕に飛びついた。田口先生は右腕一本でいとも簡単に力石を払いのけた。けたちがいの腕力に、力石は紙屑が転がるみたいにふわりと飛んで廊下に転がった。

「ふざけんなよッ。手を離せよッ、死んじゃうじゃねえか！」

こんどは東井が飛びついた。東井は高校生ぐらいの腕力がある。だけど相撲で鍛えた田口先生の腕力にはかなわなかった。

「このガキらがあああ！」

田口先生はゴジラのように吠えた。いきなり東井の横っ面《つら》をはり飛ばした。東井は強風に吹き飛ばされた葉っぱみたいに壁に激突して崩れ落ちた。

「ハ、ハ、離せよ！」

続いて輪島のやつがぼくの背後から抱きついてぼくの身体をひっぱり始めた。やめろ、バカ！　と輪島に叫びたかったけど、のどをしめつけられていて声がでなかった。輪島のやつが力まかせにひっぱるものだから、ますます首がしまってもっと苦しくなったのだ。ぼくはねじりあげた田口先生の手からのがれようと必死にもがき始めた。息ができず顔が熱く膨れあがっていまにも爆発しそうだった。冗談じゃない、このままでは死んでしまう！　本気でそう思った。

「やめろ先生！」

「そうだよ！」

びっくりしたことに、こんどは桜田と苫篠のやつが田口先生の腕にしがみついた。なんでこいつらが。桜田と苫篠が田口先生に逆らうとは……。ぼくには信じられないことだった。

「きさまらああ！」

「やめやめ、やめろやめろ！」

中川先生の鋭い、制止の声がきこえた。教頭先生が呼びだしたのだ。

「もういいッ、田口先生、離してやれッ」

首のしめつけがいきなりゆるんだ。ぼくはやっと大きく息を吸いこみ、それから激しくむせて咳《せ》きこんだ。いつまでたってもとまらなかった。あまりに激しくむせたのでうまく息ができず、思わず座りこんでのどをかきむしり、必死に呼吸しようとゼイゼイのどをならした。その音が不気味に響きわたったのでみんなびっくりしたみたいだった。息をのんでみまもるようにシンと静かになった。

「大丈夫かッ、神山！」東井が這《は》ってやってきて声をかけた。

「おいッ、大丈夫か？」

中川先生がぼくをのぞきこんだ。ぼくはゼイゼイとのどを鳴らすことしかできなかった。大丈夫だと思ったのだろう、中川先生はたちあがると生徒たちをにらみつけて怒鳴りだした。

「なんだこの騒ぎは！　お前ら自分のやったことがわかってんのか！　さっさと解散しろ！」

中川先生が怒ったということは、騒ぎの終わりを宣言したということだった。以前ならばだ。だけどぼくたちの勢いはとまらなかった。レコードを返してくれと主張し、押し問答がくり返された。思わぬ生徒の反撃にとまどいの表情をみせた中川先生たちは、ぼくたちの勢いに困ってしまったのだろう、うんざりした顔で話しあおうと提案した。話しあおう、という言葉を先生たちの口からきけるなんて、まるで夢のような出来事だった。そこまで譲歩したということは、先生たちは事態の深刻さを認めたということなのだ。

「ただし、代表三人。こんなにいっぱいいいたんじゃ、うるさいばっかりで話もなにもできたもんじゃない」中川先生はいった。

ぼくたちは男女二人ずつ、四人にしてほしいと要求した。先生たちはめんどうくさそうに承諾した。何人だろうが、どのみちすんなりと丸めこんで終わりにしてやれる、と顔に書いてあった。

「それと、話しあうんだから、怒鳴るのはやめると約束してほしい」

東井のやつが赤く腫《は》れあがった頰《ほお》でしゃべりにくそうに、それでもきっぱりといった。まったく大したやつだ。

「わかったわかった。あとのやつらは体育館で待ってろ」中川先生はいった。

ぼくたちは東井と体操部の佐々本、女子はポニーテールの岡田里子と真っ赤な口紅を塗った小田島千枝を代表にしたてた。ぼくたちはいいたいことをはっきりといってくれと頼んで、四人が校長室に入るのをみとどけてからぞろぞろと体育館へと移動した。例によって笠原は当然代表に選ばれるだろうという顔だったが、誰からも名指しされなかったのでふてくされてしまった。

ついさっきまでビートルズの曲で大騒ぎしていた体育館はシンと静まりかえっていた。風もなく、開け放たれた窓のあちこちから暑苦しいセミの鳴き声だけがきこえていた。太陽に焼かれた屋根の鉄板の熱で、脳味噌がとけてしまうのではないかと思うほど暑かった。

「おい、もしかしたら、俺たちって、先生たちと対等に話をすんの、初めてじゃねえか？」

ピッチャーの村木がセンスの悪い紫のシャツの裾《すそ》で顔の汗をぬぐっていった。

「うん」ぼくはうなずいた。「そうかもしれねえ」

「初めてだよ」セカンドの生徒会長の伊東はいまいましそうにいった。「だってよ、生徒総会のときだって、俺たちがあれこれ意見をいっても、先生たちはそれはおかしいとか、そんなことはだめだとか、横からあれこれ口だしして、結局先生たちの思いどおりにきめてしまうじゃねえか。生徒総会の意味がねえよ」

「あいつらよー、ちゃんといいたいことといってるかなー？」苫篠が不安そうな顔をした。

「ケッ、どっちみち先生のバッカヤローが正しいということになっちまうだろうがよ、東井のことだ、いうことだけはちゃんというだろうぜ」

力石のいうとおりだろうとぼくたちはうなずいた。

「とにかく、先生と対等に話をすることができたってことは、これって画期的なことだよな」汗っかきの村木がまた汗を拭いていった。

「ビ、ビ、ビートルズの、オ、オ、おかげだよな」輪島がいった。

本当にそうだった。ぼくたちはビートルズのおかげで、初めて先生と対等な話しあいの場をつくることができたのだ。

「おい、野球部だけでそっと話をききにいくか？」

力石がいい、ぼくたちは顔をみあわせた。全員の顔にそうしたいと書いてある。

「いこう」ぼくはいった。

「だけど、大勢でいったら気づかれてしまうぞ」桜田が尻ごみした。

「バッカヤロー、話に夢中で気がつかねえよ」

「たとえ気づかれて怒鳴られたって、責任は俺たちにあるから話をきく権利があるといえばいいじゃねえか」ぼくはいった。

「よし、いこうぜッ」

力石がいい、ぼくたちは体育館を抜けだした。

そっと廊下を進み、校長室が近くなると中の話し声がきこえた。校長室の壁の上にある風とおしの窓があいていた。ぼくたちは校長室の壁にそっと近づいた。

——じゃあ学校にみつからないで家でこそこそやっているのはいいんですか？

東井の声だ。

——もちろんよくない。

教頭先生の声。

——でも、そいつらはレコードをとりあげられていないすよ。学校で堂々とやった俺たちのレコードをとりあげるのは不公平じゃないすか？

——それは屁理屈《へりくつ》だ。だいいち、学校で堂々とやるのは学校と先生たちをバカにしている。冒瀆《ぼうとく》だ。そんな不謹慎なことをするのは言語道断だ。

ぼくたち野球部の連中は顔をみあわせてにんまりと満足した。勝利の笑顔だった。身体の中のバカヤローとクソッタレがすっきりした最高の気分になった。

——それになぜビートルズがだめなのか、俺たちにはよくわからない。ビートルズをきけばアホになるんすか？　バカになるんすか？　誰かとケンカしたりタバコを吸ったり酒を飲むようになるんですか？

そのとおりだぜ、東井。

——そうだ。グレて不良になるにきまっている。今日のような事件をおこして世間を騒がせるのだ。大人や先生にたてをついて。

——俺たちは学校でやった。それでも世間に迷惑がかかるんすか？

——学校でやるということは、学校以外でもやっているという証拠だ。

——では俺たちの誰かが、学校以外でビートルズをきいたり歌ったり踊ったりして、世間に迷惑をかけるような事件をおこしたんですか？

——この学校の生徒はいままではいない。けれども、都会ではビートルズにかぶれた青少年が世間を騒がせて問題になっている。ビートルズをきいていればいずれはそうなる。

——俺は親父《おやじ》の本で読んだけど、昔ナチスが本は有害だといって国民の本を片っ端から燃やしたっていうアホなことをやったとあった。俺たちにビートルズを禁止してレコードをとりあげるのは、本を燃やしたバカヤローの独裁者とおんなじじゃないすか？

東井がそういったとたん、校長室はシンと静まった。教頭先生は一瞬絶句したにちがいない。社会科の教頭先生は体育館のときよりももっと真っ赤になってしまったことが想像できた。ぼくたちは目を丸くして顔をみあわせた。東井のやつがそんな本を読んでいるなんて！

——それはナチスがやったことだし、昔のことだ。本を燃やしたことについては確かによくないが、そのことについては政治的な深い意味が隠されていて、君たちにはまだわからないだろう。しかしビートルズは本ではない。音楽だ。いや、音楽なら禁止はしない。あれは下品な騒音だッ。君たちにとって有害な騒音だ。だから禁止するんだッ。

教頭先生は声を荒らげた。やりこめられたのをごまかすためだったかもしれない。

――わかりました。もうやりません。

東井はあっさりとひきさがった。

また沈黙が訪れた。教頭先生やほかの先生たちは東井がいきなりあっさりとひきさがったのでキョトンとしているのだろう。そのことが想像できてぼくたちは思わずふきだしそうになった。ぼくたちの目的は達成されたのだから、もうあれこれねばってビートルズ論議を戦わせる必要はないのだ。どうせいつまでたってもぼくたちのことをわかってはくれないのだから。

――このさいだからいいたいことがあります。

東井はつづけた。

――先生たちはなぜ俺たちのことが信頼できないんですか？

――信頼？　信頼していた。いままでは。いつも君たちは先生のいうことをきいてくれると思っていた。だからこういう事件をおこされて残念だ。

――俺らは先生を尊重している。先生たちも俺たちのことを信頼してほしいんだ。ビートルズをきいたからって、ツイストを踊ったからって、俺たちは悪いことをするつもりはない。なぜ先生たちはいつも俺らの意見をきいてくれないんすか？　俺たちがきめるべきことがいっぱいあったのに、いつも先生たちがでてきて、それはだめだ、あれをやっちゃいかん、これをやっちゃいかん、先生のいうことをきけ、なんて、先生たちのやり方を押しつけるだけじゃないすか。先生たちはだまっていうことをきく俺たちしか信頼できないんですか？

――そんなことはないッ。

アホ！　うそつけッ。うそばっかりッ。ふざけんなよッ。声にはださなかったけど、ぼくたちの顔には不満が浮きでていた。

――俺たちをもっと信用してほしいし信頼してほしい。俺たちは先生を尊重している。先生たちは俺たちのことを信頼できなくなったというけど、いままでのように一方的に俺らに命令ばかりしていると、そのうち俺たちは先生たちを尊重できなくなるんじゃないかと思う。

こいつ、本当に中学生か？　東井と教頭先生のやりとりをきいていてぼくは呆《あき》れてしまった。呆れたし、つくづく感心もした。たったの十四、五歳でよくもこれだけのことをいえるものだ。あいつ、本当はもっと年上じゃねえか？　一八〇センチもあるし、髭《ひげ》も濃いし、態度も堂々としているし、ツイストもうまいし。

――生徒は先生をいつでも尊重するものだ。そのことで学校が、教育が成りたっている。先生たちはいつでも君たちのことを考えているのだ。まだ子供の君たちをいかに教育して立派に成長させてやることができるのか、先生たちは大変な努力をしているのだ。だから軽々しく命令ばかりしているなどというべきではないッ。

――教頭先生。先生たち。俺はすごくうれしかった。中学生になって初めて先生たちとちゃんと話をすることができて。きっかけはビートルズで、先生たちにとっては気にくわなかったと思うけど、でも、俺は教頭先生と先生たちが、ちゃんと話をきいてくれてすごくうれしかった。もう俺たちは学校でビートルズはやらない。そのことは約束します。だけど、正直にいうけど、ビートルズは、きく、かもしれない。ツイストも、踊る、かもしれない。あちこちからビートルズがきこえてくるのにいちいち耳をふさぐわけにもいかないし、きけば勝手に身体が動きだしてしまうし、だから知らないうちにツイストになってるときもあるかもしれない。でも、そのことだけで、俺たちを信用できない悪いやつだときめつけないでほしいんだ。今日のことはどういう罰を受けても文句はいいません。

東井のやつはそうしめくくった。うまいやつだなあとほとほと感心してしまった。こいつは日本の総理大臣になればいい、とぼくは本気でそう思った。きっと歴代のどの総理大臣よりも頼りになる総理大臣になるにちがいない。

体操部の佐々本はなにもいわなかった。佐々本はただだまって東井の言葉にうなずき、教頭先生や先生たちをみていたにちがいなかった。やつはなにもいわなかったけど、それはぼくたち全員の意思を示すという役割をはたしていた。やつは立派に自分の役目をはたしたのだ。

東井がいい終わると、二人の女子は感情をむきだしにしてとにかくレコードを返してくれの一点張りで迫ったけど、先生たちはとんでもないと拒んだ。それどころか、そういう私服の派手なかっこうで学校にきてはだめだと説教を始めた。先生たちは溜飲《りゅういん》をさげるしみったれたことを女子の服装にみつけたのだった。

ぼくたちはそっと校長室を離れて体育館に戻った。すぐに四人が戻ってきた。いいたいことはいってきたと四人はいった。レコードは返してくれなかった。四人がなにをいっても、教頭先生と先生たちは学校で禁止していることをやったのだからレコードはとりあげて当然だ、とはねつけたらしい。

だけど、東井はがっかりもしていないし、うちのめされた感じでもなかった。当然だ。ぼくたちのクソッタレはすっきりとしたのだから。レコードをとりあげられたのは予定外だったけど、目的は達成されたのだ。おまけにいいたいことをいうこともできたし、先生たちと対等に話もできたのだ。

「おい、お前、すげえ本読んでんだな」

笠原のやつが珍しく感心したような目で東井をみた。ぼくたちも同じ目で東井をみあげた。

「あ、お前ら盗みぎきしてたな」東井はそれからニヤリと顔を崩し、「へへ、実はよ、本なんか読んでねえんだ。親父のやつが酔っぱらってしゃべったやつの受け売りだ」

「なんだ、バッカヤロー!」笠原が怒りだした。

ぼくたちは呆気《あっけ》にとられ、それからゲラゲラと笑った。

先生たちが体育館にやってきた。いきなり、今日はもう学校を退去しろ、解散! と一方的に告げた。ぼくたちがこのまま学校に残っていたら、また騒ぎをおこすかもしれないと心配したのだろう。

「野球部だけちょっと集まれ!」中川先生が命令した。「整列しろ」

ぼくたちは一列に並んだ。中川先生はぼくたちを一人ずつにらみつけてからいった。

「このバカどもが。学校には野球の練習をしにくるんで、ビートルズでツイストの練習をするためにくるんじゃないだろうが……。どうなんだ桜田ッ。キャプテンのお前がしっかりまとめなきゃいかんだろうが！」

「はい。でも、もう大丈夫です。だろう？」

桜田は笑顔でぼくたちをみた。ぼくたちも互いに笑顔でみやった。桜田はぼくたちがひとつになったことを確認したかったのだ。

もちろんだった。みんな笑いを隠そうとはしなかった。そのことが答えだった。

「大丈夫？　なにがだ？」

中川先生が不安げな顔をしたので、ぼくたちは笑いをこらえるのに懸命だった。

「俺たちは、その、もう、いままでのことは、チャラになったんです。みんなで気合い入れて練習して、こんどの市の大会は絶対優勝します」

ぼくたちがクスクス笑いをもらすものだから、中川先生は胡散臭《うさんくさ》そうな目でぼくたちをみまわした。ぼくたちが変にニヤついているのが気にさわるらしい。なにかを思案してぼくたちをみまわしていたけど、あきらめたように叫び声をあげた。

「今日のところはこれで勘弁してやるッ。全員おでこをだせ！」

中川先生はごつい右手で指パンチをつくった。中川先生の指パンチは本当に痛い。おでこに食らうと本当に目から火花がでる。できればごめんこうむりたかった。

「ということは、処罰はなしってことですか？」東井がきいた。

「そうだ。教頭先生が校長先生にうまく話をしてくれるそうだ。そのかわり、もう二度とこんなことはやらないって約束するな!?」

「はい！」

ぼくたちは元気よく返事した。

「よし。こっちからだ、こら、逃げるな松岡！」

「いや、先生、もう本当に反省してるから、勘弁してよぉ」松岡が笑顔をとりつくろって、身体をひいた。

「こんだけの騒ぎをおこして、これで終わりにしてやろうってのに逃げるバカがいるかッ。ただで済むと思ったら大まちがいだぞッ。悪いことをしたら罰を受けて当然なんだよッ」

「しょうがないよな。指パンチだけでゆるしてくれるってんだから、ありがたく頂戴《ちょうだい》しようぜ」東井が楽しそうに笑っていった。はれやかな笑顔だった。

「そうだな」

「まあ、いいか」

「先生、手加減してよ。それでなくても頭悪いのに、もっと勉強できなくなったら責任とってよ」

みんなも笑って応えた。

「このバカが！」パチン！

「アホが！」ビシ！

「ふざけやがってッ」バシ！

中川先生はつぎつぎにぼくたちのおでこに指パンチを炸裂《さくれつ》させた。ぼくたちは悲鳴をあげつづけた。ケラケラと笑いながら。

翌日の朝礼で校長先生が事件のことにふれ、じつにけしからんことだと怒った。学校生活は秩序が大事だといった。君たちももう子供じゃないのだからそれぐらいはわかるはずだ、もう二度とこんなことはしないようにとクギを刺した。騒ぎをおこした生徒諸君は反省もしているようだし、もうこんな騒ぎをおこさないと約束したので誰も処分はしないといった。事件は一件落着となったということだ。それにしても、ぼくたちはガキ扱いされたり、もう子供じゃないといわれたり、要するにそのときの大人の都合のいいように扱われる中途半端な存在なのだ。大人でもないし子供でもない。ということは、子供に近い大人かもしれないし、大人に近い子供かもしれない。いずれにしてもちゃんとした大人ではないことは確かだ。

この騒ぎで学校に対してや野球部の中でのねじれた思いはすっきりしたけど、大人に対する不信感はすべてが解消したわけではない。

大人たちは絶対にぼくたちをわかってはくれない。ぼくたちも大人になったらそうなるのだろうか？　そういう大人には絶対になりたくない。その気持ちを忘れないうちに早く大人になりたい。そうすれば中途半端な存在のぼくたちを理解してやれる大人になることができるのだ。大人たちも中学生のころにはそう思ったはずなのに、きっとそのことを忘れて大人になったので、命令して服従させることでしかぼくたちと接することができなくなったにちがいない。それにぼくたちが早く大人になれば、もしかしたら先生たちや父の言動と物の考え方を理解できるようになれるかもしれない。理解さえできれば大人たちとうまくやっていけるはずだ。もうゴタゴタやいやな思いはたくさんだ。

早く大人になりたい。

ぼくは本気でそう思った。もう命令も服従もうんざりだ。

4

力石がまたばかなことをいいだした。

「へへ、バカヤローのジャリンコ諸君、お前ら、日本の国立公園の中で、ひと夏に処女を失う数が一番多いところはどこか知ってっか？」

一学期の終業式のあと、ぼくたちは教室でユニフォームに着替えていた。力石と輪島と笠原と桜田がいっしょだった。

明日から待望の夏休みが始まるというので、どうやって夏休みをすごすか、それぞれのプランを披露しあっていた。教室にはぼくたちのほかには誰もいなかった。晴れて暑い日だった。ねっとりとした熱気が教室の中にこもっていた。汗を浮かべながら、ぼくたちは短くも輝かしい夏休みの始まりに興奮した気分を隠せなかった。

ぼくは思う存分ヤマメ釣りをしたかった。小学生のときに祖父に手ほどきを受けてから、ぼくは野球とヤマメ釣りに熱中した。中学生になって野球の練習に時間をとられるようになり、ヤマメ釣りは思う存分できなかったのだ。力石は家族で仙台に旅行をするといい、輪島は青森市の叔父さんをたずねることになっていた。

笠原と桜田は、

「俺たち二人はよ、いっしょに家族で十和田湖にキャンプをしにいくんだ」

とうれしそうに自慢した。

ぼくは二人がうらやましかった。ぼくはキャンプをしたことがなかった。星降る夜にテントの中で眠るのはきっと気持ちがいいだろうなとわくわくした。薪を集め、火をおこし、飯《はん》盒《ごう》で飯を炊き、カレーかなんかをつくって、外で食べる。想像しただけでもさらにわくわくしてくる。校則ではキャンプは保護者といっしょでなければ許可されないことになっている。ということはぼくにはキャンプの道は閉ざされているということだった。父にいいだすのはまっぴらだったし、いってもつれていってくれないのはわかっている。たとえつれていってくれたとしても、父といっしょならばおもしろいはずがない。一瞬、俺もつれてってくれと口からでかかったけど、笠原となんかいっしょにいきたくないと思い直して言葉をのみこんでしまった。

そのあとに力石のやつがいきなりいいだしたのだった。

「へへ、バカヤローのジャリンコ諸君、お前ら、日本の国立公園の中で、ひと夏に処女を失う数が一番多いところはどこか知ってっか？」

「処女ォ？　へへへ、全国でかあ？」

桜田のやつがユニフォームのズボンをはいていた手をとめ、パンツ丸だしのままうれしそうにニヤけた。

「ああ。どこだと思う？」

「フ、フ、富士山、じゃ、ネ、ネ、ねえか？」輪島はまじめくさった顔をした。「ニ、日本一の山、だからよ、ショ、ショ、処女も、ニ、日本一失われるんじゃ、ネ、ねえか？」

「アホ！　富士山のてっぺんでやれるかってんだ。女の処女なんか凍っちまってできっこねえだろうが、バッカヤロー」

ぼくたちはゲラゲラと下劣な笑いをもらした。セックスのなんたるか、まるでわかっちゃいないというのに。

「日光《にっこう》か？」

「ちがう」

「摩周湖《ましゅうこ》だ」

「はずれ。クマならそうかもしれねえ」

またどっと笑った。

みんなの大笑いのあとに笠原は自信満々という顔でいった。「海のどっかにきまってるぜ。水着になってるし、すぐやれるじゃねえか。そうだろう？」

「バーカ。海は隠れるとこがねえじゃねえか。みんなにみられちまうじゃねえかよ」

「アホ！　海の中でやればいいじゃねえか。砂に穴掘ってもいいしよ」

「あれって、そんなことしてまでやるかあ？　きいたことねえぞ」桜田のやつはまだパンツ丸だしでニヤニヤしていた。

「じゃあどこだよ!?　この野郎、はやくいえッ。ぶっとばすぞ！」笠原は興奮して真っ赤になった顔を力石に向けた。

「がっつくなよ、バッカヤロー。なんとな、俺たちの目と鼻の先、十和田湖だってんだ。驚き桃の木山椒《さんしょ》の木だろう？」

「嘘《うそ》だろう？」

「誰がそんなこといったんだ？」

「でたらめいってんだろう？　きいたことねえぞ？」

「バッカヤロー、うちの近くの高校生から昨日きいたんだよ。高校生の間ではよ、噂《うわさ》で持ちきりだってんだ」

「ふーん、なんで十和田湖なんだろう？」ぼくは単純な疑問に首をひねった。

「高校生がいうにはよ、十和田湖って処女の女がやりたいって気持ちになる不思議ななにかがあるっていうんだ」

「ナ、ナ、ナ、ナ、なにかってなにがだよ！」

　いったのは輪島ではなかった。笠原のやつが興奮して輪島のようにどもってしまった。

「ツバ飛ばすなよ、バッカヤロー。そんなこと俺がわかるかってんだ。俺は処女じゃねえ！」

「お前みてえなお化けの処女がいるかよ、気持ち悪いッ」

「うーん、好きよ、笠原くーん。そんなこといっちゃいやッ」

「アホ！　死ぬまでやってろ！」

　力石がしなをつくってふざけ、ぼくたちはまた大笑いした。

「だけどよ、どうやって処女を失う数をかぞえたんだろう？」桜田がやっとズボンをずりあげ始めてみんなをみまわした。

「東京とかでよ、アンケートとったんじゃねえか？」ぼくはいった。「女にさ、処女はどこで失いましたかって」

「反対じゃねえか」桜田はまたズボンをあげる手をとめてまじめくさった顔をした。「女がそんなはずかしいこと答えるわけねえ。男に国立公園でやったことがあるかどうかきいて、それで相手が処女だったかどうかきいて、それで数をだしたんじゃねえか？」

「そんなめんどうくさいことするかよッ」笠原はすぐに否定した。「全国の国立公園の出口で若い女にきいたんだよ、一人一人に。やってきましたか？　ってよ。それでやってきたっていったら、処女でしたかってきくんだよ。そのほうが早いじゃねえか。常識で考えりゃわかるじゃねえか、アホ」

とても常識とは思えないが、笠原は自信満々にいうのだった。

「どうでもいいけどよ、俺がいいたいのは、お前ら十和田湖へいったら、もしかしたらやってるとこみれんじゃねえかってことだよ」力石はいった。

「へへへへ、そうかもな」桜田はまたニヤニヤ笑いをはじめた。手の動きは忘れられていて、ズボンはいつまでたってもしかるべきポジションに収まりそうになかった。

「処女を失う数が一番多いのかあ……」笠原はいつになく真剣な顔つきでなにやら考えこんだ。

「やべえ！　立ってきたッ」桜田のやつが照れ笑いを隠そうともせず、あわててズボンをひきあげた。ズボンの中の股間《こかん》に一本の棒が出現していた。

「ギヒヒヒ、アホ！」「バカ、この！」「こんなとこでおっ立てるやつがあっかよ！」

ギャハハハハ……ぼくたちは下品な笑いをまき散らして笑いこけた。

十和田湖が全国の国立公園の中でひと夏に処女を失う数が一番多い――本当だろうか？　でもそうかもしれない。十和田湖は幻想的で神秘的な感じがする。女が不思議な気分になって、あっさりと処女を失うことがあるかもしれない。全国で一番か。いったい何人くらいの処女が失われるんだろう……。ぼくは無意識に大きなため息をついていた。

練習が終わって、野球部のみんなは二週間ほどの別れの挨拶《あいさつ》をかわして解散した。

ぼくは輪島と力石といっしょにユニフォームを着たまま自転車で家路についた。しばらく練習がないので、汗と泥に汚れたユニフォームを家で洗濯しなければならなかった。ぼくたちは三人並んで、夏の長い夕暮れの中をゆっくりとペダルをこいでいた。一学期の成績のことについてほんの少しだけ話した。ほんの少しだけだったのは、輪島のやつが十和田湖の処女の話をむし返したからだった。

「ア、あのよ、ト、ト、十和田湖のことだけどよ、ショ、ショ、処女を、ウ、ウ、失う数が多いって、コ、ことは、ショ、処女じゃない女も、イ、イ、いっぱいやってるって、コ、ことじゃねえか？」

輪島のやつはいきなり熱っぽくそういいだしたのだった。

「あん？　だから？」と力石は応じた。

「ト、ということはよ、ト、十和田湖は、ホ、ほかの国立公園より、ヒ、ヒ、ひと夏にいっぱい、ヤ、ヤ、やってるってことだろう？」

「だから？」とぼく。

「ト、ということはよ、オ、オ、男もいっぱい、ヤ、ヤ、やってるってことだろう？」

「だから？」と力石。

「ト、ということはよ、ド、ド、童貞も、ハ、初めてやる男も、イ、イ、いっぱいいるんじゃ、ネ、ねえか？」

「だからなんだよ、バカヤロ」と力石。

「オ、オ、俺たちも、ト、十和田湖にいけば、ド、ド、ド、ド、童貞を、ス、ス、ス、捨てられるんじゃ、ネ、ねえか？」

かけ声をかけたわけではないのに、三人の自転車が同じ場所にとまった。誰もなにもいいださない。誰かがつぎにどうでるか、さぐるような目つきで互いの顔色をうかがっている。口にはださないけど、どうだ十和田湖へ童貞をなくしにいかねえか？　もしくは、ヘッペを経験しにいくか？　と誰かがいいだすのを待っていた。誰かがそのことをいえば、ぼくたちは一も二もなくいっしょに十和田湖に童貞を捨てにいく計画について真剣に話しあったと思う。セックスについての好奇心で、頭の中が網の上の焼けたモチのようにぱんぱんに膨らんでいたのだから。

「だめだ」力石はあきらめて顔をしかめた。「そんなにうまくいくかよ、バカヤロー。俺たちは中学生だぞ？　中学生を相手にする処女がいるわけねえだろう。もっと年上の男じゃなきゃやらせてくれねえよ」

力石のひとことでぼくたちは意気消沈してしまった。ぼくたちは押しだまった。

「処女じゃなかったらどうだ？」ぼくは気をとりなおしていった。「つまり、何回もやったことがある女なら、もしかしたら……」

「もっとうまくいくわけねえだろうが、バッカヤロー。処女でだめなのに、処女じゃねえ女のほうがもっと俺たちをガキ扱いするにきまってるぜ。鼻もひっかけねえよ」

「そう、かなあ……」

「ソ、ソ、ソ、そうだよなあ……」と輪島はがっかりした。

ぼくたちは自転車のペダルを重々しくこぎ始めた。

「だけどよ、おっさんなら、服装しだいで大人にみられるかもな」ぼくはいった。

「ソ、そうか？」輪島は髭面を歪《ゆが》めて笑った。少し精気をとりもどした。

「うん。もしかしたら、おっさんならやることができるかもなあ。処女がいっぱいいてさ、つぎつぎにやれるかもしれねえぜ」

「ホ、ホ、ほんとか、オ、おい!?」輪島のやつは興奮して声がひっくりかえってしまった。

三人で十和田湖にいってみるか？　という言葉を、ぼくはすんでのところで口にだすのをこらえた。

何事にも例外というのがあるし、それに奇跡という言葉もある。もしかしたら、例外的に、あるいは奇跡がおきて、俺たちにだってヘッペができるかもしれねえじゃねえか？　十和田湖にいきさえすれば。

そういいださなかったのは、ツルんでなにかをしているうちはまだガキだ、という言葉が頭をよぎったからだ。その言葉は誰かがいっていたのか、あるいはマンガの中のセリフだったのか、テレビのドラマか映画の中のセリフだったのかもしれない。とにかく、セックスをする、ということは、大人になる、ということだ。ガキまるだしでツルんでいったら、力石のいうとおり処女を失おうとしている女や、セックスの相手をさがしている処女じゃない女なんかは鼻もひっかけてくれそうもない。いくなら一人でだ……。

そう思ったとたん、ぼくはハッとした。そうだ、十和田湖へいってセックスができれば大人になれるッ。処女だろうが処女じゃなかろうが、とにかくセックスができれば大人になった証《あかし》しだ。セックスをすれば大人になれるんだッ。ぼくの中に芽生えた新しいなにかが、ジワジワとぼくを熱くさせた。一人でいこうッ。大人になるんだッ。そう思っただけで大人に一歩近づいた気分になった。ぼくは決心した。よしッ。十和田湖にいくぞッ。大人になるんだッ。

ぼくたちは農業高校の実習畑の横で別れた。力石と輪島は右折して小稲《こいな》の街へ、ぼくはまっすぐ、並木西《なみきにし》へと進む。

「仙台から帰ったら川へいこうぜ！」力石が振り向いていった。

「ア、青森から、カ、カ、帰ったら……」輪島がいいかけた。

「ああ。釣りにいこう」ぼくはいった。

「マスかきすぎて死ぬんじゃねえぞ！」力石が笑いながら叫んだ。

「お前だろうが、アホ！」

ぼくたちは手をあげて別れた。そのとき、ぼくはそれまでのぼくに別れを告げた気分だった。この夏、ガキの俺とおさらばしよう。俺は大人になるんだ。十和田湖でだ。

♪カモン、カモン！　カモン、カモン！　カモン、カモン！　カモン、カモン！

自転車のペダルをこぎながら、ぼくは《お願い・お願い・わたし》をはりきって歌った。

おさえつけられない興奮が、《お願い・お願い・わたし》の歌となって口からでてきた。

夏休みが始まってきっかり一週間後、ぼくは十和田湖いきを決行した。手ぬかりなく計画を立て、何日もかけて準備をした。そして実行に移した。

問題はいくつもあったけど、あれこれ計画を立てるのは楽しかった。勉強なんかでは集中力がつづかないのに、こういうことになると不思議に忍耐強くなる。頭の中では簡単に十和田湖にいって、それで処女なり非処女なりと簡単にセックスすることができる。が、実際にするとなるとそうは簡単にいきそうもなかった。

誰にも秘密にしてどうやって十和田湖にいけばいいのか？　何日間の日程を組めばいいのか？　コンドームをどうやって手に入れればいいのか？　宿泊の手段は？　三食はどうする？　持っていくものは？　いったとして、どうしたらセックスできる？　まず、どうしたら女と親しくなれるのか？　セックスするまでどんな話をしたらいいのか？　セックスしようとどうやってきりだせばいいのか？　どこで、どうやってやるのか……。

セックスのことは、まず十和田湖にいかなくては始まらない。それ以前の最大の難関は、どうやって祖母の承諾を得るかということと、どうやってコンドームを手に入れるかということだ。

祖母の承諾なしには外泊することはできない。父は相変わらず早く帰宅したことがない。ぼくのことにも無関心で、祖母の承諾さえ得られれば父もうるさいことはいわないはずだ。めんどうくさくないのはだまって家出をすることだった。しかし祖母に心配をかけることになるし、学校に知られたらめんどうになりそうだ。父は戻ったぼくをぶん殴るにきまっている。

コンドームはどうする？　薬屋で買うには度胸がいる。それに、はたして中学生にコンドームを売ってくれるだろうか？　誰かからもらえれば一番いいんだけど……。

昼間は奥入瀬川《おいらせがわ》の支流でヤマメ釣りをしながら考えた。ヤマメはきれいな魚で、ぼくの一番好きな魚だ。ヤマメがどんなにきれいな魚か、口で説明するのはむずかしい。少し紫がかった小判状の黒斑《こくはん》が体側に並び、スポーツカーのようなスマートでしなやかな流線型の魚だ。図鑑でみるよりも本物のほうがずっときれいだ。

夜になるとラジオでビートルズをききながら考えた。あれこれ考えあぐねたすえに、ぼくはこのふたつの難問を解決して十和田湖いきを決行した。
決行の当日の昼前、祖母に十和田湖いきのことを話した。これは計算だった。当日だと祖母は父に相談することができない。ぼくに甘い祖母はきっとしぶしぶ許可してくれるにちがいない。その日から桜田と笠原は家族で十和田湖にでかけることになっていた。ぼくは桜田たちに誘われたのでいっしょにいきたいと祖母に訴えた。祖母は少し考えて、いいけど桜田君か笠原君の親によろしくと挨拶ぐらいしなくちゃいけないねえ、といった。

「だけど、もういっちゃったよ。キャンプ場で待ってるというんだ」ぼくはいった。

「じゃあ、お前一人で十和田湖までいくのかい？」

「うん。自転車でいくんだ。一回自転車でいってるから、どうってことねえよ」

祖母もそのことは知っていた。中学二年生の夏、輪島と力石、それに東井の四人で、十和田湖へ日帰りのサイクリングをしたことがあるのだ。祖母はどうしたものかと考えあぐねていた。そんなことはしないだろうが、もしも祖母が桜田と笠原の家に電話をして確かめようにも、二人の家族はもう十和田湖に出発していて留守のはずだ。それにきっと祖母は、父がぼくをどこへもつれていってくれないのをかわいそうに思って、最後には承諾するだろうとぼくは確信していた。

「もういってしまってるんじゃしょうがないねえ。いつ帰ってくるって？」

「明々後日《しあさって》」

「そうかい……。じゃあ、気をつけていくんだよ」

しめしめ。計算どおりだ。いずれ嘘がバレたらそのときはそのときだ。父はぶん殴るかもしれないし、桜田と笠原に知られたら嘘つきとののしられるだろうし、学校に知れたらみなの前で、なによりも避けたい杉本夏子の前で中川先生にこっぴどく怒られるだろう。そうなるかもしれない危険を冒すことになるけど、俺にとっては大人になるチャンスをつかむことのほうが大事なんだぞ。セックスをして大人になれば、嘘がバレたときに待ち受ける災難など、笑ってやりすごすことができるかもしれないじゃないか？　大人になったんだから。

「なにを持っていけばいいんだい？」祖母はきいた。

「毛布と着替えだけだからすぐだよ。あとはみんな揃《そろ》ってるっていうんだ」

そう返事したけど、準備はすっかりととのっていた。毛布と着替えはもちろん、物置をひっくり返して祖父の古い飯盒をみつけてあったし、テント代わりのビニールと紐《ひも》、米、味噌、醬油《しょうゆ》、梅干し、マッチ、包丁、まな板代わりの小さな板切れ、鍋《なべ》、トランジスタラジオ、懐中電灯、ロウソク、それからカレーの材料。キャンプはやっぱりカレーだ。ちょっと高かったけど、インスタントラーメンも六個買った。魚肉のソーセージ。それに缶詰。奮発して牛肉とクジラとサンマとミカンの缶詰を買った。缶切りも忘れていない。金も持った。お年玉の残りと何ヵ月分かの小遣いの残りだ。あれこれ買物をした残金、千五百円ちょっと。ホテルや旅館に泊まるつもりはなかったので、コンドームを買ったとしてもなんとかなるだろう。キズ薬はコンドームと一緒に買う。タオルやちり紙や歯ブラシや、こまごましたものもすべて持った。祖父の形見のスイス製の腕時計も持った。万事ぬかりはなかった。

「お金はあるのかい？」

「うん。千五百円ある」

「これも持っていきな。父ちゃんには婆《ばあ》ちゃんからいっておくから」

祖母はズボンのポケットからがま口をだし、胸の前で中を探ってもぞもぞと二千円をとりだした。受けとるときに少しうしろめたかったけど、祖母がお金をくれるとは考えてもいなかったので大ラッキーだ。これで手持ちの金は三千五百円ちょっと。心強いと思える大金だ。ぼくは予定外の二千円までせしめて、まんまと十和田湖いきを手にした。

昼前に早めの昼食を食べてすぐに出発した。ぼくは祖母がまだ食事中に「じゃあいってくる」と元気よく宣言して外に飛びだした。祖母に自転車の大荷物をみられないようにするためだった。すでに内装三段変速の自転車に荷物をくくりつけてあった。「気をつけていくんだよ」という祖母の心配する声を背中に受けて家をでた。ぼくは麦わら帽子をかぶっていた。野球帽にしようかと思ったけど、子供くさいのでやめた。襟《えり》が青色の白い丸首Tシャツ、半ズボンに白いズック。雲は多かったけど真夏の輝く青空が広がっていた。はるかに遠く、八甲田山の向こう側に入道雲ができつつあった。十和田湖へ向かう市道にでるとみせかけて、家がみえなくなると街の中心へとハンドルをきった。十和田湖へ向かう前にもうひと仕事すませなければならなかった。

コンドームを手に入れなければ。相手の女を妊娠させるわけにはいかない。中学生で父親になったら悲劇だ。ぼくのことを知っている近所の薬屋で買うのはまずい。父や祖母に告げ口される危険性があるし、だいいち中学生のぼくに売ってくれるわけがない。そこで、家からずっと離れたぼくのことを知らない薬屋から買うことにした。もちろん、作戦は練りに練った。恐ろしく単純だったけど、これならうまくいくはずだった。

ぼくは八丁目の十和田通り商店街の、やさしそうな女の人が店番をしている薬屋に目をつけていた。薬屋の横の路地に自転車をとめて店に入っていった。その日も下見したときと同じ女の人が店番をしていた。若いけれど、十分に大人の女の人だった。心臓が破裂しそうにドキドキした。

「いらっしゃい」女の人がぼくに目をとめた。

「あのう、お姉ちゃんにこの薬を買ってきてくれって頼まれたんだけど」ぼくは封筒をさしだした。

女の人は無表情に封筒の封を切ってあけた。中にはふたつ折りの用紙が入っていて、ぼくは用紙にキズ薬の名前と〈コンドーム〉と書いていた。

女の人は用紙から目を離してぼくに視線を向けた。

「あんた、三中？」

その薬屋の辺りは三本木中学の学区になる。

「そうです」ぼくはいった。

「何年生？」

「一年です」一年生ならセックスのことなどまるで知らないだろうと、女の人が思うにちがいない……。

「ふーん。一年生にしては大きいわねえ。お姉さんはいくつ？」

「二十歳です」

二十歳なら、薬屋の女の人だってセックスしてもいいと思うんじゃないか？ ぼくは努めてあっけらかんと答えるようにした。大人のことなんかなにも知らないガキのように。封筒の中の用紙になんて書いてあるか知らないのだと女の人が受けとるように。あとは、この中学生の姉ははずかしくてコンドームを買いにくることができないので、弟におつかいを頼んだのだと思ってくれればいいのだが……。

「いくらぐらいのものといっていた？ その、ここに書いてある〈薬〉なんだけど」

「わかりません。千円あずかってきました、お姉ちゃんがこれで足りるだろうからって」ぼくはポケットから千円札を取りだした。

「そう、ちょっと待ってね」

女の人は背後の薬棚からキズ薬の箱と、それから長方形の箱をとって袋に入れた。やった！ 大成功だ！ 飛びあがりたい気分だった。女の人は袋の口を二回折り、それをテープで厳重に封印した。お釣りがいくら戻ってきたのかはどうでもよかった。百円硬貨や十円玉を数えもせずにポケットに突っこんだ。

「大事な〈薬〉だからね、家の人にわたさないでちゃんとお姉ちゃんにわたすのよ」

「うん」

ぼくは〈薬〉を受けとって薬屋を飛びだした。やったじゃないか、神山君！

これで準備万端整った。さあ、あとは十和田湖を目指すだけだ。日本全国の国立公園の中でひと夏に処女を失う数が一番多い十和田湖へ。大人になるために。ぼくははりきって自転車にまたがった。

第二章　十和田湖

1

十和田湖は光りの中にあった。なにもかもがまぶしく輝いていた。

奥入瀬川沿いの道の最後の登り勾配《こうばい》と格闘すると、ぼくはいきなり光りの中に包まれた。目の前の景色が広々と腕を広げて明るく輝いていた。空を覆う森が消え、十和田湖の青い湖面が大きく横たわっている。着いたぞッ、十和田湖だ！　ぼくは奥入瀬川となって十和田湖から流れでる子《ね》ノ口《くち》の橋の上で自転車をとめた。

真っ青な湖面。緑の山々。湖面に手をのばすようにしてひらひらと風にゆれている木々の梢《こずえ》の葉。遠くの雲の切れ間から射《さ》しこむいく筋もの光線が、ずっと遠くの湖面を目に痛いくらいに白く光らせている。ぼくはあまりにもすごい大自然に圧倒されてただ呆然《ぼうぜん》と突っ立っていた。

どのくらいみつめていたんだろうか、ハッと我に返ったのは、遠くの白く光っていた湖面が金色をおびてきたときだった。夕方までに野宿をする場所をきめて、暗くなるまでに野宿の準備をして、水をくんだり、火をおこしたりして食事を終わらせなければならない。

野宿する場所はキャンプ場の近くにしようときめていた。キャンプ場には若い女の人が大勢いるはずだし、セックスをするチャンスもごろごろ転がっていそうな気がした。旅館やホテルにも若い女の人はいっぱいいるだろうけど、なんとなくチャンスはキャンプ場のほうにありそうな気がする。子ノ口の橋から左にいくと御倉《おぐら》半島のつけ根に宇樽部《うたるべ》キャンプ場、右にいくと子ノ口キャンプ場がある。少し迷って、まず宇樽部キャンプ場にいってみることにした。光る湖面を右手にみて、わりと平坦《へいたん》な光り輝く道を、ウキウキした気分で軽快にペダルをこいだ。

宇樽部のキャンプ場はうっそうとした森の中だった。ぼくは用心しながらキャンプ場を観察した。もしかしたら笠原や桜田たちの家族がいるかもしれなかった。あいつらとは顔をあわせたくなかった。一人で野宿をしにきたというと、あれこれ勘ぐられてうるさいことをいわれそうだし、それに保護者がいっしょじゃないことが知れるとあの二人は校則を破ったただのずるいだのと騒ぎだすにきまっている。キャンプ場には桜田たちの姿はみえなかったけど、テントもまばらで、なによりもがっかりしたのは、男ばかりで女の人がほとんどいなかったことだった。ぼくは半分がっかりして、半分腹立たしく怒って、さっさときた道をひき返した。くたびれもうけだった。

子ノ口の橋をわたり、土産店や遊覧船発着場や森の中の旅館やホテルの前をとおると、道は深い森の中に入った。道から湖まではほんの二、三〇メートルのはずなのに、うっそうと繁《しげ》る木々にさえぎられて湖面はみえなかった。やがてまた湖面が左手に開けると、その右側一帯が子ノ口キャンプ場だった。

キャンプ場の手前の林に自転車を隠し、森の中に入ってまたじっくりと観察した。子ノ口キャンプ場は大きなキャンプ場だった。木々やこんもりとした丘が視界を妨げて、全体をつかむことはできなかった。目のとどく範囲には桜田と笠原はいなかった。テントがあちこちに、数えきれないぐらいはってあった。水場で若い女の人たちが楽しそうに炊事の支度をしていた。テントをはっていたり、バドミントンをしたり、歩いていたり、走ったり、女の人がいっぱいいた。湖畔にも女の人がたくさんいた。湖に細長くのびている木の桟橋《さんばし》にも女の人がいた。寝そべったり、座ったりして、話をしたり、笑ったり、じっと景色をみたりしていた。水着の女の人もいたし、泳いでいる女の人もあちこちにいる。

きめた！　ここだ！　ぼくは決心した。若い男もいっぱいいるけど、若い女の人もいっぱいいる。なによりも女の人がはしゃいだり、笑ったり、しゃべったりする声がキャンプ場に満ちて華やいでいるのがいい。はめをはずしたり、タガがゆるんだ女の人が、開放的になってちょっと若すぎる男と、つまり中学生のぼくのことだけど、セックスをしてもいいと思う雰囲気になる可能性が十分にありそうだった。それにどうやら笠原と桜田もいなさそうだし。

野宿の場所は子ノ口キャンプ場の近く、できればそう遠くなく、かといって近くもないところを探した。遠くに一人ポツンと野宿をするのは、率直にいって心細くて怖かった。一人っきりで野外で眠るのは初めての経験だったし、それに、十和田湖は自殺の名所だということもきき知っていた。身投げや首吊《くびつ》り自殺や、一番のぞっとする自殺の話は、駆け落ちした男女がボートで湖に漕《こ》ぎだし、ダイナマイトを真ん中にして抱きあって爆死したというものだった。ボートごと二人の身体《からだ》はバラバラに飛び散り、二人の首がいまでも湖面を漂っていて、浮いたり沈んだりしているというのだ。この話は一年生のときに野球部の先輩からきいた。新米たちを震えあがらせてからかってやろうという作り話にちがいなかった。たとえ嘘《うそ》だとわかっていても、一人っきりで十和田湖で野宿するとなると、じわじわと恐怖心が大きく膨らんでくる。人間の営みを感じていられる距離にいれば、少しは安心できる。かといって、あまり近づきすぎるのも考えものだった。林立するテントの中にビニールばりの野宿はめだちすぎる。もしかして笠原や桜田が目ざとくぼくを発見するかもしれない。酔っぱらった大人たちがからかいにやってくることもあるかもしれない。一番の心配は、生徒指導の先生がキャンプ場を巡回しているということだった。中学生が一人で野宿していることがわかると、校則を破ったことを問い詰められて強制的に帰宅させられるだろうし、それに学校に父といっしょに呼びだされてめんどうなことになる。

観光客のいる子ノ口とキャンプ場の中間、道路と湖の間の鬱蒼《うっそう》とした林の中に野宿することにきめた。道からはみえないし、湖のほとりにでるとキャンプ場がみえる。反対側には子ノ口や遊覧船の発着場の賑《にぎ》わいもなんとなく感じることができる。完璧《かんぺき》だ。適当に孤独でしかも一人の恐怖に耐えられそうだ。

これから始まる野宿生活を思い描いて胸が弾んだ。一帯は水際まで岩盤がはりだしていて、湖面までは一メートルぐらいの高さだった。明るい赤茶けた岩で、真っ青な湖水との対比がきれいだった。景色も最高だった。もちろん人っこ一人いない……と思ったけど、子ノ口寄りの湖岸の岩場に、女の人が一人、もの思いにふけるかのように腕を抱いて立っていた。黒っぽいズボンに灰色のサマー・セーターを羽織っている。アップにした髪に灰色のスカーフを巻き、黒いサングラスにまだ明るい西の空が反射して光っていた。大人の女の人だった。それでも一人にしてはさみしそうな雰囲気ではなかった。その女の人はしばらくじっと立ちつくしていた。それから二、三度周囲をみまわし、なにかを考えるように右手を頰《ほお》にあてた。少し様子が変な感じだった。それからゆっくりとした足どりで子ノ口のほうの林の中に消えた。観光客の一人だろう、とぼくは思ってあまり気にとめなかった。処女じゃなさそうだったし。なんとなく力石たちとの話から、処女とのほうが簡単にセックスできそうだという思いがあった。処女はキャンプ場にいっぱいいそうな感じだったし。

林の中の湖近くに二メートル四方の平らな場所をみつけた。太い木の幹の地上一メートルぐらいの高さに紐《ひも》を結んで四角くはりめぐらし、その中を×印にはった。ビニールをかぶせて洗濯ばさみでとめた。洗濯物を干そうとする祖母が、洗濯ばさみが大量になくなっていてとまどっている姿が目に浮かんでおかしくなった。これで雨は大丈夫、台風並みの強風でも吹かないかぎり、風で吹き飛ばされることもないだろう。もう一枚のビニールを少し湿りけのある下生えの上に敷き、毛布を広げた。寝床ができあがった。まるで隠れ家みたいで気に入った。いい気分だった。

いつの間にか、湖をかこんでいる屏風《びょうぶ》のようにそびえ立つ山並みに太陽が隠れていた。それでも夏の空はまだ明るかった。重なりあってつづく雲は白く輝いていたけど、湖面には黄昏《たそがれ》の落ちつきが漂い始めていた。

明るいうちに食事の支度をしなければ。ぼくは腹ぺこだった。疲れてもいた。飯盒《はんごう》でご飯を炊き、インスタントラーメンも作って栄養をつけなくちゃ。元気じゃなければ目的を達成することもできないぞおッ。

カレーにしようかと迷ったけど、時間がかかりそうなので明日以降の楽しみにした。米を飯盒に入れて湖のほとりにいった。湖水がきれいだったので、煮炊きは湖水ですまそうと考えていた。でも、青く透きとおる、あまりにきれいな透明な湖水をみて気が変わってしまった。白い研《と》ぎ汁をせっかくのきれいな湖に流してはいけないような気がしたし、それに、度胸試しにキャンプ場の炊事場にいって、女の人に声をかけてみようと思い立ったからだ。

肩慣らしの軽いキャッチボールといこう。もしかしたら幸運にめぐりあえて女の人と仲良くなれるかもしれないし。ぼくは自転車のハンドルに飯盒をぶらさげ、水筒を持ってキャンプ場に向かった。

キャンプ場にはもう夕暮れの灰色のもやがかかっていた。夕食どきの賑やかで楽しそうな雰囲気に満ちて、あちこちで煙が立ちのぼり、歓声や笑い声が響きわたっていた。炊事場には若い女の人が何人もいた。ぼくは一番端の空いている水道で米を研ぎながら女の人に話しかけるチャンスをうかがった。

ぼくの隣には赤いシャツを着た大学生ぐらいのすこし太った女の人がいた。彼女は野菜を洗っていた。向こう隣の女の人とのおしゃべりに夢中で、ぼくのことなんかまるで眼中にない様子だった。結局ぼくをちらっとみることもなくいってしまった。入れ替わりにもっと年上の女の人が鍋《なべ》に米を入れて持ってきた。お尻《しり》の線が丸だしのぴったりしたひざ下までのズボンをはき、真っ赤な口紅のちょっと派手な顔をした、女、の匂《にお》いを強烈にまき散らしているような大人の女の人だった。その人は、さあて、と気合いを入れて鍋の米を研ぎ始めた。

ようし、この人だ。ぼくは腹をくくった。こういう発展家みたいな感じの人なら、中学生にも興味を示すかもしれない。米の研ぎ方をきくふりをして声をかけてみよう。もしかしたら、うまいこと知りあいになって、それで、明日か明後日《あさって》かヘッペができるかもしれないじゃないか？　なにしろ十和田湖なのだ。女の人がセックスをしたくなる不思議な力があるのだ。

ところが、ぼくはいつまでたっても気後《きおく》れして声がかけられなかった。見知らぬ女の人、しかも大人の女の人をひっかける目的で声をかけるなんて初めてのことだ。女の人がたち去ろうとするときになって、やっとの思いで声がでた。心臓がドキドキだった。

「あ、あのう……」

「なに？」

「米は、どうやって研げばいいんですか？」

「そんなの知るもんですか。適当にシャシャッ、とやればいいんじゃないの？　わたしだっていいかげんにやったんだから。じゃあね」

けんもほろろってのはこのことだろう。女の人はそそくさといってしまった。がっかりする暇もなく、すぐに、食べ終わったらしい食器を持った若い女の人が隣にやってきた。短パンをはいた女子高校生ぐらいの人だった。太股《ふともも》がパンパンではちきれそうだ。彼女はぼくに目もくれず食器を洗い始めた。

これは、正真正銘の処女にちがいない！　血が騒いだ。身体が熱くなった。日本一処女を失う数が多い十和田湖の、確実にそのうちの一人にちがいない！　チャンス到来。高校生なら年だって離れていない。大人の女の人よりは気軽に話しかけられるじゃないか。ぼくは自分を叱咤《しった》した。よしッ。心の中で気合いを入れた。

「カ、彼女。どっからきたの？」

声にだしていったとたん、自分で幻滅してしまった。陳腐だ。陳腐極まりない。もっと気のきいたセリフをいえよ！

「はあ？」

「キャンプしにきたんだろう？」

またまた幻滅。キャンプ場にいるんだからキャンプしにきたにきまっている。

高校生らしい女の人はクスクス笑いだしてしまった。

「いや、俺《おれ》も、あの、キャンプしにきたんだ、一人でさ」

情けないことにしどろもどろになってしまった。なにがおかしいのか、彼女は声にだして笑いはじめた。笑いつづけながら食器を洗っていた。

「高校生だろう？　誰かといっしょにきたの？　友達？」

もうやけっぱちだった。彼女は返事もせずに笑いつづけた。なにかをいわなくちゃ。ぼくは焦って言葉をさがした。彼女の笑いがぼくの口にフタをしてしまって、言葉にならない声のかたまりだけが口の中でつっかえ、なにをいえばいいのかわからなくなってしまった。

「あんた、中学生でしょう」

彼女は笑いながらぼくの丸刈頭に目をやっていった。完全にみくだしたお姉さん口調になっていた。彼女はぼくの返事も待たずにケラケラ笑っていってしまった。

ショック。完封負けだ。しかも完全試合を食らった気分だ。まあいいや。肩慣らしとしてはこんなものだろう。それに、初めて知らない女の人に声をかけることができたし。それって男らしいことだよな？　自分を納得させるとなんだか一歩大人に近づいた気分だった。本番は明日からだ。まずは腹ごしらえが先だ。お腹《なか》がグウグウ鳴っていた。隠れ家に戻って晩ご飯の支度をしよう。ぼくは炊事場を離れた。

湖面の少し上空に、絹の布をかぶせたみたいに、白いもやが帯状に漂っていた。湖は色をなくしておだやかに静まりかえり、まるで深い眠りにつき始めたみたいだった。幻想的だった。

隠れ家に戻って枯れ枝を集めた。岩場の窪地《くぼち》に石を積んでカマドをつくり、火をおこした。子供のころから風呂《ふろ》の焚《た》きつけや、祖父の手伝いをして魚を焼く炭に火をつけていたので火おこしはなれたものだったし、火の危険性も十分わかっていた。一度、風呂場のそばにおいてあったムシロが燃えあがり、ぼやを出して大騒ぎになったことがあるのだ。カマドは林から離れた場所につくった。飯盒をカマドの上に置いた。やがて沸騰し始めた。何度もフタをとって炊けたかどうか調べた。そのうち少し焦げ臭くなってきたので、これで大丈夫だと思って食べてみた。家で食べるご飯はお焦げがおいしいので少し焦げ臭くなれば炊けたものと思ったのだ。炊けたと思ったご飯は粘りけがなくポロポロで、かじると芯《しん》が残っていてかたくて食えたものではなかった。どうしようかと考えた。水を少し足してまた火にかけた。

夜になりつつあった。辺りはうす暗くなり、湖水が圧倒的に巨大な、恐怖の黒いかたまりに変化していた。いまにもいきなり盛りあがって岩場をのり越え、ぼくを飲みこんでしまいそうな気にさせられた。自殺者を飲みこんでいるという事実と、恐怖の妄想がそう思わせた。

　飯盒のフタから沸騰した汁が噴火した火山みたいに飛び散った。やがて汁がでなくなった。すると今度は猛烈に焦げ臭くなった。カマドからおろしてフタをあけてみた。少し食べてみた。芯はなくなったけど、こんどは焦げ臭くて食えたものではなかった。梅干しといっしょに食べればなんとかごまかせるかもしれないと自分を慰め、インスタントラーメンにとりかかった。夜が近づくとともにカマドの焚き火が徐々に明るくなった。蛾《が》や虫がどっと押しよせてきた。インスタントラーメンはすぐにできあがった。これを発明した人は天才だと改めて感心した。ついでにインスタントご飯も発明してくれればいいのに。

　さあ食うぞ！　ぼくは勇んで食べようとした。飯盒のフタをとって梅干しを飯の上にのせた。まずはインスタントラーメンからだと、鍋をつかんで食べようと箸《はし》を入れた。

　げえぇッ！　ぼくは目をむいてしまった。ラーメンの鍋の中は小さな蛾や虫でいっぱいだったのだ。麵《めん》にしがみついたり、汁に浮かんでもがいている。目をむいている間にも蛾や虫が次々に鍋に飛びこんだ。飯盒に目をやると、飯盒の中も虫どもがわんさかもがいていた。焚き火の明かりに集まってきて飛びこんでしまったのだ。がっくりと落ちこんでしまった。蛾や虫入りの飯やラーメンは気持ちが悪かったけど、それでも食べないわけにはいかない。いまさら作り直そうにも、腹がへって死にそうなのだ。ぼくは飯盒とラーメンの鍋を持ってカマドから離れた。

　かすかに残っている頼りない空の明かりで虫どもを取り除き、とはいってもよくみえないので何匹かは取り残したにちがいないが、えいッ、ヤッ、と覚悟をきめて食べ始めた。ご飯は焦げ臭くて半分も食べないであきらめてしまった。腹がへっていたのでラーメンは汁まで全部飲んでしまった。きっと何匹かの蛾や虫もいっしょに飲みこんでしまったにちがいなかった。なんとなく気持ちが悪くて胃のあたりがむかついたので、ねぐらに戻って口直しにミカンの缶詰をあけることにした。みじめな気分だった。

　食事がうまくいかなかったせいもあると思うけど、大自然の闇《やみ》の中でポツンと一人でいるのは心細くて恐ろしかった。懐中電灯かロウソクをつけようかと思ったけど、やめた。誰かが明かりを発見して、よからぬ考えを持って探りにくるのじゃないかとなんとなく怖かった。それに、明かりという目印がなければ、さまよっている自殺者の幽霊もぼくの存在をみつけることができずにやってくることもないのだ。セックスをして大人になれば、きっと大自然の中でも孤独を楽しめるようになる。それまでの辛抱だ。ぼくは自分にいいきかせた。

　疲れていたのが幸いだった。眠気が襲い、あくびがでた。孤独と恐怖におののく時間はほんの少しですみそうだ。山中なのでトランジスタラジオはうまく電波をキャッチできなかったけど、そんなにがっかりはしなかった。ビートルズをきくことよりは眠りたかった。さまよう幽霊の気配や、乱入者の心配はつきまとって消えなかったけど、それでも一人で野宿をしているという興奮のほうが大きかった。

　ぼくはねぐらで横になった。背伸びをした。身体中がきしんだ。いい気持ちだった。寒くはなかったけど、夜の冷えこみを心配して毛布の中にもぐりこんだ。コンドームを試着してセックスの予行演習のマスターベーションをしてみようと思っていたことなど、もうすっかり忘れていた。服を着たまま眠るのはなんとなく男らしい気分にさせた。それでも心細さは消えはしなかった。大人になればなにも怖いものはなくなる……。俺は大人になるために十和田湖にいるんだ……。明日か明後日にはきっと……。きっと……。

明け方、夢をみた。

夢の中のぼくは小学三年生だった。母が泣いていた。母は病院のベッドの上でぼくをみつめて泣いていた。泣き声がはっきりと耳にきこえる……。

ぼくが小学三年生のとき、母は八戸《はちのへ》市の病院に入院していた。ぼくと弟は、毎週日曜日、父につれられて母にあいにいった。十和田市と八戸市を結ぶ国道45号線はまだ完全舗装ではなく、市街地を抜けると未舗装の道が蜒々《えんえん》とつづいていた。土煙の舞いあがる穴ぼこだらけの埃《ほこり》っぽい道を走るバスは、いまにも倒れそうになるほど激しくゆれた。あまりのゆれの激しさに、ぼくは何度も吐きそうになった。懸命に吐き気と闘った。もしも吐いてしまったり、具合が悪いといおうものなら、もう母のところにつれていってもらえないかもしれない。母はいつもうれしそうに笑ってぼくと弟を迎えてくれた。母のうれしそうな笑顔をみられなくなるのは死んでもいやだった。母の笑顔をみるのが、ぼくの一週間の元気の素《もと》だった。

秋のある曇りの日。火曜日で、学校から帰ると、家で弟が泣きじゃくっていた。弟の伸二はまだ五歳で、どうしたんだとたずねても、

「母ちゃんのとこにいきたい！」

といって泣きじゃくるばかりだった。

祖父と祖母は畑仕事だし、父は会社にいっていて、家にはぼくたちのほかに誰もいなかった。祖父なり祖母が家にいたらうまく弟をなだめてくれるにちがいない。いまはぼくがなだめ役なんだと思って弟にいった。

「一昨日《おととい》あったばかりじゃないか。日曜日までがまんしろよ。お前がさみしがって泣いてるって知ったら、母ちゃん心配で病気がよくならねえじゃねえか。な、だから、泣いちゃだめだ」

いくらなだめすかしても、弟のやつは「母ちゃんにあいたい！　母ちゃんとこにいきたい！」と泣きじゃくるだけだった。

どうしてもあいたいのなら電話をしてみようかと持ちかけた。ぼくの家には電話が入ったばかりだった。ぼくたち子供は電話をかけることを禁じられていたけど、弟をなだめるためなら祖父母や父もきっとゆるしてくれるだろうと思った。母が入院している病院の電話番号はどこかにあるはずだ。

それでも弟は「母ちゃんにあいたい！　母ちゃんのとこにいきたい！」の一点張りだった。弟があまりに泣きじゃくるものだから、そのうちにぼくはせつなくなってきた。なだめる気持ちがすぼまってぼく自身も母にあいたいと強く思ってしまった。がまんできなくなってしまった。祖父母にいえば日曜日まで待とうと諭《さと》されるにきまっている。父もそういうだろう。日曜日はもちろん、明日までも待てない気分だった。その日のうちに母にあいたかった。

八戸までいくにはバス代がいる。ぼくと弟の小遣いではバス代はまかないきれない。お金がどこかにないだろうかと家の中のめぼしいところをさがした。子供のぼくにはお金のありかなどわかるはずがなかった。そのときだった。一ヵ所だけ、お金がある場所がひらめいた。近所のよろず屋の古田《ふるた》商店の釣銭を入れておく籠《かご》だった。よろず屋といっても古田商店は小さな店構えで、古田の婆《ばあ》さんが一人で店番をしていた。駄菓子やラムネもおいてあって、近所の子供たちは毎日の小遣いをにぎりしめて古田の婆さんから駄菓子を買うのが楽しみになっていた。古田の婆さんの店には金庫がなかった。店の奥に天井から籠がぶら下げてあり、古田の婆さんはそこにぼくたちが駄菓子を買った小銭を入れ、釣銭にしていた。ぼくたちの小銭を入れるときに、いつも百円札が何枚か入っていたのをぼくはみていた。他人の物や金を盗むのは一番やってはいけないことだ、とことあるごとに祖父母や両親からきかされていた。それはわかっていたけど、ぼくはどうしても母にあいたかった。ぼくは弟をつれて家をでた。横町の路地で弟を待たせ、ぼくは一人で古田の婆さんの店にいった。店先から中をうかがうと、いつものように古田の婆さんが店の奥に陣取って座っていた。

「おや、久志ちゃん、買いにきたのかい？」

古田の婆さんはめざとくぼくをみつけた。

「うん。伸二を待ってるんだ。伸二がきたらいっしょに買う」

ぼくは弟の名前をだし、嘘をいってその場をとりつくろった。ぼくは知っていた。古田の婆さんはおしっこが近くてしょっちゅう用便にたつということを。それでも店が気にかかるのかすぐに戻ってくる。すばやくやらなければならなかった。

少しすると、古田の婆さんはヨッコラショとかけ声をかけて立ちあがった。いまだッ。古田の婆さんが奥の部屋に消えると、ぼくは周囲をみまわして誰もいないのを確かめ、天井から吊《つ》るされた釣銭入れの籠をめざして店の奥に突き進んだ。籠に手をかけてのぞくと、思ったとおり百円札が数枚入っていた。ぼくは一枚ずつつかんでポケットに入れた。四枚目に手をかけたときだった。奥の部屋で物音がしてぼくはすくみあがった。百円札を鷲《わし》づかみにしたまま店を飛びだした。そのまま横町の路地に待たせてあった弟に声をかけて、二人で四丁目の中央バス停留所まで走った。キップ売場で八戸までのキップを買った。

「二人だけでいまから八戸にいくのかい?」

キップ売りのおじさんは変な顔でぼくたち兄弟をみた。ぼくは母が病院に入院しているのであいにいくんだといった。そこまでいって、ものすごく暗い気持ちになった。母はきっとバス代はどうしたとたずねるにちがいない。それに、ぼくたちが病院にきていることを家に知らせるだろう。祖父母や父がぼくたちがいないのを心配するからだ。母や祖父母や父に、バス代のことをなんといえばいいのだろう。

「八戸の病院って、どこでバスおりて、どういけばいいのか知ってるのかい?」

「うん。いつもいっているから」

ぼくは病院のあるバス停をいい、病院名とバス停からの道順を教えた。

「家の人は二人が八戸の病院にいくことを知っているのかい?」

「うん。あとから父ちゃんがくる」

きっとそうなるだろう。バス代をどうしたのかを知ったらものすごく怒るだろう。きっと叩《たた》かれるにちがいない。

「そうか。じゃあ、あそこのベンチに座っていなさい。八戸いきのバスがきたら教えてあげ

うくるかなあ」

「母ちゃんにあえるね」「バス、早くこないかなあ」弟は八戸いきのバスがやってくるまで足をブラブラさせながらうれしそうに語りかけてきた。「バス、まだかなあ」「母ちゃん、びっくりするだろうなあ」「母ちゃん、早くよくなるといいね」「バス、もうすぐだよね」「もうくるかなあ」

ぼくはずっとバス代のことをどうごまかせばいいのか考えていた。やがてバスがやってきた。親切なキップ売りのおじさんは、車掌にぼくたちを病院のあるバス停でおろしてくれるようにいってくれた。バスにのっても、ぼくはずっとバス代のことを考えていた。おかげで吐き気を感じる暇がなかったけど、気分は吐き気をもよおすのとおなじぐらいすっきりしなかった。病院のバス停に到着するまでに、なんとかもっともらしい嘘をでっちあげた。

病院のあるバス停についたのは、夕焼けも色あせた、夜も間近の遅い時間になってからだった。ぼくと弟がバスをおりると、びっくりしたことに、母がバス停にいて出迎えてくれた。母は寝間着の上に綿入りの羽織を着て、いつものやさしい笑顔でぼくたちに笑いかけた。弟が母に飛びついていった。どうして母がバス停にいるのだろう？　不思議に思いながらも、それでも母がバス停で待っていてくれたのはうれしかった。

「まあまあ、二人ともよくきたわねえ」

「うん。伸二のやつが、どうしても母ちゃんにあいたいってきかなくて。そしたら、ぼくも母ちゃんにあいたくなって」

「そう、よくきたわねえ、二人だけで。さあ、病院にいきましょう。家に電話して二人が到着したことを報せなくちゃ。心配してるよ、爺ちゃんと婆ちゃん。母ちゃん、二人があいにきてくれてとってもうれしいけど、爺ちゃんと婆ちゃんにだまってくるのはもうだめだよ」

「うん。爺《じい》ちゃんと婆ちゃん、いくっていえば、だめだっていうから……。どうしてぼくと伸二がくるって知っていたの？」

母は笑って答えなかった。ぼくの肩を抱いて病院に向かって歩きだした。弟のやつは母の手をしっかりと握っている。

「二人がどこにもいないので、きっと母ちゃんのところにいったと思って、それで父ちゃんが中央停留所にいってきいたら、キップ売場の人が二人のことをおぼえていたの。父ちゃんね、いまごろバスにのってこっちに向かってるよ。お腹すいたでしょう？　ラーメン出前してもらおうね」

弟が歓声をあげた。ぼくもラーメンが食べられるのはうれしかったけれど、このあとがどういう展開になるのか不安で、弟のように素直に喜べなかった。母は家に電話をしてぼくたちが到着したことを告げた。それからぼくたちは母の病室で話をした。弟のやつがはしゃいで一人でしゃべりつづけた。ぼくはバス代のことが気になっていつもよりは無口になっていた。母はバス代のことについてひとことも問いただささなかった。ラーメンがふたつ、病室に運ばれてきた。母は、ぼくと弟がラーメンを食べるのを笑顔でみていた。ラーメンを食べ終わり、またしばらく三人で話をしてから母が笑いかけながらきいた。

「バス代、どうしたの？」

「借りてきたんだ、古田の婆さんに……」ぼくは母から目をそむけてしまった。まっすぐにみることができなかった。「だから、返さないといけないんだ」

　そういえば母も納得して、それ以上のことは問いつめないだろうとぼくは踏んでいた。小学三年生の知恵なんてその程度のものだった。お金を盗んだことの、考えうる最高のいいわけだと思ったけど、そうは簡単にことが運ぶわけはなかった。

「そう。古田の婆さん、なんていったの？」

「……なんにも……」

「貸してくださいっていったんでしょう？」

「……うん……」

「でもだまってたの？」

「……うん……」

　そのあと母がなにもいわないので、ぼくは母を上目づかいにみた。母はやさしく笑ってぼくをみているだけだった。でも、母は泣いていた。ぼくに笑いかけながら、涙が頬をつたっていた。ぼくは母を泣かせてしまったとせつなくなった。本当のことをいわなければ。ぼくは重い口を開いた。

「貸してって、心の中で、いったんだ……。口にだしていわなかった……」

「そう」

　母はぼくの手をとった。細くて、あたたかくて、白くて、きれいな手だった。あのぬくもりはいまでもぼくの手に残っている。

「久志は自分がどういうことをしたか、わかっているわよね」

「……うん……」

「これからは絶対にそんなことをしちゃだめよ」母はやさしくぼくを諭した。「約束してくれる？」

「……うん……」

「父ちゃんに、ちゃんとお金を返してもらおうね」

「うん」

「約束だよ。久志がやったことは人間としてやってはいけないことなの。でも、本当のことをいってくれて、母ちゃん、久志のこと、安心したよ。本当のことをいうのは、勇気がいるよね。でも母ちゃんは、久志は本当のことをいってくれると信じていたよ」

　そういうと、母は突然ベッドの上で息を詰まらせたように泣きだした。ぼくの手をにぎり、ぼくをみつめたまま、ポロポロと涙をこぼした。

「ごめんなさいね。母ちゃん……本当にごめんなさいね」そういって母は震えだした。

なぜ母がぼくに謝らなければならないのだろう？　ぼくはとまどい、どうしていいのかわからず、だまって母をみつめることしかできなかった。

「ごめんなさいね。本当にごめんなさいね」

　母は声を震わせていつまでもぼくに謝るのだった。いつまでも……。

　その声が、母の歌うような震える声が本当にきこえたような気がして、その声が夢なのか現実なのかの判断を迫られて眠りからさめた。

林の中を小さな風がとおり抜けたような、あるいは誰かが枯れ枝を踏んでいるような、その小さな音にまじって、かすかにきれいな歌声がきこえているような気がした。風が歌っている？　自分が自分でないような、奇妙な感覚からしばらく抜けだせなかった。ここはどこだろう？　なぜこんなところにいるんだ……。ぼくはぼんやりとまわりをながめた。これは夢なんだろうか……。うす暗がりのなかで天井のビニールや紐や、毛布、自転車の車輪を目にして、次第になにもかもがはっきりとしてきた。自分がなぜこんなところにいるのかも思いだした。

ふいに、かすかに、歌声がきこえた。きれいな高音の、すみきった、女の、歌声のようだった。すぐ前の岩場のほうからきこえる。茂みのすきまから岩場をうかがうと、なにか、人間のようなかたまりが動いているようにみえるけど、重なりあった茂みの陰になってよくみえない。夜はまだ明けきっていなくて、その人間らしい動きはうすらぼんやりとしかみえなかった。ぼくはそっと岩場のほうに近づいた。その瞬間、人間のような影は岸の向こうにすっと消えた。すぐにやわらかな入水の音がきこえた。

とっさに頭に浮かんだのは、自殺者、という言葉だった。一瞬背筋が凍りついた。自殺だったらどうしようかと動転しかけたとき、その人が湖面に仰向けに浮かんで姿を現した。自殺じゃなさそうだと思い始めたのは、その人が泳ぎだしたからだったし、それに裸だったからだ。裸で自殺する人はいないんじゃねえか……。静まりかえった灰色の湖面を、その女の人はゆっくりとした背泳で岩場と平行に泳ぎ始めた。女の人だとわかったのは、ふっくらとした乳房が湖面にみえ隠れしていたからだった。顔はよくみえなかった。首筋までの髪がぴったりと頭にはりついていた。

風はなく、湖も山も木々も岩場も空も、白々と明け始めたばかりでまだ眠りから目ざめてはいなかった。これは絶対に夢にちがいない、と思った瞬間、女の人が身体を反転させて水中にもぐり始めた。かっこうのいいお尻が現れ、スマートな両足がぴたりとそろい、ピンとのびたきれいな潜水だった。一〇メートルぐらい先に顔をだすと、こんどはクロールで泳ぎだした。ゆっくりとした抜き手で、優雅で、のびやかで、すごくきれいだった。バタ足は水中だけで、水音は腕を入水させるときのなめらかな音だけだった。静かな泳ぎだった。

静寂の中で、ぼくは半分呆然と、半分夢うつつという感じで、女の人が泳いだりもぐったりするのをじっとみつめていた。女の人は長い時間泳いでいた。湖面の灰色が、だんだんにうすいブルーへと明るくなっていった。女の人はまたもぐった。こんどは水中での女の人の身体や動きがはっきりとみえた。両手を頭上に真っ直ぐにのばし、両足を揃《そろ》えた泳ぎで、まるで魚のようになめらかに水中を進んでいく。

「ヤマメ……」

ぼくは声にだしてつぶやいていた。本当にヤマメのようだった。腕も、身体も、足も、全身の白い肌に、青黒い斑紋《はんもん》がヤマメのように並んでみえた。ヤマメが人間の姿に？　ぼくには女の人が本当にヤマメの化身ではないかと思えた。それほどにきれいな水中での泳ぎだった。

女の人は浮きあがると大きくゆっくりと息を吸いこんだ。それから方向転換をしてこちら側の岸に向かってゆっくりとしたクロールでやってきた。いったん岸の岩場の陰に消え、すぐに水からあがって岩場の上に姿を現した。

やっぱり女の人は裸だった。水着や下着はいっさい身につけていなかった。ぼくは息をするのもまばたきも忘れて、裸の女の人にクギづけになった。雑誌で水着姿の女の人の写真をみただけでも、ぼくの男性性器は熱く大きくかたくなるのに、ずっと女の人の裸をみつづけていてもちっともムラムラとした気持ちにならなかった。突然の裸の女の人の出現におどろいていたのかもしれないし、ヤマメのようなきれいな身体と泳ぎに我を忘れて呆然としていたからかもしれない。

裸の女の人は、東のほう、子ノ口遊覧船発着場を向いて立った。遠くの空が、透きとおった淡いピンクに染まっていた。

「ふう……」

女の人は明るくなり始めたばかりの空をあおいで幸せそうに小さく笑った。それから頭を振って水滴を飛ばした。首筋までの真っ直ぐな髪や、鼻筋のとおった顔、うなじ、円錐形《えんすいけい》にピンと立ったふっくらとした乳房に、お腹に、女の人の秘めやかな部分を隠しているやわらかな茂みに、すらりとのびた足に、無数の水滴が光っていた。まだ青白い山々や湖を背景にして、白い肌にかすれ模様の青黒い斑紋が全身に並んでいる女の人は、明け始めた東の空の光りを浴びて淡くピンクに輝き、物語にでてくる妖精《ようせい》のようにきれいだった。まるで一日の新しい光りが女の人から生まれでていくかのようだった。

そのときになって、ぼくは初めてその女の人が誰かに似ていると気づいた。夢のような光景にみとれるあまり、誰に似ているのかとっさに頭に浮かばなかったほどだった。女の人は腰をかがめてタオルを手にした。大きなバスタオルをつまむ指先の動作が、やわらかくしなやかで胸をくすぐった。女の人は丁寧に髪の毛をふいた。顔だちがはっきりと現れた。おかっぱ頭に、左の頬の傷……。

斉藤多恵……？

まさか……？　あの斉藤多恵？

女の人は肩から足へとバスタオルを這《は》わせ、白い下着を身にまといはじめた。それから木綿のワンピースを着た。くたびれて色あせた若草色の長袖《ながそで》のワンピースだったけど、きれいに洗濯したてのようで着心地がよさそうだった。

まちがいないッ。斉藤多恵だ！　嘘だろう!?

ぼくははっきりと認めた。斉藤多恵だった。体育の授業にまったくでなかった斉藤多恵が、どうしてあんなに泳ぎがうまいんだ？　びっくりしたと同時にとまどった。なんだって斉藤多恵が？　キャンプをしにきたんだろうか？　茶太郎婆ちゃんと？　それとも誰かの家族といっしょに？　いずれにしても、なんだってこんな早朝に、裸で泳がなければならないんだ？

声をかけようかと口まででかかったけど、ぼくは思いとどまった。誰もいないと思って安心しきって振る舞っている彼女に声をかけたら、ものすごくびっくりさせて怖い思いをさせることになる。それに、彼女が胸の前に両手を組み、頭をたれてなにかを祈り始めたからだ。それから少しして彼女は顔をあげて歌いだしたのだった。

♪ア――――……

ヴェ・

マ・リ――――――……イ――……ア――――……

きれいな高音で、透明感のある、すみきった歌声だった。

シューベルトの《アヴェ・マリア》。音楽の授業で小林先生がレコードをかけてきかせてくれたことがあった。女のオペラ歌手が歌うそのレコードより、斉藤多恵の《アヴェ・マリア》のほうがよっぽどきれいな歌声だった。ゆっくりと、気持ちをこめた歌声は、新しい光りとなって静かにたたずむ湖や山々を明るく輝かせていくようだった。まるでこの世に歌を捧《ささ》げ、すべてを美しく輝かせるように響いた。感動して、ぼくは震えた。それはビートルズの《お願い・お願い・わたし》を初めてきいたときの感動とはちょっとちがったものだった。もちろんぼくに日本語ではない歌詞の意味がわかるわけもない。でも曲のうつくしさや、斉藤多恵の心をこめた歌い方やきれいな声に、すべてが愛とゆるしと希望にみちているような、そんな感じがして、いままで感じたことがない、胸がうち震えてたまらなくなるような不思議な気分になってしまった。ぼくは催眠術にかけられたように立ちあがっていた。歌っている斉藤多恵がぼうっとにじんで輝き始めた。感動して涙がでるのを初めて知った。

彼女が《アヴェ・マリア》を歌い終わったちょうどそのとき、東の空が明るく輝きはじめた。日の出はもうすぐだった。山も湖も木々も、いきいきと生命に満ちた色を輝かせはじめた。斉藤多恵の歌がすべての自然に新しい一日の息吹を与えたようだった。

彼女がぼくを振り向いた。気配を感じたにちがいない。おどろいて目を丸くした。緊張して身体を硬くさせたようだったけど、ぼくはどうしていいかわからず、なにかをいいだすこともできずに、ただじっと斉藤多恵をみつめているばかりだった。とりあえず、涙をふかなければ……。ぼくは両腕のシャツの袖で涙をぬぐった。

少しして、

「神山君？」

と彼女が、恐る恐るといったように声をだした。

「あ、うん。ごめんな、びっくりさせて」ぼくはいった。声がかすれていた。

「ううん。でもおどろいた」彼女はほっとして笑顔になった。「だって、こんなところに、まさか神山君が現れるなんて、おどろいた」

「俺だってびっくりした……。斉藤がこんな時間に、こんなところにいるなんて、びっくりした」

ぼくは少しだけ彼女に近づいた。彼女の顔の右半分が東の空を向いて明るく輝いていた。

「こんなに朝早く散歩でもしていたの？」

「いや、あの、きれいな歌声がきこえたんで……、誰かなあと思って」

「いやだ、きいてたの」斉藤多恵はうっすらと赤くなってほほえんだ。「いやだあ」

「俺、びっくりしちゃって、斉藤って、ぜんぜん歌わないやつだと思っていたから、だからすげえ歌がうまいし、それにすげえいい声だし、びっくりしたあ」

「ううん、だめ、うまく歌えなかった」

「そんなことはねえよッ。レコード歌手よりずっとうまかったッ。本当だぞッ」ぼくは思わず声に力をこめてしまった。

「お世辞でもうれしい」彼女は本当にうれしそうにはにかんだ。

「お世辞じゃねえぞ。本当に、俺、びっくりした」

「ありがとう。キャンプにきたの？」

「うーん、まあな。斉藤もか？」

「ううん。わたし、働いているんだ、子ノ口のホテルで。皿洗いとかの下働き。あ、先生とかみんなには内緒ね」

「うん。俺も、実は学校にはだまってきたんだ。だから先生とかみんなに内緒にしてくれよな」

「うん。お互いに秘密だよ」

「うん」

ぼくたちは小さく笑いあった。少しうちとけた気分になってだいぶしゃべりやすくなった。ぼくはなんとなくうれしくなった。

「キャンプっていったって、テント持ってねえから、一人で野宿してんだ」

「一人で？　度胸あるんだあ。怖くない？」

「おっかねえよ、やっぱり。けど、斉藤のほうが俺より度胸あるよ。俺なんかおっかなくて絶対に泳げねえよ、あんなうす暗いうちによ。昼間だって、こんなところで泳ぐのは度胸いるぜ。ここはドーンといきなり深くなってるもんな。水も真っ青だしよ」

「みたの？　みたのね……」

斉藤多恵の顔が急にかたまった。ぼくはドキンとした。

「あ、いや、別にみるつもりはなかったけど、水音がきこえて、だから、もしかしたら、あの、自殺の人じゃねえかって、俺、そこで野宿してるから」

斉藤多恵は悲しそうに表情をこわばらせた。「お化けみたいだったでしょう……」

「いや、俺は、すごく、あの、ヤマメみたいだなあって、ヤマメって、川にいる魚なんだけどさ」

「そうよね……。誰にも、みられたくなかったのに……」

すぐに瞬《まばた》きをした目からすっと涙が流れだした。辛《つら》い気持ちを抑えられないように泣きだしたまま、腰を折ってタオルと木のサンダルを手にし、ぼくをさけるようにあとずさりした。

「ちがうんだッ。ヤマメっていうのは、川の中でも一番きれいな魚で、それで、まるでヤマメみたいだって。本当なんだ。ヤマメって本当にきれいなんだッ」

ぼくは必死だった。彼女はヤマメのことを知らないにちがいない。斉藤多恵はせつなそうに顔を振ってぼくの言葉を拒否した。ぼくが彼女の身体を醜いと思っているときめつけているようだった。

そんなことはないッ。誤解だッ。

焦った。なにかをいわなければ。ぼくはおろおろしてしまった。その間に彼女は逃げるように岩場を走りだした。

「斉藤！　俺ッ、ヤマメって大好きなんだ！　本当にきれいだって思ったんだ！」

ぼくは叫んだ。

斉藤多恵は立ちすくんだ。

俺、ヤマメって大好きなんだ……本当にきれいだって思ったんだ……。

ぼくの声が湖面を渡るかすかなやまびことなって静寂の中に戻ってきた。

「嘘じゃねえぞッ。本当にきれいだって思ったんだッ」

彼女は恐る恐るというように振り向いた。ぼくはちゃんと斉藤多恵をみた。目をそらさなかった。嘘じゃないということをわかってほしかった。彼女もぼくの視線から目を離さなかった。真剣にいっているということをわかってくれッ。ぼくは祈るように彼女をみつめていた。しばらくして彼女はタオルで顔をふき、それからゆっくりと口をひらいた。口もとが笑ったようにみえた。

「まだ、いるの……」震えるように声をだした。

「え？」

「ここに今日もいるの？」

「あ、ああ」

「一時すぎに」

「え？」

「午後一時すぎに、ここでまたあわない？」

「あ、うん、いいよ」

「じゃあ、仕事にいかなくちゃ」

彼女はかすかに笑った。それから飛ぶように岩場を走っていった。

ぼくは彼女のうしろ姿を呆然とみおくった。彼女の誤解がとけたような気がした。ほっとした。ぼくの胸があたたかいものでいっぱいになった。立ちつくしたまま、彼女が消えた林の奥をみつめていた。夢じゃないことはわかっていたけど、夢じゃなかったんだよなと、何度も自分にいいきかせた。

斉藤多恵がいってしまうと、とたんにお腹の虫がグウと鳴った。ものすごく腹がへっていた。昨夜ご飯を焦がして腹いっぱい食えなかったせいだ。腹がへって死んでしまう前に朝食の準備にとりかかろう。ご飯を炊かなければ。まずは飯盒にこびりついた焦げをとらなければ。ぼくはキャンプ場の炊事場に走って飯盒の焦げと格闘した。焦げはうまくとれなかった。飯盒と格闘しながら、斉藤多恵のことばかり考えていた。午後の一時が待ちどおしかった。斉藤多恵といろいろ話をしたかった。時間をきめて女の人とあう……、これってデートだよなあ？　ぼくは自分に問いかけ、デートにきまってるじゃねえかと答えた。笑いだしそうになる。初めてのデートだ。

「おはよう！」

女の人の声がしてぼくは顔をあげた。明るい声だった。水道をはさんだ向こう側で、明るい声にぴったりの明るい笑顔がぼくに向けられていた。若い女の人で化粧はしていなかった。大学生かなとぼくは思った。

「おはよう！」女の人の声につられて元気に応《こた》えてしまった。

「なにかいいことあったみたいね」

「え？」

「うれしそうに笑っているもの。飯盒、焦がしちゃったというのにさ」

「うん、昨夜《ゆうべ》焦がしちゃったんすよ。まいっちゃって……」

ぼくは自然に照れ笑いをしていた。斉藤多恵のことで胸がいっぱいで、昨日の夕方のようにセックスのために女の人と親しくなりたいという気持ちはわいてこなかった。その気持ちがないだけなのに女の人と話をするのがすごく楽だった。

「それねえ、水につけたままほったらかしにしておくと、とるのが楽だよ」

「はあ、そうすか。飯盒でご飯を炊くのって初めてだったんすよ」

「うまく炊けた？」

「いや、最初はジャリジャリしてかたかったし、途中で水を足して炊いたら、今度はものすごい焦げちゃって」

ぼくがそういうと、女の人は楽しそうにコロコロ笑った。ぼくもつられて笑った。

「わかるわかる。わたしもそうだったんだ。途中で飯盒をひっくり返した？」

「ひっくり返す……」

女の人は丁寧に飯盒でのご飯の炊き方を教えてくれた。それからぼくが朝ご飯を食べたのかきいた。ぼくがまだ食べていないというと、何人分の朝ご飯をつくるのかをきいた。つい何気なく一人分だといってしまった。

「一人分？　一人でキャンプしているの？」女の人は目を丸くした。

「いや、ちがいますよ。でも、ご飯は自分の分だけつくればいいんすよ」

嘘をついてしまったけど、キャンプじゃないことは確かだった。ぼくのはキャンプじゃなくて野宿だ。ぼくにとってのキャンプはテント生活のことだ。ビニールで屋根をはっただけのねぐらはキャンプとはいえない。それに斉藤多恵とのことがあって、セックスの相手をみつけることはとりあえずいったん中止という気分だった。だから女の人に一人だと答えて注意をひく気分でもなかった。

「そう。ご飯、炊けないいね」

「うん。でもインスタントラーメンつくるから」

「ご飯あげるよ。いっぱい炊きすぎたんだ。おにぎりにしちゃったけど、いいでしょう？」

「いや、いいすよ。インスタントラーメン食うから」ぼくは笑ってありがたく断った。

「だめだめ、ご飯食べないと力でないよ。遠慮しないでいいよ。すぐそこだから、さあいこう！」

「はあ……」

ぼくは女の人の元気のよさにひきずられるように、彼女の健康そうな丸みのある背中のうしろをついていった。女の人は同じ年ぐらいの若い女の人たちばかり六人でキャンプしていた。女の人はぼくのことを仲間の女の人たちに話した。ぼくは大きなおにぎりを四個ももらった。女の人たちはこれから十和田山に登りにいくといった。よかったら夜ご飯を食べにおいでと誘ってくれた。ぼくは、邪魔しちゃ悪いし、それに今夜はカレーをつくる予定だからと断ったけど、女の人たちはどうせ自分たちの食べ物はあまりそうだから遠慮しないでおいでといってくれた。

昨日は女の人に積極的に声をかけたけど、のけもののあつかいにされてことごとく完封負けだった。この朝はその気がなかったのに女の人から声をかけられたし、おにぎりまでもらって夜ご飯にも誘ってくれた。うまくいかないもんだなあ……。女の人とうまくつきあう法則なんてものはあるんだろうか？

　おにぎりはねぐらに持って帰って、岸辺の岩場で食べた。ゴマをまぶした梅干しのおにぎり二個と、味噌《みそ》をつけて焼いたおにぎり二個。全部食べてしまった。けっこう大きなおにぎりだったけどお腹がすいていたのでペロリだった。そのころには太陽は空の高みにのぼっていた。それでも一時まではまだ時間はたっぷりあった。

　斉藤多恵のことばかりを考えていた。彼女のことを思うと胸がくすぐったかった。彼女と話をするという状況が待ちどおしかった。女の人と二人きりであって話をするというのは初めてのことだった。セックスを体験したいという欲求よりは、斉藤多恵といろいろ話をしたかった。とりあえず、セックス相手を探すのは斉藤多恵と話をしてからのことにしよう、そうきめた。それまではのんびりしよう。

　まずは飯盒の焦げだ。キャンプ場の炊事場で飯盒の焦げをやっつけることにした。炊事場に備えつけてあるタワシでこすると、こんどはなんとか焦げがはがれた。それでも焦げがひどくて長いことタワシでこすりつづけなければならなかった。ところどころに小さな黒い焦げつきが残った。まあいいさ、なにごとにも完璧はない、って誰かいってなかったっけ？

　それからねぐらの前の岩場で泳いだ。湖水がきれいで気持ちよさそうだったからだ。低い岩場にたって湖面を見下ろすと、真っ青な水に、いく筋ものプラチナ色にきらめく太陽光線が真っ直ぐな帯となって射しこんでいた。あまりにも真っ青なので、まるで底無しのように思える。斉藤多恵が泳ぐ姿をみる前はとても怖くて泳ぐ気にはならなかったけど、彼女がここで一人で泳いだのだと思うと勇気がわいた。思ったほど水は冷たくはなかったけど、それは表面だけで、一、二メートルもぐっただけで水はぐんと冷たくなった。水中で目をあけてみた。真っ青な水の底に、太陽光線が破裂したフラッシュのように光ってきれいだった。

少し泳ぎ、少しもぐり、水からあがってあったかい岩場に寝そべって冷えた身体をあたためた。それを何度かくり返した。力石や輪島のおっさんといっしょだったら、飛びこんだりふざけっこしたり、バカ話をして楽しいだろうなと思いをめぐらせた。いや、あの二人といっしょだったらいまごろはセックス相手の女の人を探しまわって、水遊びどころではなかったかもしれない。なにしろあのバカらはやることしか眼中にないって感じだったからなあ……。

喉《のど》が渇いて生ぬるい水筒の水を飲んだとたん、冷たいサイダーが飲みたくなった。チョコレートが食いてえな……。甘いものも食べたくなった。サイダーを買いにいって、斉藤多恵がやってきたらいっしょにサイダーを飲もう。ぼくは着替えをして子ノ口の売店に自転車を走らせた。なぜキャンプ場の売店ではなくて子ノ口の売店かというと、もしかしたらホテルで働く斉藤多恵をみることができるかもしれないと期待したからだった。

木漏《こも》れ日がきらめく湖畔の道を、ぼくは自転車ですっ飛ばした。午前十一時の涼しい気持ちのいい風が、自転車のぼくのTシャツをはためかせた。子ノ口にホテルは一軒だけだった。売店が並ぶ一角からは少し離れた森の中にあった。古い木造の洋館で落ちついた雰囲気のホテルだった。ホテルの建物は湖畔の道の森側に隣接していた。木の葉隠れに窓が大きく開かれていた。

ぼくはホテルの手前でスピードをゆるめ、キョロキョロのぞいて斉藤多恵をさがした。道からみえる部屋は広いロビーだった。ロビーからは湖がみわたせて最高の眺めにちがいない。曲名はわからないけど、きれいな、小川のせせらぎのような耳に心地いいピアノの音が窓辺からこぼれていた。皿洗いとかの下働き、と斉藤多恵はいっていたので、ロビーにいるわけはないと思いつつ、ぼくはもしかしたら掃除かなにかをしているのではないかと期待して、ゆっくりと窓越しにロビーの中をみまわした。グランドピアノの前のソファーで老人のカップルや家族連れがうっとりとピアノの演奏にききほれていた。立ったまま耳をすませている人もいた。本当に上手なピアノだった。ピアノを弾いている女の人に目をとめたとたん、ぼくは思わず自転車のブレーキをひいてしまった。

嘘だろう!?

くたびれて色あせた若草色の長袖のワンピース。その上に胸までの白いエプロンを結んでいる。

斉藤多恵だった。

杉本夏子の流れるようなピアノと、小林先生のひとつひとつの音がはっきりとするピアノをミックスしたようなピアノの音だった。いや、やっぱりそうではない。まるっきりちがうピアノの音だった。ピアノの音が、まるで虹色《にじいろ》の小さなシャボン玉となって、窓から入りこむそよ風にふわふわと軽やかに浮かびながら次々に生まれでているかのようだった。音が目にみえるかのようだった。それまで耳にしたことがない心を奪われる演奏だった。斉藤多恵はテレビでみるピアノ演奏のように、身体をしなやかに動かしながら弾いていた。あいつ、ピアノまですげえんだ……。ぼくは呆然としてきき入った。

演奏が終わると、きいていた人たちが幸せそうな笑顔で拍手した。斉藤多恵ははにかむように笑って立ちあがり、小さく頭をさげた。ソファーに座っていた白髪の品のいい婆さんに向かって、

「すみません、仕事がありますから、今日はこれで終わりにさせてください」といった。

「ありがとう。お仕事があるというのに、いつも無理をいってごめんなさいね。あなたのピアノがとても楽しみなの。夜にまた一曲きかせていただけない？」

品のいい婆さんは品のいい標準語でいった。

「はい」斉藤多恵がそよ風みたいに軽くひきうけてうなずいた。

するとすぐに、

「多恵ちゃん、こちらの方たち、奥入瀬渓流を歩きたいらしいんだけど、いろいろ質問されたけど、よくわからないんだ。ちょっと頼むよ」

とフロントのネクタイをした男の人が、外国人の家族を伴って斉藤多恵のところにやってきた。

斉藤多恵はこともなげに「はい」と返事をすると、少しのためらいもなく英語で外国人の家族に話しかけた。信じられなかった。英語の時間に先生にさされても、うつむいたままなにもいえないあの斉藤多恵が、ペラペラ英語をしゃべっている!?　信じられるわけがない。

歌に、泳ぎに、ピアノに、英語……、あいつ、いったい何者なんだ……。驚きと混乱で頭

の中が真っ白になった。彼女がぼくに気づき、パッと顔を輝かせた。ぼくは彼女が近づいてくるのをぼうっとみていた。斉藤多恵が窓辺にやってきてまぶしいほほえみをうかべた。

「やだあ、きいてたの？」

彼女の声でやっとぼくは我に返った。

「あ、ああ。ピアノ、すげえうまいんだなあ……」

「そんなことないよ」

「それに英語だってすげえじゃねえか」

「少し話せるだけ」彼女はほほえんだままさらりといった。「どっかへいくの？」

「あ、おう、あの、サイダー、好きか？」ぼくはしどろもどろだった。

「うん。大好き」

「サイダー買いにいくんだ。冷やしておくからあとで飲もうぜ」

「うれしい」

こんなにもくったくのない明るい斉藤多恵の笑顔を初めてみた。学校では絶対にみせない笑顔だった。

「じゃあ、あとでな」

「うん、気をつけてね」彼女は小さく手を振った。

サイダーとチョコレートを買ってひき返し、ホテルの前をとおりかかると、斉藤多恵は窓ガラスをふいていた。自転車のぼくに手を振った。ぼくも手を振った。いままで感じたことがない、あったかくてそれでいて胸をしめつけられるような、不思議な感情がぼくの胸に広がった。楽しかったし、うれしかった。なんだか、わけもなく大声で叫びたいような気分だった。大声で叫ぶ代わりにぼくは《お願い・お願い・わたし》を歌った。大声で歌いながら木漏れ日の道を風を切って自転車を走らせた。ペダルをこぐ足がいつもの百万倍ぐらいも軽くてぐんぐんスピードがでた。

サイダーのビンをしっかりと紐にくくりつけ、湖深く沈めた。いくら沈めてもサイダーのビンが青い湖水に飲みこまれてみえなくなることはなかった。すごい透明度だった。それから昼食にした。インスタントラーメンを二個とクジラの缶詰を食べた。クジラの缶詰は甘辛《あまから》い味つけで、野外でおにぎりといっしょに食べると抜群にうまい。ご飯を炊いてクジラの缶詰を食べようかと迷ったけれど、時間がなかったのでやめにした。

一時を少しまわったころ、斉藤多恵が岩場に現れた。午後は毎日三時までは好きにつかえる休憩時間だという。太陽は頭の上にあって、ジャムパンのような形の真っ白い雲が、すんだ青空に点々と浮かんでいた。斉藤多恵は午前中の服装とはちがって、赤い細い横線が入った白い長袖のシャツと、膝下《ひざした》までの短い青いズボンをはいていた。裾《すそ》のふくらはぎのところに、紫のようにみえる青黒い斑紋がみえ隠れしていた。ツバの短い麦わら帽子。白いズックに素足だった。岩場を走ってきたので顔に汗が浮かんでいた。

「わたしの好きなところにいかない？　そこ、午後はとっても気持ちがいいんだ」

子ノロキャンプ場の遊泳場に、沖に長くのびた木の桟橋があり、その先端が斉藤多恵のお気に入りだった。ぼくは湖からサイダーをひっぱりあげた。ものすごく冷たかった。

「チョコレートあるんだ。食うだろう？」

「うん。食べたい」

彼女はうれしそうに笑った。彼女の笑顔をみるとぼくもうれしくなった。ぼくたちは湖畔の平坦な岩場伝いに子ノ口キャンプ場の遊泳場に飛んでいった。

遊泳場の桟橋は木造で、細く長く湖にはりだしていた。湖をめぐる遊覧船が、夏の間子ノ口キャンプ場に足をのばすだけなので、利用客もそう多くはないのだろう、みすぼらしい感じのする細長い桟橋だった。泳いでいる人が何人かいたけど、桟橋の先端のほうの湖面に泳いでいる人はいなかった。ぼくたちは桟橋の先端に座ってサイダーを飲んだ。桟橋の杭《くい》のきり口にフタをひっかけ、上からトンと叩いてフタをあけた。冷たくてうまかった。板チョコを半分に割って二人で食べた。

「チョコレート食べたの、久し振り……。おいしい……」

斉藤多恵は全身でチョコレートを味わうように目をつむった。彼女はぼくの左側に座っていた。左の頬の傷をみられたくなかったのだろう。間近にみる斉藤多恵の横顔はきれいだった。こんなに美人だったのかとびっくりしたくらいだった。学校ではいつも顔を隠しているし、それに傷のこともあって、ぼくたちは彼女の顔をじっくりとみたことがなく、はなから美人じゃないときめつけていたのだ。着ているものもいつも古くさいものばっかりで人目をひかなかったし。だけど、よくみると、彼女はきれいに整った目鼻だちをしていたし、それに笑うと愛くるしい表情があってぼくの胸をドキドキさせた。

「わたしね、なんだかほっとした気分なんだ。神山君にわたしの裸みられて」

彼女は遠くの空をみやっていった。

「あ、いや、だから、あれは、あの、みようと思ってみたんじゃなくて……」いきなり、裸、という言葉が飛びだしたのでどぎまぎしてしまった。

「うん。わかってる。わたし、自分の裸、醜いから他人にみられるのとってもいやだったんだ。でも神山君がヤマメみたいだっていってくれて、それでホテルの本棚で釣りの本を開いて確かめてみたんだ、ヤマメ。とってもきれいだった。わたしじゃなくてヤマメがだよ。神山君、約束してくれる？」

「お、おう、なんだよ？　斉藤の裸のことなら、俺絶対に誰にもいわねえ。約束する」

「ありがとう。でもそのことじゃないの。嘘をつかないって約束してほしいんだ。わたしも嘘をつかない」

「うん。わかった。だけど、俺、本当にそう思ったんだ。ヤマメみたいだって」

「ううん。ちがうの。わたし、神山君とはこれからずっと嘘はいいっこなしにしたいんだ。わたし、嘘をつかれるのは、もういやなの……」

彼女はそういってまた遠くをみる目をした。ぼくにはみえない、彼女だけにしかみえない、思いだしたくない過去をみているような目つきだった。

「うん。嘘はなしだ。約束する」

「よかった」

彼女はほっと吐息をつくようにほほえんだ。

「だけど俺、本当にびっくりしたぜ。斉藤があんなに朝早くあんなところに現れるなんて」

「わたし、本当は泳ぐの大好きなんだ。でも身体をみられたくないから、誰もいない早朝とか、真夜中にしか泳ぐことができないんだ」

「真夜中に？　おっかなくねえか？」

「おだやかな自然の中では恐怖心はないよ。真夜中でもね。むしろ安心できるくらい。だって自然は嘘をつかないし、包みこんでくれるみたいで気持ちがいいし」

「俺はやっぱりおっかねえな、真夜中に泳ぐなんて。やっぱり斉藤は度胸がいいんだよ、水着もつけてなかったしさ。誰かにみられたら、とか心配じゃねえのか？」

「これからは心配。だってまさかあの場所に野宿をしている人がいるなんて思ってもみなかったもの」

　彼女は非難するような目をしてほほえみをぼくに向けた。

「にらむなよ。俺、どっかにいくからさ」

「ううん、いかなくていいよ。冗談だよ。だって神山君ずっといるわけじゃないでしょう？　泳ぐのはいつだってできるし。わたしも毎日泳ぐってわけじゃないんだ。水着を着なかったのは水着を持っていないから。ただそれだけ。うーん、ちょっとちがうかな。去年の夏からホテルで働いているんだけど、この湖の青い水を初めてみたとき、あんまりきれいだったんで感動したんだ。それですぐに泳ぎたいって思ったの。水着は持っていないけど下着で泳げばいいって思って。だけど、あまりに透きとおったきれいなブルーなんで、裸になって自然の一部になりたいって思ったの。水着や下着で泳ぐのは湖に悪いような気がした。もったいなくて。それで裸で泳いだんだ。気持ちよかったあ。本当は明るいときに泳ぎたい気分。でもそんなことはできないよね」

　彼女はいたずらっぽい笑顔をみせた。

「ふーん。ここの水はきれいだって思うけど、俺、そんなこと考えられねえ。素っ裸は、なんとなく落ちつかねえ気がして、やっぱりできねえや」

「あーあ、本当、変な人にみられなくてよかったあ。神山君で本当によかったあ」

　彼女は両手の拳《こぶし》を突きあげて気持ちよさそうに背伸びをした。

　湖を吹き渡る風が心地よかった。ときどき、小さなうねりが押し寄せてきて、桟橋の杭にささやくような波音を立てた。沖を行き交う遊覧船やモーターボートが作った波のせいだった。湖面のきらめきと山の輝きがすごくまぶしかった。

　斉藤多恵がホテルで働きだしたのは、もともと茶太郎婆ちゃんがホテルで下働きとして働いていた縁によるものだった。一年前は茶太郎婆ちゃんといっしょに働いて、この夏は一人で働いていた。茶太郎婆ちゃんといっしょじゃなかったのは、茶太郎婆ちゃんが身体の具合が悪くて働けなくなったからだ。仕事は皿洗いや皮むきなどの料理の下ごしらえ、掃除、ベッドメーキング、こまごまとした用事や手伝いをこなすことまで含めた下働きだった。ピアノを弾くのは仕事ではなかった。

　一年前、まだ宿泊客が少ない夏の初めの午後、誰もいないロビーで斉藤多恵はピアノを弾いた。ショパンの《ノクターン》。宿泊客は、十数年も毎夏ひと月以上避暑客として滞在している東京の老夫婦だけで、その老夫婦はどこからともなく現れ、演奏が終わるとソファーに座って拍手をしていたという。婆さんは笑っていたけど、爺さんはなぜか涙を流していたそうだ。それからつぎの年のこの日まで、ほぼ毎日、その老夫婦にお願いされてピアノを弾いているのだという。きっと老夫婦だけではなく、宿泊客の多くが斉藤多恵のピアノを楽しみにしているにちがいない。

「だけど、ピアノ、どこで練習してたんだ？　茶太郎婆ちゃん家《ち》にはピアノねえだろう？」

「ないよ。ピアノの鍵盤《けんばん》を紙に書いてね、それを板にはりつけてピアノ作ったんだ。音がでない、動かない鍵盤だけのピアノ。音は頭の中で想像したり、声にだしたりしたんだ」

「へー、斉藤ってすげえなあ。だけど、そんなことしねえで学校のピアノつかえばよかったじゃねえか。昼休みとか、音楽部に入るとかしてさ。だいたいあんなに歌もすげえし、ピアノもすげえし、英語もすげえのに、なんで隠してたんだよ？」

「いじめられたんだ」

斉藤多恵はうつむき、自分をまもるように身体を丸めた。

「誰に？　女子か？　男子か？」南中にそんなやつがいたなんてとムッとしてしまった。

「南中じゃないよ。南中にくる前の学校で……」

「いじめられたって、なんでいじめられたんだ？」

「なまいきだって。ピアノとか歌とか少しぐらいうまいだけでいい気になってるって。それに、イギリス帰りで英語が話せるからっていい気になるなって」彼女は頬にさみしい笑いをみせた。

「イギリスにいってたのか？」

「お父さんの仕事でロンドンに四年間いたんだ」

「へー、すげえなあ」

外国は強いあこがれの遠い夢物語の世界だった。ぼくの夢の世界に四年間も住んでいたという事実を知っただけで、ぼくの中で斉藤多恵の存在は俄然《がぜん》重みが増した。

「なにもすごくないよ。お父さんの仕事の都合で住んだだけだもん」

お父さん、という言葉がさみしそうにきこえた。

「すげえよ。だってビートルズといっしょの国に住んでたんだもんなあ」

「わたしがいたころは、近所でも学校でも誰もビートルズって知らなかったよ」

「でもすげえよ。なにしろビートルズといっしょだからなあ」

ぼくたちの背後で誰かが桟橋から飛びこんだ。うまくいかなかったみたいで、湖面に腹を打ちつけたみたいな派手な音がした。岸辺のほうから男女入り交じった冷やかしの歓声がきこえた。飛びこんだのは男で、浮きあがると「痛《い》ってえ!」と笑いながら大声で岸のほうに叫んだ。

斉藤多恵は東京で四歳のときからピアノと歌を習い始め、水泳は小学三年生でロンドンにいってからスイミング・スクールにかよい始めた。ピアノと歌はロンドンでもずっとつづけた。オペラ歌手のような歌い方は、レコードをきいて真似《まね》をしておぼえたという。その歌い方がすっかり身についてしまい、彼女が音楽の授業で歌わなかったのもそのことに理由があった。高音のすんだ声だし、あまりにもきれいな歌い方なので周囲と調和がとれずに浮きあがってしまうのだ。みんなと同じように歌おうとしても、歌っていると自然にきれいな歌い方になってしまい、彼女の歌声が際だってしまうからだ。そのことでぼくたちの学校に転校してくる前の埼玉の学校で、みんなから白い目でみられてしまったのだ。

「それで、すごくいじめられてしまった。いい気になってるって。生意気だって。めだつから。そうじゃなくてもわたし転校生でめだっていたんだ。でも、歌うとそうなっちゃうし、ピアノもちゃんと弾きたかったし、英語だってロンドンでのアクセントがでちゃうし、とにかくわたしのやること全部が生意気だってなっちゃって、それでいじめられたんだ」

「いじめるって、意地悪されるってことか？」

「意地悪されたり、無視されたり、嘘つかれたり、顔の傷や身体の痣《あざ》のことでお化けだってバカにされたり、女番長に殴られたり」

「へー、女番長なんていたのか」

ぼくたちの中学校には女番長どころか、番長なんて者も存在しなかった。そんなものは物語の世界か、いたとしても高校にしかいないと思っていた。

「だから、いじめられていやな思いをしたくなくて、南中ではめだたないようにしようと思ったんだ」

「それで歌も歌わなかったし、勉強もできない振りをしていたのか。そうか。本当は頭いいんだろうな、斉藤は」

「そんなことないよ」

「だって英語ペラペラじゃねえか」

「英語の国に住めば誰だって英語がうまくなるよ」

「そうかなあ」

「だって神山君は日本に住んでいるから日本語ペラペラだよ。それと同じことだよ」

「そんなもんかなあ。俺なんか英語好きじゃねえし、英語の国に住んだとしても英語ペラペラになれそうもねえけどなあ」

「えー、うそ？　わたし神山君は英語が好きだと思ってた。だってみんなの前で歌ってくれた《プリーズ・プリーズ・ミー》の英語うまかったし」

「ハハ、あれは物真似しただけで、でたらめの英語だよ」

「でもうまかったよ。ビートルズの歌の歌詞、英語で全部おぼえて、それで辞書で意味もおぼえたら、もう英語なんてペラペラになっちゃうよ」

「本当かあ？　それなら英語勉強してもいいかなって気になるよな。俺、英語の北《きた》先生大きらいで英語が好きになれねえんだ。だけど、ビートルズの英語なら勉強してもいいって気になるよな。やってみようかなあ。わかんねえとこあったら教えてくれよな」

「うれしいな。わたし、そんなこといわれたの初めて」

「学校でピアノも弾いてきかせてくれよ。昼休みとかに。音楽の時間にちゃんと歌も歌ってくれよな。斉藤のピアノと歌きいたら、みんなびっくりしてケツ抜かすぞ」

「フフフ、それって、腰じゃない？」

「腰抜かすだったっけか？　ケツじゃねえか？」

「フフフ、でもなんとなくそのほうがピンとくるね、ケツ抜かすっていうほうが。フフフフ、ハハハハハ」彼女は突然堰《せき》をきったように笑いだした。

よほどおかしかったのだろう、しだいに胸を波打たせて笑い始めた。彼女は両腕で自分の胸を抱きしめ、身体を上下にゆすって激しく笑いだした。ついには彼女の目に涙が盛りあがり、白くすべすべとした頰に涙がこぼれ落ちた。まるで胸にためておいた、笑うことがなかった何年分かの笑いを一気に吐きだしてしまったような激しい笑い方だった。

「ケツ抜かすって、やっぱり変だよな」ぼくもつられて笑いだした。「ケツじゃねえよな」

ぼくがケツというたびに彼女は笑いの激しさを増した。ぼくたちは身体をゆすって腹の底から笑いつづけた。とうとうぼくたちは桟橋にひっくり返って笑い転げた。やっと笑いが収まったとき、ぼくたちは桟橋の上に仰向けに身体を投げだしていた。目に青い空と白い雲がまぶしかった。

しばらくして呼吸を整えた彼女がいった。「でも、やっぱりめだちたくないな。神山君はいじめられた経験がないからそんなことといえると思うんだ。もういじめられるのはいや。とってもいや……」

「南中にはそんな卑怯者《ひきようもの》なんかいねえよ。もしいたとしてもみんながだまってねえよ。先生だってそんなやつは怒ってくれるはずだよ」

「そうかなあ……。前の学校では先生たち知らんぷりだった……」

「知らんぷり？　だってそのために先生がいるんじゃねえのか？」

「もういいの。前の学校のことは思いだしたくない。あ――――ッ」彼女はまた背伸びをした。

「空をみるのって久し振り。ロンドンにいたときにね、家族でスペインに旅行したことがあったんだ。そのときにね、午前中ずうっとこうして空をみていたことがあるんだ。なぜだかわかる？」

「空がきれいだったからか？」

「確かにきれいだったけど、でも目的はちがうんだ」

「……わかんねえや」

「宇宙がみえるからなの」

「えー？　だって宇宙はみえねえだろう？　太陽とか月はみえるけど」

「すごくすんだ真っ青な青空だと、何時間かずっと空をみつづけているとね、成層圏を突き抜けた宇宙の広がりがみえるようになるってスペインの人がいったの。だから太陽の光りをさえぎる場所で、ずっと空をみていたんだ。そしたら段々に空が青黒くみえるようになって、あっ、宇宙だ、って思う瞬間が何回もあったんだ」

「へー。ずっとこうやっているとみえるかなあ」

「日本でも乾燥してものすごくすんだ青空だとみえるかも。でもきょうの空はすこし湿気があって雲がでているからどうかな」

　ぼくたちは口を閉じて、太陽光線を両手でさえぎりながら空をみつづけた。白く光る雲に邪魔をされて、青空はいつまでたっても青くきれいに輝く夏の空のままだった。

「やめた。まぶしくて目が痛《い》てぇよ」ぼくは音をあげてしまった。

「太陽が真上にあるからね」

「だけど、斉藤のことお化けだなんて、前の学校のやつら、ひでえことというんだな」

「しようがないよ。こんな顔だし、それに前の学校のときは手足の痣がもっといっぱいあったし。それに、前の学校だけじゃないよ。南中でもわたしのことお化けっていってるのきいたもの」

「誰だよそんなことといったの」

　無性に腹がたった。でも、すぐにうしろめたい気分に襲われてしょげてしまった。斉藤多恵が転校してきたとき、顔の傷や暗く無口な彼女を目にして、ぼく自身がお化けみたいなやつだと思った記憶が甦《よみがえ》ったからだ。口にださなかっただけで、思っていたのは同じなのだ。

「ひそひそ話をしているのがきこえただけ。面と向かっていわれたことはないよ。神山君ってやさしいね」

「え？　なんでだよ」

「だってわたしの傷のこととか、身体の痣のことなんにもいわないもの」

「正直いうと、すごく気になるんだ。どうしたのかなって。でも、なんだかきくの悪いような気がしてさ……」

「交通事故にあったんだ。中学一年のときロンドンから帰ってきてすぐ。東京で。うちの車をお父さんが運転して、それでうしろから大型トラックに追突されて、車、めちゃくちゃになっちゃった。追突した大型トラックを運転していた人、ものすごい酔っぱらい運転だった。お父さんとお母さんは即死で、わたしだけが助かったの。顔の傷も身体の痣もそのときのものなんだ。傷も痣も段々薄れてきているけどね。でも完全になくなるかどうかはわからない……」

「ひでえな。その酔っぱらい、死刑になったんだろうな？」

「ううん。大した罪にならなかったみたい」

「嘘だろ！？」

「本当。業務上過失致死とかいって、殺人じゃないから大した罪にならないんだって」

「そんなやつ死刑にすればいいんだよ、絶対ッ」

むかっ腹が立ってしようがなかった。だから神様は信じられない。いつも無慈悲で不公平だからだ。なにも悪いことをしていない者が死に、悪いことをした者がのうのうと生きている。どうして神様は下劣な酔っぱらい運転手に死を与えてくれないんだろう？

「それで、三ヵ月ぐらい入院して、埼玉の叔母さんとこにひきとられて、埼玉の中学校に転校して、それからまたすぐに南中に転校してきたんだ」

「茶太郎婆ちゃんとはどういう関係になるんだ？」

「婆ちゃんは、お父さんのお爺ちゃんの家の、兄妹《きょうだい》とか従兄妹《いとこ》とか、よくわかんないけど遠い親戚《しんせき》になるんだって。埼玉の叔母さんの家をでなければならなくなって、わたしのことどうしようかということになって、婆ちゃんが一人で難儀しているから手助けしろって、それで婆ちゃんのとこにきたの」

「ふーん。埼玉の叔母さん家《ち》をでなければならなかったのって、転校した学校でいじめられたからなのか？」

ぼくはなにげなくきいた。そう思ったからだし、まさか彼女が泣いてしまうなんて思ってもみなかったのだ。

「ううん。叔母さん家を追いだされたの」

「え？」まさしく、え？　だった。

彼女はじっと空をみあげたままだった。目尻《めじり》に涙があふれ、すっ、と流れて落ちた。

「いや、別に、あの、いいんだぜ……」

「本当のことをいう……。叔父さんが酔っぱらって帰ってきたの……。叔母さんはいなかった。叔母さんの子供たちはもう眠っていた。わたしも眠っていた」彼女は空をみあげたまましゃべりつづけた。でも空をみていないことはぼくにはわかっていた。「なんだかおかしくなって目がさめると、叔父さんがわたしのパジャマを脱がしていた……。怖くてなにもいいだせなかった。下着も脱がされて、それで叔父さんも裸になって……、やめてって叫びたかったけど、怖くて叫べなかった。酔っぱらった叔父さんが怖かった。なにをしようとしているのかわかって、怖かった。それに……」

彼女は目をつむった。涙がどっとあふれでた。ぼくは心がこわばって身体が硬くなった。

「抵抗したり拒否したりすると、叔母さんの家から追いだされるような気がして怖かった……。なにもみないようにした……。ぎゅっと目をつむった……。怖かった……」

彼女の声は消えてしまいそうになった。

「叔母さんの家を追いだされると、どこへもいくところがないと思って、怖かった……。ウーッ、ウーッ」彼女は苦しそうに胸をつまらせて泣きだした。「一人ぼっちになるのが怖かった。ウーッ、ウーッ」

「もういいッ、やめろ斉藤」

ぼくは急いで頭をおこして反射的に彼女の手をつかんでしまった。なにも考えていなかった。手をつかもうと思って手をつかんだわけではなかった。ただ彼女の話をやめさせたかった。

た。それは無意識のいたわりだったけど、ぼくは無我夢中だった。ハッとして、手をにぎってしまったッ、と自分自身の行動にびっくりして手をひっこめようとした。そのときだった。彼女の手がぎゅっとぼくの手をにぎりかえした。すごい力だった。

「ウ——ッ、ウッ、ウ————ッ」

彼女はものすごい力でぼくの手をにぎったまま、もっと激しく胸をつまらせて泣きだした。いいたいことが山ほどあったにちがいないけど、せりあがってきた激しい感情にのどがつまっていえなかったのだ。ぼくは悟った。いまぼくにできることは、ただだまって彼女の手をにぎってあげることだ。よくわからないけど、そうしなければいけないような気がした。ぼくは彼女の手をにぎった。彼女に負けないぐらいに力をこめた。ぼくは頭を桟橋に戻した。空をみあげた。だまって、気のすむまで泣かせてあげよう……。

「ウッ、ウッ、ウ——ッ、ウーッ、ウッウッ、ウ————ッ」

彼女の胸がはり裂けそうな悲しいむせび泣きはいつはてるともなくつづいた。ぼくたちは横になって空をみあげたまま、互いに力をこめて手をにぎりあっていた。

彼女が誰もいない湖畔で、一人、《アヴェ・マリア》を感情豊かに歌うわけがわかるような気がした。両親の死、心や身体の傷、崩れそうになる生への希望、少しもみえない未来への不安と恐怖、ぼくにはわからないもっといろいろな困難や絶望……。彼女の小さな心に安らぎを与え、希望の光りをともしてくれる歌、それが《アヴェ・マリア》だったのだろう。ぼくには、《アヴェ・マリア》の歌が持つ意味の、本当のところはわからない。でもぼくには、彼女はもっとちがう意味を持ってアヴェ・マリアを歌っていたのかもしれない。《お願い・お願い・わたし》がぼくの応援歌だったのと同じように、《アヴェ・マリア》が彼女の応援歌のように思えた。

ぼくは目をつむった。心の中に彼女の歌う《アヴェ・マリア》がきこえてきた。ぼくの手をにぎっている彼女のむせび泣きと二重唱になった。彼女が泣きつづける間中、ずっとぼくの心の中で彼女に《アヴェ・マリア》を歌わせてあげよう……。

長い時間泣いていた彼女はしだいに落ちつきをとり戻した。彼女はまたしゃべりだした。

「それで、叔父さんがわたしの上に……。これは夢なんだ、夢にしようって……。そのとき叔母さんが帰ってきた……。ほっとした。叔母さんの顔、ものすごかった。叔母さん、わたしのこといきなり殴り始めた……。わたしのことバンバン殴った……。どうしてわたしのこと殴るのか、理解できなかった……。それでわたし、叔母さん家《ち》追いだされて……」

「ひでえな……。なんにも悪いことしてねえのにな」

彼女は自分を落ちつかせるように吐息をついた。それからいった。

「ありがとう」

「だってそうじゃねえか。なんだって斉藤が殴られなきゃならないんだよ。それに」

「ちがうの……。手をにぎってくれてありがとうっていったの。辛いとき、誰かが手をにぎってくれるって、とってもうれしいものなんだね。一人じゃないって、やっぱりいいな。もう少しにぎっていてくれる？　とっても気持ちいいんだ。なんだかほっとする……」

「お、おう」彼女にそういわれてぼくのほうがうれしかった。

「でも、誰かにみられたら、神山君迷惑かなあ？」

「そんなことねえよ！」思わず力が入ってしまった。

「ありがとう」そういって、彼女は歌いだした。ゆっくりと。つぶやくように。

♪オウ・イエー・アー――イル・テル・ユ・サムシン……。

ビートルズの《抱きしめたい》。やっぱりきれいな声だった。

「ビートルズって本当のことをいうんだね。日本では《抱きしめたい》ってタイトルになっているけど、英語のタイトルは《君の手をにぎりたい》っていうんだよね。♪エンド・ウエン・アイ・タッチ・ユー・アイ・フィール・ハピー・インサイド……君に触れているとすごく幸せなんだ……アイ・ワナ・ホールド・ユア・ハンド……君の手をにぎりたい……」

「そうか、そんな歌詞だったのか。俺も握手してすごく気持ちがよかったことがあるよ。やっぱり、すごくほっとしたよなあ……」

ぼくは東井と握手したときのことを話した。彼女は話をきき終えてからしみじみといった。

「神山君はいいな。いい友達がいて」

「斉藤だって絶対にいい友達ができるって。自分を隠してるから友達ができねえだけだよ。めだったっていいじゃねえか。自分をだして、それで斉藤のことを好きなやつは好きになるだろうし、嫌いなやつは嫌いになるんじゃねえか？　嫌われたっていいじゃねえか。自分をだせば好きになるやつも絶対でてくるぞ。つまんねえぜ、せっかく南中にいるんだからよ、いいやつだっていっぱいいるぞ」

「神山君って、なんだかすごく変わったよね」

「え？　そうかあ？」

「うん。最初のころってなんだかすごいひっこみ思案だなって思ってた。でも《プリーズ・プリーズ・ミー》をみんなの前で歌ったときから変わった。野球場と相撲場で先生にいうべきことをいって騒ぎをおこしたり、学校でビートルズをかけてツイスト踊ったり、それに一人でここに野宿しにきたし、はっきりとものをいうし、なんだかすごい一人前って感じ」

「一人前？　嘘だろう？」

「本当だよ。すごく変わったよ」

「俺は……、まだガキだよ。東井に比べたらガキもいいとこだ。早く大人になりてえよ。俺、ガキの俺がいやなんだ。大人になったら大人の考え方わかると思うし、そうしたらもう少し大人とうまくつきあえるんじゃねえかって思ってんだ」

「わたし、大きくなっても大人にはならない」

彼女はきっぱりといった。

「ええ？　そんなことといったって、大きくなったら大人にならなきゃいけねえじゃねえか」

ぼくは呆気《あっけ》にとられて彼女をみた。

「いまの大人みたいにはならない。わたしはわたしになるんだ」

彼女は大きく目をみひらいて空のどこかをみつめた。

「それって、どういうことなんだ？」なんとなくわかるような気もするけど、よくわからなかった。

「わたしもよくわからない。でも、いまの大人みたいになりたくないって思っても、じゃあどうすんのって考えたら、結局わたしはわたしになるしかないって結論になったんだ。大人になるんじゃなくて本当のわたしになろうって」

　本当の自分がどういう自分か、ぼくにはよくわからなかった。だけど、彼女のいうとおり、大きくなったら本当の自分がわかるようになるかもしれないと思い始めた。ぼくの中で大人というのはこういうもんだという考えが何となくあった。そんな大人に少しでも近づきたいとぼくは思っていた。そうすれば大人たちの考えも理解できると思っていた。だけど、そんな大人になるよりも、本当の自分になるほうが大事なんじゃないかと思い始めた。《お願い・お願い・わたし》がぼくに語りかけた言葉が頭に浮かんだ。……大人の真似をすることはないぜ。ぼくたちのやり方でやろう。自分は誰でもない、自分なんだ。自分を信じろよ……。

「そうだな。斉藤がいうように、俺は俺でいいのかもな。大人なんかにならなくても、大きくなったら本当の俺になればいいって気がしてきた。うーん、でもやっぱりよくわかんねえや。だけど、俺、斉藤はいまだって本当の斉藤になったほうがいいって思うぞ。そうすりゃ、絶対におもしれえと思う。友達もできるし」

「そうかな……」

「絶対だ。いじめるやつなんかいねえよ。いたとしても、みんながだまっちゃいねえさ」

「本当？」

「ああ」と答えたぼくの耳に、腹に響くエンジン音がきこえてきた。ぼくは頭をあげて沖をみた。

「あ、遊覧船がやってきた」

沖のほうから桟橋に向かって小さな遊覧船が進んできた。遊覧船が生みだす三角形の波紋が、鏡のような湖面にいく筋も末広がりに描かれている。

「本当だ……。いっけないッ、いま何時!?」

「うーんと」ぼくは腕時計をみた。「三時だ……」

「まずーいッ。もういかなきゃ！　わたし走っちゃうよ！」

彼女は麦わら帽子を手にとってたちあがった。ぼくもあわててたちあがった。

「サイダーのビン、忘れないでね！」彼女はいった。

そうだサイダーのビンだ。店に持っていくとビン代を返してくれる。ぼくはサイダーのビンを持って彼女の後を追った。彼女は飛ぶように桟橋を走っていく。遊泳場の渚《なぎさ》の丸石の上を、岩場を、羽が生えたかのように軽やかに駆け抜けていく。ぼくはまったく追いつけなかった。

「斉藤！　道へでろッ。自転車でいこうぜ！」ぼくは叫んだ。

「うん！　お願いッ、そうして！」彼女は振り向いていった。すてきな笑顔だった。

ぼくたちは湖畔の道をぼくのねぐらの林まで走った。大急ぎで自転車をひっぱりだして彼女をうしろにのせた。彼女は荷台にまたがった。

「飛ばしてね！」

「まかせとけって！」

ぼくは腰を浮かせて力まかせにペダルをこいだ。ものすごいスピードがでた。彼女に頼られていると思うとうれしくて興奮した。自転車に女の人をのせて走るのは初めてだった。英雄になったみたいでいい気分だった。

「いい風だね！　気持ちいい！」彼女はうれしそうにいった。汗ばんだ肌に木陰の道の冷たい空気が心地よかった。木漏れ日がつくりだす、光りと影の斑模様《まだらもよう》が次々に飛び去っていく。まるで二人で空中を飛んでいるような錯覚を感じた。

「今日の夜、ピアノききにいっていいかあ!?」

「えー!?」

「俺、斉藤のピアノききてえんだ！」

「うん！　八時半ぐらいからだよ。ホテルの人にいっておくから入ってきてね！」

「入らなくていいよ！　俺きったねえかっこうだから、窓の外できいてるからよ！」

「大丈夫だよ、入ってきて！」

「窓の外できくピアノってなんだか好きなんだよ！　だから外できききてえんだあ！」

「うん。わかったあ！　明日もまだいるのお!?」

「うん！」ぼくはいった。「明日の朝も泳ぎにくるのかあ!?」

「わかんないよう！　あっ、やだ！　裸みようとしてる！」

「ち、ちがうよ！　斉藤の歌ききてえだけだよ！」

「おきられたらいくけど、約束できない！　でも泳がないからねー！」

「明日もまた桟橋にいくかあ!?」

「うん、いこう！　一時すぎに桟橋で待ちあわせしよう！」

「俺泳ぐからさ、ちゃんとした泳ぎ方教えてくれよ！」

「うん、いいよ！」

　前方にカーブが迫っていた。向こう側には車もオートバイも自転車もみえない。うしろを振り返ってもなにも迫ってきてはいなかった。スピードを落とすのがもったいないので、ぼくはブレーキをかけずに少しふくらんで走り抜けようときめた。

「つかまれッ、曲がるぞお！」

　ぼくは自転車を傾けてカーブをきった。

「キャー！」

　楽しそうに歓声をあげて、彼女がぼくにしがみついた。ぼくの背中に、彼女の胸の弾力が感じられた。乳房……。ぼくは動転してしまった。頭がくらくらした。性的欲望がわきおこったというわけでもないのに、勝手に股間《こかん》の男性がむっくりと動きだした。あっというまに大きくなってかたくなってしまった。そいつはパンツと半ズボンにぶつかり、いき場を失って真っ直ぐになりたいともがくように暴れだした。それ自身も痛かったけど、パンツとそれ自身の間にはさまれて千切れるくらいにひっぱられている陰毛のほうも痛かった。なんとかしようにも、彼女の手前、まさか股間に手をやって暴れたがるそいつをずらすわけにはいかない。クソッ、よりによってこんなときに……イテテテ！

「スピード落ちたよお、くたびれたあ!?」

「斉藤が悲鳴あげるからスピード落としたんだ！」

　ぼくは彼女にみられないように顔をしかめた。喉がカラカラだった。

「大丈夫だよ！　飛ばしてえ！」

「よーしッ、いっくぞお！」

もうやけくそだ。ぼくは股間の痛さをこらえて歯を食いしばり、腰を浮かせてペダルをこいだ。股間でかたくなったものが突っぱり、こすれて、陰毛がブチブチ抜けとれる音がきこえるみたいだった。

夕方、ぼくはまだ明るいうちから早めに夕食の準備にとりかかろうとした。斉藤多恵のピアノをききに八時半までにホテルにいかなくてはならない。飯盒でご飯を炊き、カレーを作る予定だった。キャンプ場にいって米を研ぎ、カレーのためにジャガイモとニンジンの皮を剝《む》かなければならなかった。それにシャワーも浴びたかった。汗をいっぱいかいて、なんとなく身体が臭うような気がした。早い時間にいけばキャンプ場のシャワールームも空いているさ。ぼくは着替えやら飯盒やらの大荷物を持ってキャンプ場に向かった。案の定シャワールームは空いていた。それでもがらがらというわけではなかった。料金を払ってシャワーを浴び、炊事場で米を研ぎ、野菜の皮を剝いた。晩ご飯に誘われた女の人のグループのテントには人影がみえなかった。まだ登山から帰ってきていないみたいだった。

ねぐらの岩場に戻ると、岸の岩場伝いに斉藤多恵がやってくるのがみえた。彼女はまた長袖のワンピースにエプロン姿だった。キョロキョロと落ちつきなく辺りをみまわしながらやってきた。

「神山君！」

彼女は途中でぼくに気づいて手を振った。

「おう！」ぼくはなにごとかと彼女に駆けよった。「どうしたんだ？」

「女の人みなかった？」

「女の人？　どんな女の人だ？」

「三十歳ぐらいで、髪をアップに結っていて、サングラスもしているかもしれない。黒っぽいズボンをはいて、それにグレーのサマー・セーター。落ちついた感じというか、少し暗い感じの、でもとってもきれいな人」

　ピンときた。昨日すぐ先の岩場にいた女の人だ。今日はみていないけど昨日みた、とぼくはいった。

「その人がどうしたんだ？」

「ホテルに泊まっている人なんだけど、捜してるの、自殺するかもしれないって」彼女は眉《まゆ》根《ね》を寄せていった。

「冗談だろう？」

　斉藤多恵はかたい表情で重々しく首を振った。

　その女の人はもう十日もホテルに滞在しているという。初めの数日はよく外出していたけど、それ以降はホテルから一歩も外にでようとはしなかった。それどころか食事もルームサービスにして部屋からでない日もあった。部屋の掃除もさせてくれない。そして女の人は珍しく今日の午後の早い時間に外出するといってフロントに現れた。フロントの人が部屋を掃除してもいいかときくと、女の人はお願いします、といって外出した。掃除の人が部屋に入ると、机の上にノートが広げてあった。掃除の人がみるともなくみた。文章を目にしてびっくり仰天してしまった。遺書めいた文章が書きしるしてあったのだ。

「湖に入水する、って書いて終わっていたって。それでわたしがホテルに帰ったら大騒ぎになっていたんだ。昨日、その女の人、どんな感じだった？」

「うーん、俺がここにきたとき、一人でじっと湖みてた。なんだか考えごとしていたような、悩んでいたような感じがしなくもなかったなあ……。自殺しそうだなんて思わなかったけど、おかしいといえばおかしかったのかなあ」ぼくにはよくわからなかった。

「ホテルの人たち、その女の人がちょっと変わっているから気をつけたほうがいいっていってたらしいんだ。とにかく一応警察に連絡しておいたほうがいいってことになって、警察とか観光協会とか、湖の周囲の地区の人たちに連絡して捜してもらうように頼んだの。それでわたしたちも捜そうということになったんだ」

彼女はキャンプ場の先の湖岸の岩場まで捜すことになったのだという。ぼくも彼女といっしょに湖岸を捜すことにした。

その女の人はどこにもいなかった。クツとか、その女の人の持物らしい物も発見できなかった。

「いないね」彼女はほっとしたような、残念だったような複雑な表情をした。「戻ろう。誰かが他の場所でみつけたかもしれない」彼女はホテルに戻って仕事をしなければならなかった。

「俺、もう少し先までいってみるよ」

ぼくはいった。そうしたい気分だった。白状すると、自殺志願者の女の人をみつけることができるかどうかはどうでもよかった。たった一人で捜しにいくという英雄的な行動をみせて彼女にかっこいいと思われたかっただけだった。彼女はかっこいいところをいっぱい披露してくれた。だけどぼくはなにひとつみせてはいない。

「もういいよ。もうすぐ日が暮れるから」

「大丈夫だよ」

ぼくは走りだした。そのほうがかっこいい気がした。

「気をつけてよ！　無理しないで！」

「うん。暗くなったらひき返すッ。おっかねえからよ！」つい本音が口をついてでてしまった。

本当に怖かった。たった一人で人けのない暮れなずむ湖岸の深い森の中を歩く。それも自殺志願者を捜して。しかも何人もの自殺者の噂《うわさ》を耳にした湖で。おたついたのなんの、びくびくしどおしで、とても彼女にみせられた姿じゃなかった。ちょっとでも物音がするたびに、たとえそれがささやくような微《かす》かな木々の葉音でも、ぼくはいきなり尻を突っつかれたかのように飛びあがってしまった。十和田湖の夕暮れの景色はすごく幻想的だけど、景色をみる余裕なんかこれっぽっちもありはしなかった。情けないことに結局湖岸の散策路を少し入ったところまでいって、尻尾《しっぽ》を巻いてひきかえしてしまった。うす暗くなりかけて恐怖心に耐えられなくなったからだし、それに少しでも空の明るさが残っているうちに夕食の支度をしたかった。暗くなって火をつかうと虫どもの集中爆撃をくらって悲惨な目にあってしまう。

帰りは走りっぱなしだった。森も道も岩場も、フルスピードで駆け抜けた。いったん走りだしたら恐怖心に追いたてられて全速力で走らずにはいられなくなった。暗がりにおっかない化け物の恐ろしい手が何本ものびてきて、いまにも地獄にひきずりこまれそうな気がした。キャンプ場まで走って、人けを感じてやっとぼくは速力をゆるめることができた。歩きながら肩で息をして呼吸を整えた。道から湖岸の林に入り、ねぐらにおいてあった飯盒とカレーの鍋を持って岩場にでたとたん、ぼくは思わず息をのみ、麻痺《まひ》したように立ちつくしてしまった。

岩場に、女の人が立っていた。自殺を予告したあの女の人が立っていたのだ。

湖はもう暗くなりかけていた。全体が黒っぽい服装のその女の人は、いまにも闇の中に溶けて、すっと消えてしまいそうな感じだった。サングラスはしていなかった。両腕を抱き、じっと暮れゆく風景をながめている。

「うん。きめたわ。やっぱりここにしよう」

突然、女の人は静かに振る舞いながらも歯切れのいいものいいでそういった。標準語だった。

ここで入水自殺するつもりだ！　ぼくの膝が小刻みに震えだした。どうすればいいんだよ？　頭が混乱した。声をかけて自殺を思いとどまらせようか、それとも、そうだッ、斉藤多恵のホテルの人に報《しら》せに走ったほうがいい！　だけどその間に湖に入って死んだらどうする？　飯盒と鍋を持つ手もカタカタと音を立てて震えだした。女の人がこっちを振り向いた。ぼくの心臓が口からでてきそうなぐらいに大きく脈打った。

「あら、なにしているの？」

女の人はいった。意外にあっけらかんとしたしゃべり方だった。

ぼくはブルンと震えてしまった。「あ、いや、野宿してるんで、あの、晩飯つくろうかと思って……」

「えー、ここで野宿？　やめてほしいなあ」女の人は露骨《ろこつ》にいやな声をだした。「ここっていつも誰かが野宿とかするところなの？」

「いや、わかんないけど、俺、ここで野宿したいなと思って……」

「まあしようがないかあ。ここって雰囲気いいものねえ」

女の人はがっかりしたように顔を曇らせた。

勇気を奮《ふる》ってきいてみることにした。

「おばさんは子ノ口のホテルに泊まっているんですか」

「そうよ。どうしてわかったの？」

「いや、なんとなく……。なにしてたんですか……」

「君いくつ？　高校生？」

「いや、あの、まだ中学生だけど……」

「そうか、中学生からみたらおばさんかあ。しようがないかあ。おばさんはね、景色みてるの。もう最後だからね」

やっぱり自殺するつもりなんだ！　ゴクリと唾《つば》をのみこんでしまった。

「どうしちゃったの？　びっくりした顔して？　おばさんが幽霊にみえる？　それとも自殺するとでも思ってんの？」

ズバリときりだされたのでぼくはあわててしまった。「え、いや、あの、自殺……すんですか？……」いってしまってからしまったと思ったけど遅かった。

「そうねえ」ためらったように間をおいた。「そうだといったら？」

なんといっていいか言葉につまって下を向き、両手にまだ飯盒と鍋を持っていることに気づいた。とりあえず飯盒と鍋をおろした。

「晩ご飯、なにつくるつもりなの？」

「カレーにしようかと……」

「んー、そうか。最後の晩餐《ばんさん》、っていうのもいいかもね……。それとも……」女の人は少し顔をあげて考えていた。それからぼくをみていった。「おばさんが自殺しそうになったら君ならどうする？」

ぼくはまた唾をのみこんだ。「わかんないです……」

「とめる？」

「……たぶん」

「湖に入ったら？　飛びこむ？」

「それは……わかんないです」

「そうよね。ここの湖って、自殺した人が浮いてこないんですってね。水が冷たすぎていつまでも湖底に沈んでいるって噂だし。本当にそうなのかな？」

「さあ、わかんないす……。でも、あの、なんで自殺するんですか……」ぼくはうつむいたままいった。女の人の顔をみてはいえなかった。

「そうねえ、君はなんでだと思う？」

「さあ……」

「君は自殺したいと思ったことはある？」さぐるようなものいいだった。

「いや、あの、死にたいって思ったことはあるけど、自殺したいと思ったことはないです……」

「死にたいって思ったって、どういうとき？」

「あの、大人たちにいやな思いさせられたり、好きな女子に嫌われてしまったときとか」杉本夏子のことが頭に浮かんだ。

「フフ、まあ、大人が自殺する理由も同じようなもんね。そんなとこに突っ立ってないでこっちにいらっしゃいよ。暗くなってきて顔がよくみえないわ」

「え、いや……」ぼくは足がすくんで動けなかった。

「わたしが君を道づれにするって思ってんの？　そんなことしないから大丈夫よ。顔がよくみえないと幽霊と話をしているみたいでいやでしょう？　大声で話す雰囲気じゃないわよ、こっちにきなさいよ」

ぼくは度胸をきめた。おずおずと女の人に近づいて岩場に座りこんだ。女の人とは三、四メートルの距離をおいた。怖かったからだ。道連れにしようとしてつかまえられる前に逃げだせる距離だと計算した。だけど、いざ女の人がぼくにつかみかかろうとしたら、はたしてすくみあがっていたぼくの身体は機敏に動くことができるだろうか……。

闇が訪れつつあった。星がまたたき始めていた。月はまだでてはいない。うす明かりの中で、女の人の鼻すじがうっすらと光っていた。
「自殺って、やっぱりなにもかもいやになっちゃうのね。生きていることが。楽しいことと
か、夢とかやりたいことがなにもなくなったりして、強く絶望しちゃって、とにかくこの世
から消えてしまいたいって思うからよ。君はしたいことがまだいっぱいあるから、死にたい
って思うことはあっても自殺したいって思わないのよ」
「俺は、ただ死ぬのがおっかないだけっすよ、きっと」
「死ぬのが怖い、か。それも生きていく立派な理由ね。でも死ぬのが怖くない人もいる。愛
していた人、両親や恋人や夫や妻や、自分の子供が天国にいる人は、その人にあえると思え
ば怖くないわ。それに存在理由がみつけられず自分をこの世から消し去ってしまいたいと強
く考えている人も怖くないかもしれない」
「そんなのは卑怯だ」ぼくは思わずいってしまった。
「ふーん。どうして卑怯だと思うの？」
「どうしてって、死んだ人のことを誰か一人でも悲しむ人がいるんだったら、自殺なんかし
ちゃだめだと思う……。母ちゃんが死んだとき、ものすごく悲しかったし、さみしかった。
いまだって、ずっと……。母ちゃんは病気で死んだけど、自殺なんかで死んだら、もっと、
俺、落ちこんだと思う……。俺の好きな人が自殺したら」斉藤多恵の姿が浮かんだ。「すご
く悲しいと思う……。よくわかんねえけど、自殺で誰かを悲しませたり、辛い思いをさせる
やつは卑怯なような気がする……」
「ふーん。若いっていいわねえ。茶化してるんじゃないわよ。白か黒か、赤か白か、どっち

かできめられるから。世の中がそういうふうに単純になってしまえば、もっといろいろなことが円滑にいくかもね。だけどそれではおもしろみがないってことが君も大人になればわかるよ」

「どういうことですか？」

「たとえば、白と黒の間には灰色もあるし、赤と白を混ぜるとピンクになるよね。それが世の中だってこと。つまりなんでもありなのよ、大人はね。社会のルールはあるけれど、いろんな人間がいる。いいことをしたい人も、悪いことをしたい人も、好きな人も嫌いな人も、生きたい人も死にたい人もいる。シェークスピアって知ってる？」

「名前だけは知ってるけど……」

「シェークスピアはいってんのよ。地球は大きな舞台だって。人間はみんな役者。一人一人がそれぞれ自分の役割を演じるために生まれてきたんだって。そして死んでゆく。どう生きるか、どう死ぬかはその人しだい。誰にもわからない。だから自殺だってその人しだいなのよ。自殺する人が卑怯だなんてきめつけることはできないと思わない？」

沈黙。ぼくは考えた。岸の岩とたわむれているようなやわらかな波の音が足元からきこえる。まぶしく輝く杉本夏子が自殺するなんて考えられない。辛い思いをいっぱい抱えて生きている斉藤多恵のことを考えた。斉藤多恵は死んだほうがいいと考えたことがあるのだろうか……。斉藤多恵が自殺したらと考えると、さみしさが冷たい湖水のようにぼくの胸をいっぱいに満たした。

「やっぱり、残されて悲しい思いをする人が一人でもいるなら、自殺なんかするべきじゃないと思う……」ぼくはいった。

「人間ってさ、強い人間もいれば弱い人間もいる。一人じゃ生きられない人もいっぱいいる。君も女の子を好きになったことがあるでしょう？　その子も君のことを好きだったとする。でもその子と別れなくてはならなくなったら、すごく悲しいよね。それで君とその子は永遠に別れなくてもいいようにするにはどうしたらいいか考えるの。結論をだした。自分たちの気持ちを昇華させたまま終わりたいって。それには二人で死ぬしかない。自殺をしようって。二人でいっしょに自殺をしたら二人の気持ちはいつまでも永遠だし、それに二人の人生がストップしてしまうんだから離れ離れにならなくていいと思わない？　愛しあっている二人が結婚がかなわなくて自殺をしたっていうのを、君だってきいたことがあるでしょう？」

　ふいに、父と父が好きになった女の人のことが頭をよぎった。父とその女の人が結婚できなければ、父と女の人は自殺するのだろうか……。そうしたら俺の責任なんだろうか……。父が死ぬということなど考えたことがなかったけど、もし死んだらと思うと、強い罪悪感や、たまらないさみしさが胸をつきあげてきた。あんなに嫌っていた父なのに、父が死んでしまうのはいやだと初めて考えてしまった。

「わかんないけど……、いつかまたあえるって二人で約束したら、それを信じたら、自殺なんかしなくてもいいかもしれない。結婚だって、いつか結婚できるって信じあっていたら……」

「フフ、信じるか。歳《とし》をとると色あせてくる言葉よねえ。わたしも君ぐらいのころはそう思ったものよ。でも大人になると、もっと人間的になっちゃうものなんだ。良くも悪くもね。

君みたいに白か黒か、赤か白かでしかものごとをみることができない若い人にとっては、自殺なんて肯定できないよね。だけど大人になると白と黒の間の灰色とか、赤と白を混ぜたピンクでものごとを考えることもできるようになるのよ。君ももう少し大人になったら、自殺する人のことも理解できるかもしれない」

「俺は、大人にはならないかもしれない」ぼくはいった。「大人になりたいってすごく思っていたけど、斉藤多恵がいった、わたしは大人にならない、わたしはわたしになる、本当のわたしになる、っていう話をきいて、大人にならなくてもいいと思えてきた。大きくなっても俺は俺になればいいんだって。本当の俺になればいいんだって」

「ふーん。それっておもしろいわね。斉藤多恵って誰？」

「同級生。おばさんが泊まっているホテルで働いている……」

「ああ、あの子。あの子、なんかわけありの子だよね」

「おばさん。俺、よくわかんねえけど、自殺するのはよくないと思う。おばさんが死ぬと、きっと誰かがものすげえ辛い思いをすると思う。その人のためにも、絶対に自殺しちゃだめだと思う。おばさん、自殺なんかやめとけよ。つまんねえよ。おばさんきれいだし、自殺なんかやめれば楽しいことがいっぱいあると思うんだ、俺」

うつむいて静かにいっていたけどぼくは必死だった。

「夏休み前に学校や先生に頭にきたことがあって、学校で禁止されているビートルズを学校でかけてツイストを踊ったことがあるんだ。大騒ぎになって、だけど、俺たちはそのとき初めて先生たちとちゃんと話をすることができたんだ。あれから先生たちは俺たちのいうことにも少しは耳を傾けてくれるようになった気がするんだ。その前までは先生たちは命令だけして俺たちの意見なんかちっともきいてくれなかった。俺、ビートルズをきくまではいいたいこともいえなかったし、やりたいこともやれなかった。でもビートルズって、大人の真似なんかする必要はねえよ、勇気をだせよ、自分に自信を持てよ、やりたいことをやれよ、っていっているような気がして、それでちょっとだけ前へ足を踏みだしてみたんだ。そしたら別の自分に変わったような感じがした。勇気をだして一歩前に踏みだせば、絶対に新しい世界が広がると思うんだ。あの、いいたいことは、自殺なんかやめて、一歩前に踏みだすことを試してみてもいいんじゃねえかってことなんだ。それに俺、おばさんが湖に入って自殺しても助けられねえと思う。俺、泳ぐのあんまり得意じゃねえし。おばさんが目の前で自殺したら、俺、おばさんを助けたいけど助けられなかったショックで、ずっと死ぬまで落ちこみっぱなしになりそうな気がする。だから自殺しないでほしいんだ」

「フフフフ、うれしいわ、きれいっていってくれて。君、どうしてわたしが自殺するって思ったの？」

「だって、おばさんの部屋に入水自殺するって遺書があったって、ホテルの人とか警察とか大騒ぎで捜してるよ」

「あら、やだ」女の人はびっくりした。それからなにがおかしいのか、声を立てて笑い始めた。「傑作。ハハハハ」

「ホテルに戻ったほうがいいよ。みんな心配してるよ」

「そうね。君に終生消えない心の傷をつけるのもかわいそうね。いいわ。じゃあホテルに戻りましょう。君、つきあってくれる？」

「はあ……」

「だって一人だと途中で心変わりして自殺するかもよ。それに君、これから食事の支度をしたら夜中になってしまうわよ。自殺を思いとどまるように説得してくれたお礼に食事を御馳《ごち》走《そう》してあげる。斉藤多恵ちゃんにもあえるわよ。君、好きなんでしょう、あの子？」

「いや、俺は、別に」

「いいのよ。顔が真っ赤になってるわよ」

暗くてみえないはずなのにそういった。

「自殺を思いとどまらせてくれたお礼にもうひとつ。アドバイスよ。一歩前に踏みだすっていいことよ。やりたいことをやるっていうのもね。やりたいことをやるっていうことは、その結果がどうあれ、自分で責任を持つという自覚がなければだめ。それがルール。だからやりがいがあるってことなのよ。もうひとつ。人を好きになるって最高にすてきなこと。男の人はね、女の人を好きになったら堂々と好きだといってほしいな。それともうひとつ。女の人に好きと告白して肘鉄《ひじてつ》を食らっても、深刻に落ちこまないこと。君の魅力をわからないだけで全人格を否定されたわけじゃないし、君の魅力をわかってくれる女の人が必ず現れるものなんだからね。世の中ってそういうものよ。すばらしい恋をしなさい。すてきな人間になれるわよ。ああ、お腹すいたッ。さあいこう」

女の人が元気にいうので、自殺しようとしていた人にしてはなんか変だと思ったけど、とにかくぼくはほっとした。目の前で自殺をされたらどうしようかと気が気じゃなかったのだ。

ぼくはホテルまで女の人といっしょにいくことにした。女の人が一人でホテルに戻ると、女の人がいっていたように途中で心変わりをして自殺するかもしれない。道々、女の人は斉藤多恵のことをきいた。ぼくは斉藤多恵が歌やピアノがどんなにうまいか話した。泳ぐことと英語がすごいことも話した。でも両親が死んだことや、身体の傷や痣のこと、叔母さんの家を追いだされたことはいわなかった。女の人は斉藤多恵が手作りの動かない鍵盤でピアノの練習をしていることにしきりに感心した。

ぼくと女の人がホテルに入っていったときはみものだった。みんなみてはならないものをみてしまったかのように、目を白黒させて口が半開きになってしまった。女の人はぼくのことを、自殺を思いとどまらせてくれた恩人、とフロントの人に紹介しておもしろそうに笑った。

本当は女の人は自殺志願者なんかではなかった。新進の女流作家で、十和田湖を舞台にした小説の構想を練るために、取材がてらホテルに滞在していたのだ。翌日には東京に戻るので、主人公の女性が入水自殺をする場面をどこにするか、いろいろと探しまわって、ぼくが野宿をしていた湖畔の岩場にきめたのだった。だから「ここにしよう」といったのだ。自殺騒ぎの真相が解明されて、ホテル中の空気がほっと和んでいった。

ぼくは女の人に無理やり食事につきあわされてしまった。ホテルの食堂で食事をするのは初めてだったのでひどく緊張した。テーブルクロースの白いリネンが印象的だった。なんでもいいから食べたいものを注文して、と女の人はいった。ぼくがラーメンでいいですという と女の人は笑った。

「ここにはラーメンはないわよ。お肉はどう？　ステーキは？」

「ステーキって、食ったことねえから……」

「あら、じゃあちょうどいいじゃない。初めて食べるなら御馳走のしがいがあるわ」

女の人はステーキをふたつとワインを注文した。

斉藤多恵が食堂に飛びこんできた。出入口のところでたちどまり、ぼくと目をあわせると顔を輝かせた。ぼくはなんだか気はずかしかった。自分が場違いなところにいると思っていたし、客でもないのに彼女の職場に足を踏み入れたことがなんとなくうしろめたかった。ぼくはぎこちない照れ笑いをして小さく右手をあげた。彼女が応えてうれしそうに小さく手をあげた。

「あら、多恵ちゃんね」

女の人は誰にいうともなくいい、それからいきなり英語で斉藤多恵に話しかけた。二人の英語での会話が始まった。女の人がなにかいい、斉藤多恵が返事をし、また女の人がいい、斉藤多恵がいい、女の人がいった。それから女の人がぼくに手を向けてなにかいった。とたんに斉藤多恵がうれしそうにはにかんで笑った。二人がどんな会話をしているのかわからないので、ぼくはポカンとしているしかなかった。それからまた女の人がなにかいった。斉藤多恵がなにかいい、ぼくに小さく手を振って食堂をでていった。

「多恵ちゃんがあとでピアノを弾いてくれるそうよ、君のためにね。いい曲をリクエストしておいたからね。ドビュッシーの《月の光》。わたしのとっても好きな曲」

「あの、俺のこと、なんかいってたみたいだけど、なにいったんすか？」

「フフ、内緒。わたしと多恵ちゃんの秘密」

ステーキは、こんなにうまいものが世の中にあったのかと思ったほど感激してしまった。使い慣れないナイフとフォークで格闘しながら夢中で食べた。女の人はぼくの食べっぷりをみて笑い、自分のステーキを半分くれた。ぼくたちは食事を終えてロビーに移動した。女の人はぼくにコーヒーを、自分にはブランデーをとウエイターに告げた。本当はコーヒーよりは冷たい飲物をたっぷりと飲みたかったけど、ホテルでは食事のあとはコーヒーを飲まなくてはいけないものなのだろうと思ってがまんした。ロビーには何人かの人々がソファーやバーにいて話したり笑ったりしていた。午前中にみかけた老夫婦はいなかった。座り心地のいいソファーに座ると、ぼくだけがみすぼらしいかっこうでひどくひけめを感じずにはいられなかった。

やがて斉藤多恵がやってきてピアノを弾き始めた。ゆったりとしたテンポの曲だった。ロビーの中のざわめきが消えた。シンと静まったロビーに斉藤多恵の深みのあるピアノの音だけが生まれては消えていった。いや、けっして消えてなくなってしまったんじゃない。ひとつひとつの音がぼくの身体の中に染み入って胸を熱くした。演奏が終わったとき、ぼくは拍手をするのも忘れるほど陶酔していた。

「奇跡だわ……」女の人はため息をつくようにポツリといった。「オーケストラをつけてピアノ協奏曲をきいてみたいわねえ、ほんと」

斉藤多恵がやってきた。女の人は斉藤多恵にありがとうと礼をのべた。

「多恵ちゃん。あなたのピアノはね、言葉や文字ではいいつくすことができない、もっと多くのことを表現しているわ。あなたにはすばらしい才能があるんだから、生かさなければもったいないわよ。この世の損失よ。けっして大袈裟《おおげさ》なんかじゃないわ。わかった？　じゃあ、わたしは仕事があるからこれでね。あ、君」女の人はぼくにいった。「アドバイス、忘れないでね。楽しかったわ。さようなら」

「あの」

「なに？」

「小説の中の女の人はやっぱり自殺してしまうんですか？」

「そうねえ、あそこで突然君とであって、小説の中で主人公が自殺しようとして君のような少年が現れたらどうかなあって、君といろいろ話をしてみたけど、物語としてはすんなり自殺をしてしまったほうが完成度は高いわね。小説の中ではやっぱり自殺をするべきね。でも君の説得はなかなかのものだったわよ。じゃあね」

にっこりと笑い、女の人はいってしまった。

ぼくはすぐに斉藤多恵にいった。

「俺も斉藤はすげえ才能あると思うぞ」

「ありがとう。でも才能とかいったってわからない。わたしはただピアノが大好きなだけなんだから。ごめん、わたしもまだ仕事が残っているんだ。さっきの人の自殺騒ぎでみんなてんてこ舞いで仕事どころじゃなかったんだ。明日、約束したあの桟橋で、さっきの人とのことゆっくりきかせてね」

ぼくはソファーから腰をあげた。

「朝、くるか？」

「無理だと思う」彼女は小さく笑って首を振った。

「今夜遅くなりそうなんだ」

「午前中にピアノ弾くだろう？」

「うん。たぶん。じゃあ明日」

「おう、明日」

斉藤多恵と別れてぼくはホテルをでた。いつのまにか月がでて、湖面を銀色に輝かせていた。ねぐらに戻って毛布にもぐりこんでからも、目をつむると、ピアノの前の彼女がいつまでも演奏しつづけた。

2

翌日も晴れて気持ちのいい朝だった。早朝の湖面をおおう白いもやが晴れると、清々《すがすが》しい湖水が現れて青く輝き始めた。

やはり斉藤多恵は岩場にはやってこなかった。昨晩挑戦しようとして準備してあったカレーを作ることにした。ご飯はまあまあうまくいった。カレーはいまいちだった。というのもとろみをつけるための小麦粉を入れることを知らなかったのだ。魚肉ソーセージとジャガイモとニンジンとカレー粉だけのサラサラカレーだったけど、味は、まあ、カレーだった。

午後に斉藤多恵と飲もうと、子ノ口の売店にサイダーを買いにいき、みたくないいやなやつをみかけた。そいつだけはみたくないと忌み嫌っていたやつだった。

そいつはちょうどバス停についた十和田観光電鉄バスからおりてきた。ずんぐりむっくり、角刈りにキツネ眼のうす笑い。相撲部の田口先生だった。太い腕がむきだしの半袖シャツにだぶだぶズボン、ださい雪駄《せった》をつっかけて、まるで映画にでてくるヤクザみたいなかっこうだった。生徒指導でキャンプ場をみまわりにきたのだろうか？　ぼくは警戒して売店の奥へ身を潜めた。田口先生は肩で風を切り、のっしのっしとでかい態度で遊覧船発着場のほうに歩いていき、そのまま湖水巡りの遊覧船にのりこんでいってしまった。ただの観光にきただけかもしれない。だけど、念には念を入れて、キャンプ場に近づくときは気をつけよう。鉢あわせをしただけで最低の気分になるだろうし、一人で野宿していることがばれると必ずぶん殴られるにきまっている。たぶん、観光にきただけなのだろうけど……。輝かしい十和田湖の空が一気に暗雲におおわれた気分だった。

サイダーを二本買い、ホテルの外壁の、ロビーの開け放たれた窓の下に座って斉藤多恵のピアノ演奏が始まるのを待った。その日斉藤多恵が弾いたのはショパンの《子犬のワルツ》と、モーツァルトの《ピアノ協奏曲第二十一番》第二楽章の二曲だった。二曲とも音楽のレコード鑑賞の時間に小林先生がレコードできかせてくれた曲だった。レコードできいた演奏よりも斉藤多恵の演奏のほうが迫力があった。《子犬のワルツ》の指使いの素早さはとても人間業とは思えないぐらいだった。彼女は苦もなく弾きこなした。ぼくはあらためて彼女の才能に舌を巻いた。モーツァルトは、ため息がでるほどきれいな曲ですばらしかった。彼女のピアノをきいたあと、ぼくは必ず心をうたれて感動の余韻からなかなか抜けだせなくなった。この世にピアノがうまいやつは星の数ほどもいる。でも、感動の余韻から抜けだせなくなるほどのピアニストはそうはいないと思う。斉藤多恵はぼくにとって、初めての偉大なピアニストだった。

昼食は朝の残りのカレーを食べた。麦わら帽子をかぶって岸の岩場に座り、最高の景色をみながらの満足な食事だった。あのステーキは思いだしてもよだれがでるほどうまかったけど、ホテルの食堂の豪華なステーキよりも、開放的にのびのびと食事をするほうが好きだと知った。湖の対岸を囲む山のずっと向こうに真っ白な入道雲がわきあがっていた。まだそれほど大きくはなく、風もでていなかった。雨の心配はなさそうだった。ぼくは半ズボンの下に水泳パンツをはき、飯盒《はんごう》と鍋とサイダーを持って自転車にのった。キャンプ場の炊事場で洗い物をして、そのまま斉藤多恵と待ちあわせた桟橋にいこうときめた。炊事場にいきつくと、キャンプ場の女の人たちを目にして、そうだ、俺はセックスをするために十和田湖にきたんだ、と目的を思いだしたけど、斉藤多恵のことで頭がいっぱいですぐにしぼんでいった。セックスに興味がなくなったわけではない。それ以上に斉藤多恵のことをもっと知りたいという思いのほうが強かった。斉藤多恵との衝撃的で強烈なであいがそうさせたとしか考えられない。焦らなくてもセックスなんてそのうちすることができるさ。セックスよりも斉藤多恵といっしょにいたかった。ピアノをききたかったし、歌もききたかった。もっといっぱい話をしたかった。ぼくは田口先生の影に少しおびえながら洗い物をすませた。田口先生は休《やす》み屋《や》までいく遊覧船にのったはずだから、時間的にいって子ノ口のキャンプ場に現れる可能性は限りなくゼロに近い。それでも用心にこしたことはない。とんぼ返りをすれば子ノ口キャンプ場に現れることも可能なのだ。

洗い物をすませて時計をみたら一時を少しまわっていた。炊事場で冷やしておいたサイダーを持って遊泳場の栈橋に急いだ。遊泳場の渚《なぎさ》の木陰に自転車を置いた。遊泳場は人影もまばらで、ところどころにポツン、ポツンと日光浴を楽しんでいる何人かがいるだけだった。遊泳いでいる人は誰もいなかった。まだ昼食や昼寝をしている時間なので遊泳場にはでてきていないのだろう。

栈橋をみやると、斉藤多恵と待ちあわせをした先端のほうが水着姿の男女で賑わっている。誰かに先をこされた……とがっかりして、あれ？　とぼくは目を凝らした。斉藤多恵がいる。彼女は長袖ブラウスと長ズボンで膝をかかえて座っている。それに、立ったまま水着姿で斉藤多恵の周りを囲んでいるのは、なんと、笠原のやつに桜田、それに杉本夏子だ！　阿部貞子もいる。なんだってあいつらが斉藤多恵と？　斉藤多恵がなにやらみんなからいわれているようだ。意地悪をされているのか？　ぼくは走りだした。栈橋を走るぼくに気づいてみんなが振り向いた。斉藤多恵がほっとしたようにぼくに顔を向けた。みんなのところにたどりつくと、誰かがいいだす前にぼくは真っ先に口を開いた。

「よう！　お前らここでキャンプしてんのかよ？」ぼくは努めて軽い調子でいった。「杉本と阿部もいっしょか？」

なんのためらいもなく杉本と呼び、彼女に顔を向けることができたのは自分でも意外だった。彼女に面と向かって杉本といったのは初めてだ。でもドキドキはした。なんといったって、憧《あこが》れの杉本夏子は水着だったのだから。白と淡いピンクのギンガムチェックのワンピース水着で、胸のふくらみやお尻の丸みや秘めやかな三角地帯があらわだったし、かっこうのいい太股の白さがまぶしかった。

　ぼくに杉本といわれて彼女も少し面食らった面持《おもも》ちだった。

「ううん。わたしと阿部さんはさっききたばっかり。それで桜田君と笠原君にばったりあったの」

　彼女はとまどった笑いを浮かべていった。

「わたしたち杉本さんのお父さんの車できたんだよお」

　濃紺の水着の阿部貞子が自慢げにいった。

「俺たちは昨日まで宇樽部のキャンプ場にいたんだよ」

　桜田はなぜかいいわけ口調でいった。顔が真っ赤だった。杉本夏子を意識しているのはあきらかだった。「俺たちもさっきこっちのキャンプ場に移動してきたんだ。そしたら杉本たちにばったりあって、で、泳ごうってことになったんだよ」

「そんなことより、神山」笠原が威圧するようにずいっとぼくの前に立った。「お前、キャンプしてんのか？　誰ときたんだよ。斉藤はお前と待ちあわせしてるっていってたけど、お前らつきあってんのかよ？」

　斉藤多恵がじっとぼくをみあげていた。

「ああ」ぼくはあっさりといってやった。「昨日からだけどな。ここで待ちあわせしたんだ。斉藤に泳ぎを教えてもらう約束なんだ」

「エー！　つきあってんのお!?　やだあ！　あやしいいい！」阿部貞子はガチョウみたいに騒ぎ立てた。ガキ丸だしだ。

「それがどうした？　泳ぎを教えてもらうのがあやしいのかよ？　それにつきあうのは勝手じゃねえか。お前らがなんかいうのも勝手だけどよ」

ぼくはいった。ひるまずにみんなをみまわした。堂々といったのですっきりした。

「だってさ、そんなの信じられない。だって、斉藤さんは校則破ってホテルで働いているんだよ。そんなのいけないことだよねえ」

阿部貞子は杉本夏子に同意を求めた。こいつは本当にアホだ。トンチンカンなことしかしゃべることができない。

「それがどうした？　斉藤ん家《ち》は茶太郎婆ちゃんが病気になって、斉藤が働かなきゃならねえんだよ。それでも校則だから働いちゃいけねえってのかよ」

「だって規則は規則だよ。規則はどんなことがあってもまもらなきゃ、ねえ、杉本さん」

「そうだよ。あったりまえじゃねえか」笠原が加勢した。「規則は規則だからな。まもるためにあるんだからな」笠原は杉本夏子をちらっとみて胸をはった。こいつも杉本夏子を意識して男らしさをみせつけようとしていた。

「そう思うか、杉本？」

ぼくは杉本夏子に目を向けた。面と向かうとやはり少しドキドキしたけど、ちゃんと顔をみて話すことができた。ちょっと前までは話すことはおろか、顔を盗みみることさえものすごくためらったというのに。

杉本夏子は名指しされて、またおどろいた表情をつくってぼくをみた。

「わたしは、そうね、それは斉藤さんの問題で、わたしたちが口だしすることじゃないと思うけど……」

「だよな。やっぱりいいやつだな、杉本」ぼくはほっとした。

「でしょう！」阿部貞子が素っ頓狂《すとんきよう》な声をあげた。「それで杉本さんが斉藤さんに水着を貸すからいっしょに泳ごうと誘ってやってるのに、斉藤さんたら素直に泳ぐっていわないんだもの。水着を持っていないっていうからかわいそうに思って、せっかく杉本さんが親切にいってやっているのに、斉藤さんたら人の親切を無にすることとして平気なんだよ！」

「おう、そうだぞ斉藤」笠原の声が大きくなった。杉本夏子のおぼえめでたくなろうという魂胆はみえみえだ。「神山に泳ぎ教えるくらいなんだから泳げんだろう。水着持ってねえんだったら、杉本から素直に借りて泳げばいいじゃねえかよ。杉本がせっかく親切にいってんのによ、なんで断んだよ？」

「そうだぜ。せっかく杉本が水着貸すっていってんだからよ。いっしょに泳ごうって誘ってやってんのになんで断んだよ？」

桜田が追い打ちをかけた。二人の口調が刺《とげ》をおびてきていた。杉本夏子にかっこういいところをみせつけようとして、なにがなんでも斉藤多恵に水着を着させるつもりらしい。

斉藤多恵は膝をかかえたまま、悲しそうに湖面をみつめていた。「ごめんね。わたし、ちょっと……」小さな声でいった。

ぼくの頭がカッと熱くなった。斉藤多恵に水着を着させちゃだめだッ。みんなに身体の痣《あざ》をみられたら彼女は辛い思いをするんだッ。彼女をまもらなければッ。かといってやつらとケンカもしたくない。ケンカになれば痣のことで斉藤多恵がいやな思いをまたひとつかかえこんでしまう。どうすんだ!? 早くなんとかしなくちゃ! ぼくはうろたえてしまった。そのときだった。突然ひょいという感じでバカなことを思いついた。いい考えにはちがいない。だけどぼくは二の足を踏んだ。ものすごく度胸がいることだったのだ。それは前の日に斉藤多恵のいったことがヒントとなった。

……それをやればきっとみんな唖然《あぜん》として、それから俺をバカにして笑いだすにちがいない。それで斉藤多恵に水着を着させることなど、みんな忘れてしまうにちがいない。だけど、杉本夏子に完全に嫌われてしまう。怒ったり、呆《あき》れ返ったりしていってしまうかもしれない。もう学校であっても無視されて口もきいてくれないだろう。笠原と桜田が学校の連中にいいふらしてみんなの物笑いの種になることはまちがいない。遊泳場の渚のほうで誰かがみているかもしれないし……。

♪カモン、カモン! カモン、カモン! カモン、カモン! カモン、カモン!

またふいに《お願い・お願い・わたし》がきこえてぼくを叱咤《しった》し始めた。

♪やれよ。いい考えだぜ。杉本夏子に嫌われる? それがどうした。斉藤多恵を助けてやれるのはお前しかいないんだぜ。さあ、勇気をだせよ! 自分に正直になろうぜ。

よしッ。ぼくは決心した。笑われるぐらいがなんだってんだ。杉本夏子にはどっちみち無視されていたじゃねえか。

「なんだお前ら。こんなきれいな水に水着きて入るってのかよ」ぼくはそういってTシャツを脱いだ。「こんなきれいな水はよ、水着なんかねえほうが気持ちいいぜ」エイヤッ、と心の中で気合いを入れて半ズボンといっしょに水泳パンツも勢いよくさげた。

とたんに阿部貞子が反応した。「キャー！　バカ！　エッチ！　きったなーい！　はんかくさい！」

ちっちゃーい、といわれなくてよかったよなあ、神山君。

みんなの動転顔を確認してぼくは走りだした。

「どけどけ！　そりゃあああ！」

ぼくの奇声が静かな湖畔の空気を打ちつけた。ぼくは桟橋の先端を蹴《け》って宙に飛びあがった。そのまま開脚して足から飛びこんだ。おどけて笑わせようとしたのだけどこれは大失敗だった。急所と肛門《こうもん》がもろに水面に激突してものすごく痛かったのだ。それでもがまんして浮きあがった。桟橋でぼくをのぞきこんでいるみんなをみあげた。

「ああ、気持ちいい！　どうした？　泳ごうぜ！」ぼくは空元気《からげんき》をだした。

「バカかお前は！」といいながら桜田はニヤニヤしている。

「アホ！」笠原もニヤついている。

ここまでは計算どおりだった。あとは杉本夏子がどうでるかだ。阿部貞子なんかはどうでもいい。ところが、つぎにおきた出来事はまったくの予想外だった。

「フフフ、フフフフ、ククク」

かみ殺すように斉藤多恵が笑いだした。それから声をたてて笑い始めた。「ハハハハハ、アハハハハハ」

みんな、斉藤多恵が声を立てて笑う姿を初めて目にしておどろいたみたいで、じっと斉藤多恵に視線を注いでいた。すると、いきなり斉藤多恵はすっくと立ちあがった。

「泳ごう、杉本さん。阿部さんも笠原君も桜田君も」

斉藤多恵はなにかを吹っ切ったように明るく元気な声でそういうと、あっというまの早業で衣服を脱ぎ捨て、下着一枚になった。

白い肌。乳房。青黒い斑模様の痣。すぐにぼくのほうに向かって飛びこんだ。スマートな飛びこみだった。やわらかな飛びこみ音が、きれいな音楽のように湖面に生まれた。丸い輪となった波紋が湖面を伝いわたっていく。ぼくはおどろいて声もでない。なんでだ？　自分の身体をみられるのはいやだったんじゃねえのか？

「ふうッ、気持ちいい！」

浮きあがって、斉藤多恵はくったくのない輝く笑顔をみせた。

「やだあ、はんかくさーい！」

阿部貞子が非難の声をあげたとき、杉本夏子がぼくたちのほうに向かって飛びこんだ。

彼女はすぐに浮きあがって斉藤多恵に声をかけた。

「ごめんなさい、わたし、ぜんぜん知らなくて、それで……」

言葉が途切れた。胸がつまったようだった。

「ありがとう杉本さん。水着を貸してくれるっていってくれてすごくうれしかった。反省したんだ、わたしが隠しているから悪いんだって。この顔の傷も身体の痣も交通事故の名残なんだ。いやな思いをさせてごめんね」

「そうなの……。交通事故で……」

ぼくの緊張がとけていった。なんだかほっとした。それにうれしさが身体中に充満して力がみなぎっていくようだった。

「さあ、泳ごう！」斉藤多恵が明るくいった。

「待ってよッ」ドッボン！　と大石が落ちたみたいな間抜けな音がして阿部貞子が足から飛びこんできた。

「泳ごうよ、笠原君、桜田君」杉本夏子が桟橋の二人に声をかけた。

ああ、と二人が飛びこもうとした。笠原のやつはおもしろくなさそうな顔をしている。一連の出来事の主導権をとれなかったことがおもしろくないのだ。パッ、とぼくは閃《ひらめ》いた。あいつらのパンツも脱がせてやれッ。斉藤多恵の予想もしなかった行動がうれしくて、バカをやってはしゃぎたい気分だった。笠原のやつを焚《た》きつければ主体性のない桜田は絶対に同調するはずだった。俺だけが裸じゃ不公平ってもんだぜ。ぼくは桟橋の二人を挑発した。

「なんだお前ら、水着で泳ぐつもりかよ？」

「アーホ！　女子の前でお前みてえなはんかくせえことできるかよ！」

笠原はいった。顔を赤くしている。ぼくの真似をして二番煎《にばんせん》じになることがくやしくてしようがない、と顔に書いてある。思ったとおりだ。もう一押しでこいつはパンツを脱ぐ。絶対だ。

「そうだぜ、はんかくせえ！」桜田も真っ赤だ。杉本夏子をチラチラみている。

「そんなことといって、裸になる度胸がねえだけだろう！」

ぼくはいってやった。とどめの一撃ってやつだ。杉本夏子の前で度胸がないなんていわれて終わりにすることなど、笠原のプライドが許さないにきまっている。

「なにいイイ！」

笠原が食いついてきた。ほらみろ、単純なやつだ。

「やめてよねッ。パンツなんか脱いだら怒るからね！」阿部貞子が平泳ぎをしながら怒りだした。

「いやだあ、絶対に脱がないでねえ！」杉本夏子は目を丸くして、それでも笑いながらいった。

「ハハハハ」斉藤多恵は笑うだけだった。

斉藤多恵も杉本夏子も二人とも立ち泳ぎをしている。いとも自然に浮いているので、まるで湖水の中に立っているみたいだ。女子たちの反応に、笠原と桜田の顔に無邪気ないたずら心が現れてニヤリと顔をみあわせた。二人は同時に渚のほうを振り向いた。遠くだし、ほとんど人はいない。そのことを確認してから二人はいった。

「裸がなんだってんだ！」笠原がパンツに手をかけた。

「おう。そのくらい屁《へ》でもねえよ！」桜田もパンツに手をかけた。

「バカ！　はんかくさい！　本当に怒るよ！　やめてエエ！」阿部貞子が怒り声で絶叫した。

「だめッ、やめて！　もう、いやだあ！」杉本夏子がかわいい悲鳴をあげた。

「ハハハハ」斉藤多恵は笑いつづけた。

笠原と桜田がパンツを脱いで、

「ヤッホー！」

「どっひゃあ！」

と躍りあがった。

ギエー！　と阿部貞子が、キャー！　と杉本夏子が、キャハハハハ！　と斉藤多恵が悲鳴をあげて、飛びこんだ二人に背を向けて泳ぎだした。

「逃げんなよ、いっしょに泳ごうぜ！」ぼくはいった。

「こないでよッ、はんかくさい！」阿部貞子が必死の形相で叫んだ。

「なんだよ、いっしょに泳ごうっていってたじゃねえかよ」「そうだぜ、逃げんなよ」「おらおら、つかまえてやるぞお」ぼくたちは女子を追いかけた。悪ふざけのガキ丸だしもいいとこだ。

「いやらしいッ。斉藤さんの裸みようとしてるでしょう！」と阿部貞子。

「お前らも水着脱げよ。不公平だぞ！」ぼくはいった。

「おう、そうだぜ。脱がしてやるぞお」笠原がいった。

「バ、バカ！　アホ！　アンポンタン！　先生にいいつけてやる！」阿部貞子は本気で怒っている。こいつには冗談も通じない。

「おーらあ、もうすぐつかまえるぞお！」桜田が脅した。

「逃げよう！」「うん、逃げよう！」斉藤多恵と杉本夏子は顔をみあわせていい、二人で沖に向かってクロールで泳ぎだした。二人ともきれいな泳ぎだった。すべるような速さで湖面を泳いでいく。

ヤマメとニジマスが並んで泳いでいる……。

裸の斉藤多恵と、白と淡いピンクのギンガムチェックの水着の杉本夏子をみて、ぼくはそう思った。十和田市の市街地に養魚試験場があり、そこでみたニジマスの体側の色が杉本夏子の水着の色によく似ていた。阿部貞子がみるみる引き離されていく。笠原と桜田が追いかけた。ぼくも笠原と桜田のあとを追った。懸命に泳いで阿部貞子を追い抜いた。それなのに顔をあげて前方の斉藤多恵と杉本夏子を確認するごとに、ぼくたちと二人の距離は縮《ちぢ》まるどころか離れていくばかりだ。

「降参だあ！　戻ってこいよ！　もうつかまえねえよ！」

とうとう笠原が泳ぎをやめて叫んだ。

ずっと遠くで斉藤多恵と杉本夏子が振り向いた。にこやかに笑っている。

「本当!?　嘘だったらもう口きかないわよ！」

杉本夏子のかろやかな声が湖面を共鳴させるように響いた。

「嘘じゃねえよ！」

「約束よ！」

斉藤多恵と杉本夏子が平泳ぎで、のんびりと並んでひき返してきた。楽しそうに笑いながらしゃべっていた。二人の笑顔をみて、なんだかすごく幸せな気分になった。

ぼくたちは桟橋に向かって泳いだ。こんどはゆっくりだった。女子が先に泳いだ。阿部貞子が三人の最後尾を泳いで、ぼくたちから斉藤多恵と杉本夏子をガードするみたいに、

「一〇メートル以上距離をあけて泳いできて！」

と何度も怒鳴りつづけた。女子が桟橋に到着すると杉本夏子がぼくたちを振り向いていっ

た。

「斉藤さんが桟橋にあがって着替えするまで向こうを向いててちょうだい。信用してるからね」

杉本夏子にそういわれて逆らうやつは一人もいない。ぼくたちは桟橋に背を向け、沖を向いて待った。

「おいお前ら、キンタマ縮まってちっちゃく丸まってねえか?」笠原がいった。

「ああ。パンツがねえと冷てえや」ぼくはいった。

「お前ら最初からちっちぇえじゃねえか」桜田が笑った。

「お前よりはでけえや、アホ!」と笠原。

「もうッ、またはんかくさいこといってる!」

桟橋から阿部貞子が怒鳴った。ぼくたちを監視しているみたいだった。

「もういいわよ」

杉本夏子の声にぼくたちは振り向いた。斉藤多恵はすっかり着替えをすませていた。ぼくたちは桟橋にとりついてあがろうとした。怒り顔の阿部貞子が斉藤多恵と杉本夏子になにやら耳打ちをしていた。

「やだあ!」杉本夏子の笑顔がはじけた。

「アハハハハ」斉藤多恵が笑いだした。

すばやい動きで、阿部貞子がぼくの衣服とぼくたち三人の水着を持って桟橋を岸に向かって走りだした。ぼくたちは仰天した。

「お、おい、こらッ」

「バカッ、やめろッ、どこへ持っていくんだよ！」

「返せよッ、阿部！」

ぼくたちは泡をくって怒鳴った。彼女は立ちどまった。

「いやだっていうのに裸になった罰よ！　そんなに裸をみせたければみーんなの前でみせれば！　向こうで着替えてきて！」

阿部貞子は目をつりあげていい、きく耳を持たない態度でスタスタと岸に向かって歩いていく。
バ、バカ！　待てよ！　返せよ！　ぼくたちはあわてて桟橋沿いに泳いで後を追った。阿部貞子は岸辺の一面の小石の上に、汚い物でも投げ捨てるかのようにぼくたちの水着とぼくの衣服を投げ散らかした。遊泳場の渚で日光浴をしていた人たちが、何事かと投げ散らかされたぼくたちの衣服をみている。そのうちに岸近くまで泳いできたぼくたちに視線が注がれた。ぼくたちが股間を手で隠して投げ捨てられた水泳パンツに駆け寄ると、あちこちから笑いがもれた。知らない人たちに笑われてひどくはずかしかった。ぼくたちは水泳パンツをつかんで湖に戻った。水中で水泳パンツをはき、ぼくだけが衣服を拾いにまたひき返さなければならなかった。桟橋で斉藤多恵と杉本夏子と阿部貞子の笑い転げる声が、静かな大気にこだまして耳に心地よかった。
ぼくたちは桟橋の先端でみんなで日光浴をした。夏の気持ちのいい風を受けて、男子と女子でサイダーを一本ずつまわし飲みした。気分がよかったのですごくうまかった。

みんなはぼくが一人で野宿していることを知った。案の定、笠原と桜田と阿部貞子が校則違反だと顔色を変えたけど、杉本夏子が、わたしは斉藤さんがホテルで働いていることを秘密にする、だから神山君のことも秘密にする、そうしないと不公平だと思うんだ、といってくれたとたん、三人はさっと手のひらを返して、もちろん自分たちも秘密にはするけど……とぼくを突き刺す槍《やり》をひっこめてしまった。

みんなは斉藤多恵の交通事故のことも知った。斉藤多恵は埼玉でのいじめのことと叔母さんの家を追いだされたことはいわなかった。ぼくと彼女だけの秘密にしてくれた。笠原と阿部貞子がぼくと斉藤多恵がどうしてつきあうようになったのかをしつこく追及した。昨日の朝偶然にであったといいつづけても、もっと前から誰にもわからないようにつきあっていたんだろうと疑いの目を向けつづけた。そんな状況にいる自分が照れくさかったしうれしかった。ぼくは斉藤多恵のピアノと歌と英語がどんなにすごいか披露したくて、何度ものどまででかかっては必死にこらえた。そのたびに、そのことは秘密にしておいてあとでみんなをびっくりさせてやるんだと、一人ひそかに笑った。

それからぼくたちはさまざまな話をした。たわいもない話だ。ほとんどは先生や同級生の悪口をおもしろおかしくいって大笑いした。話すのはぼくと笠原と桜田と阿部貞子だけで、斉藤多恵と杉本夏子はきき役にまわって笑い転げるだけだった。斉藤多恵と杉本夏子があまりに笑うのでびっくりしたほどだった。二人は手をとりあって笑い転げた。まるでずっと親友だったみたいに。

三時が近づき、斉藤多恵はホテルに戻ることになった。ぼくが彼女を自転車にのせてホテルまで送ることにした。別れぎわに斉藤多恵と杉本夏子が、二学期が始まったら学校でいっぱい話をしようと約束しあっていた。前日のように時間に追われてはいなかったので、天の恵みに思える涼しいそよ風を受けて、木漏れ日の道をぼくはゆったりと自転車を走らせた。

斉藤多恵が裸になったことをびっくりしたとぼくがいうと、彼女はぼくが裸になったことのほうがびっくりしたと笑った。

「神山君、わたしをかばって裸になってくれたんだよね」

「そんなことねえよ。斉藤がいっただろう、水着をつけて泳ぐのがもったいないようなきれいな水だって。俺もやってみたかっただけだよ」

ぼくのアホな行動をちゃんと理解していてくれたことがうれしかったけど、すっかりみすかされているのが照れくさかったし癪《しゃく》だった。

「そうかな。そんな度胸はないっていってたよ」

「昨日は昨日、今日は今日だよ」

「もう約束破ってる。わたしと神山君は嘘はつかないって約束したよ」

「あ……、そうか。そうだな。俺、斉藤がみんなに身体の痣をみられるのがいやだろうと思って、それでバカなことやればみんなの気を斉藤から俺にひきつけられると思ったんだ」

「やっぱり。もう、突然裸になっちゃうからおかしくって」

「斉藤はなんだって裸になったんだ？　身体の痣をみられるのがいやだったんじゃねえのか？」

「うん、いやだった。でも神山君が裸になったんで、おかしくておかしくて、笑っているうちに勇気がでてきた。そうしたら思いだしたんだ、小説家の女の人がわたしにいったことをね。勇気をだして一歩踏みだせば新しい世界が広がるって、神山君がいったって」

小説家の女の人と斉藤多恵が英語で会話していたときのことをいっているのだった。

「それで痣だらけの裸をみんなにさらけだしたらなんだかすっきりしそうな気がしたんだ。それに、すごくうれしかった。神山君がわたしをかばって裸になってくれたことが。それでわたしのために裸になった神山君一人を、みんなの笑い物にしちゃだめだって思ったんだ。わたしも裸になれば、神山君だけが笑い物にならなくてすむと思った」

「ふうん、そうかあ。だけど一歩踏みだせばっていうのは俺がいったんじゃなくて、ビートルズの歌がそういってるようにきこえるっていったんだ」

「でも本当にそうかもしれないって思った。わたし、自分を隠さないことにした。神山君がいうように、わたしをださなければわたしのことわかってもらえないもんね。自分を隠していれば友達もできないし」

「おう、そうだぜ」

「だけど笠原君も桜田君も案外単純なんだね。フフフ、神山君に簡単にのせられちゃって裸になっちゃって」彼女は思いだし笑いを始めた。

「アホだよ、あいつらは。でもさ、あいつらが裸になってくれたおかげで、俺と斉藤が裸になったことが大事件にならないですみそうだから、あいつらに感謝しなくちゃ。俺と斉藤だけが裸になったままなら、あいつらが学校で騒ぎたてて、みんなにからかわれてうるさくなったかもな」

「本当だね。あのね、はんかくさい、ってどういう意味なの？　なんとなく感じではわかるような気がするんだけど、本当の意味ってどういうの？」

「はんかくさいの意味かあ。うーんと、いやらしいとか、恥知らず、破廉恥《はれんち》、無知だとか、なにいってんのとか、なにやってんだ、アホ、バカ、とか、それらがひとつになったような感じかなあ。やっぱり標準語を当てはめるのはむずかしいや」

「大丈夫。だいたい感じつかめた」

ホテルに着くと自転車からおりた斉藤多恵が背伸びをした。「あーあ、とっても楽しかった！　あんなに楽しかったのって初めて！」

「斉藤はやたらと背伸びすんだな」

彼女はくすっと笑った。「本当だ。気がつかなかった。いままでは背伸びなんかしたことがないのにね。なんだか自分が隠れていた卵の殻を割ってるって感じかな」

そうかもしれないとぼくは思った。

「今夜ピアノ弾くか？」

あいつらをつれてきてびっくりさせてやろうとぼくは計画していた。

「今夜はいそがしくて弾けそうにないんだ」

「なんだ」がっかりだった。「明日の午前中は弾けるか？」

「たぶん大丈夫だと思う」

ぼくたちは明日の午後に桟橋であおうと約束して別れた。

　桟橋に戻ると笠原と桜田だけがぼくを待っていた。杉本夏子と阿部貞子は、杉本夏子の父親の車で十和田湖一周のドライブにでかけてしまっていた。男ばかりになると遠慮のない会話になった。

「お前、本当はヘッペをやってるとこみにきたんだろう？」

　笠原が戻ったぼくにだしぬけにいった。確信している口調だった。

みにきたんじゃなくてやりにきた、なんてもちろんいわなかった。いえばみんなに知れわたってけちょんけちょんにバカにされるのは目にみえている。ぼくは話をあわせてやることにした。

「まあな。お前らみたか？」

「全然」桜田が少しムッとした顔でいった。「夜中に小便するふりをして二人でキャンプ場の中とか周りを探ったけどよ、全然だった。やってるやつらなんかどこにもいなかったぞ。お前はどうだった？　みたか？」

「全然」ぼくは首を振った。「だいたいよ、やるやつらって、キャンプ場の中とか周りの林の近いとこじゃやらねえんじゃねえか？　だって誰かにみられたらいやじゃねえかよ」

「だろう。俺もそう思ってんだよ」笠原のやつが珍しく素直に同意した。「もっと誰も人がこねえようなとこだぜ、きっと。森の奥の奥とか、どっからもみえねえ、人がいかねえ湖畔とかよ」

「そうだぜ」桜田がぼくをみて熱っぽくつづけた。「テントなんかでやってたら外に音がきこえてばれてしまうし、誰でも簡単にいけるようなとこだったら、やってる最中を簡単にみられてしまうっていうことだぜ。だろう？」

「まあな」

「だからよ、森の奥の奥までいってみようぜ。三人ならおっかなくねえぞ」笠原がぐいと身をのりだした。「夜中だろうがなんだろうが、三人ならおっかなくねえぞ」

ははーん。ぼくは合点がいった。二人は夜の森が怖くてキャンプ場の周りをうろつきまわっただけなのだ。ぼくがいない間に話しあい、自分たちのたくらみにぼくをひきずりこもうと相談したのだった。二人はぼくがいない間に話しあい、奥深い真っ黒い森や入水自殺の噂が絶えない夜の湖畔をうろつきまわるとなれば、確かに二人よりは三人のほうが心強いし怖くはない。誰かのセックスをのぞくというのは悪趣味きわまりない出歯亀《でばかめ》だけど、ぼくは誘惑とスリルと好奇心の一斉攻撃にコロリと負けて、いとも簡単に二人の計画にのってしまった。

「じゃあ三人でいこう。今夜九時。キャンプ場の炊事場で待ちあわせしようぜ」

ぼくは提案した。その夜は斉藤多恵のピアノをきけないことになったし、それにどういうふうにセックスをしているのかという単純な好奇心を抑えることができなかった。

ぼくたちはそれからまたバカ話をして別れた。夕食をつくらなければならなかった。ご飯を炊いて野菜炒《いた》めをつくることにした。

虫どもの来襲を受ける前のまだ明るいうちに夕食をすませた。ご飯はうまく炊けた。底のほうにうっすらと焦げができ、ふっくらとしてキラキラ輝くご飯だった。クジラの缶詰、それにタマネギとナスとニンジンとジャガイモまでぶちこんだ野菜炒めは、醬油《しょうゆ》だけの味つけだったけど、クジラの缶詰の味がほどよくきいておいしかった。ニンジンとジャガイモはうすく切ったのでそんなにかたくはなかった。おいしい料理をつくることは楽しいことなんだと気づいた。それに、料理をつくることがちっともめんどうくさくない自分にも気づいた。家に帰ってもときどきなにかの料理をつくってみよう。食べきれないほどいっぱいつくったので残りは翌朝にあたためなおして食べることにした。斉藤多恵といっしょに食べたいとふと思った。そのことを想像してみただけで楽しくなった。

遠くの入道雲が夕焼けに染まってきれいだった。湖が夕焼けの入道雲を反射してピンクに染まっていた。風もなく妙に静かだった。遠くからかすかに雷鳴がきこえていた。時間といっしょに変化する雲の形やうすれていく夕景色の色あいがあまりにもきれいで、ぼくはぼんやりとみとれていた。遠くの入道雲の中で、ときどき電気がついて消えるみたいに、みえない稲妻が雲のひとかたまりをぼうっと明るく光らせた。暮れゆく前の、風景が静かにため息をついているみたいな白くかすむたたずまいがきれいだった。ぼくはいつまでもみとれていた。

斉藤多恵はいまごろいそがしく働いているだろうな……と思った瞬間、風がさっとひと吹きして湖面を波だたせた。ひんやりとした風で、雨の予感がした。すぐに映画館の照明が落ちるように周囲があっというまに薄暗くなった。

頭上をみあげると、背後から恐ろしい黒雲のかたまりがのしかかるように迫っていた。恐怖心を煽《あお》るには十分すぎるほどの巨大な黒雲だった。そのときになるまで頭上の恐怖にまったく気づかなかった。向こう岸の山の上の空の変化にみとれていたのと、斉藤多恵のことを思っていたので、背後に迫るぞっとする暗雲に気づかなかったのだ。突風が走りだして林の木々が激しくゆさぶられた。一気に気温が下降した。遠くでまぶしいフラッシュがつづけて光り、しばらくしてから、いきなりはらわたに響く、太く長い雷鳴が空いっぱいに鳴り響いた。空も大地も振動したかと思うほどの雷鳴だった。まだ遠い。だが確実に近づいている。雨のにおいも強くなった。雨になるぞと確信した矢先、爆弾のようなでかい雨粒がひとつ、目の前を一直線に落下して大きな音を立てて砕けた。きたッ、身構えるひまもなく、つづけてドッカン、ドッカンと降り落ちてきた。悪魔のけたたましい笑い声のように、突風が金きり声をあげた。とたんに頭の上で稲妻が光り、空を引き裂くような雷鳴が轟《とどろ》いた。

「どひゃあああ！」

ぼくは飛びあがり、あわててねぐらに走った。

いきなり土砂降りが襲ってきた。大粒の雨が遠慮会釈なくすべてに叩きつけた。百万人ものドラマーが猛烈な勢いでいっせいにドラムセットを叩き始めたかのような轟音に、なにもかもが縮こまって息をひそめた。かすかな明かりの中で、激しく叩きつけられる雨に湖面が白く泡だち、岩場では我が物顔に雨が飛び跳ねている。林の中は吹きっさらしの岩場ほどではないけれど、それでも突風に誘われた雨粒が林のすき間を縫って中まで飛びこんでくる。稲妻が連続して走りだし、雷鳴があっちこっちでひきもきらずに轟いた。どしゃぶりの雨はいっそう激しくなり、目の前の景色がカーテンをひかれたみたいにみえなくなった。天井のビニールに激しい風雨が襲いかかっていまにもひき裂かれそうだった。まるで超早打ちをしているドラムの中にいるみたいな騒音だった。誰かが天の水道の蛇口を閉め忘れているんじゃないかと思うぐらい、土砂降り状態はいつまでたってもやむ気配がない。

ぼくは長い時間じっとして膝をかかえたまま恐怖と孤独にはりついていた。景色もぼくの心もすっかり闇の中にのみこまれ、ぼくは稲妻が走るたびに身をかたくした。一人ぼっちだったし、粗末なビニールばりのねぐらは心もとなかったし、稲妻と雷鳴は戦争映画でみた雨の夜の一斉砲撃のシーンを思いださせ、犠牲者の泥と血にまみれた死体の場面を思いださせた。するとその辺に死体がごろごろ転がっているような気がして、恐怖心と心細さがますますつのっていった。生まれて初めて経験する心細さだった。早く嵐《あらし》が去ってくれ、と念じつづけた。強く念じれば念じるほど、嵐はますます激しくなっていった。

笠原と桜田の二人と待ちあわせた時間はとっくにすぎていた。この嵐ではあいつらだってセックス見学どころではないはずだ。あいつらのテントに避難させてもらおうかと心が動いたけど、弱虫呼ばわりされるのはまっぴらだと思いとどまった。天井のビニールに雨水がたまり、大きくたわんで抜け落ちそうになってきた。吹きこむ風雨で座っている下敷きのビニールはびっしょりと濡《ぬ》れている。ぼく自身もパンツの中までびしょ濡れだった。着替えの衣服と毛布はビニール袋に入れて密封してあるけれど、雨がやむまではしばらく着替えもできない。大風が叩きつけて天井のビニールがギシギシ音を立てた。つぎの瞬間、ビニールの端が一気に垂れさがり、溜《た》まっていた雨水がザッと轟音を立ててねぐらの中に流れこんだ。ダムがぶっ壊れたかと思うぐらいの勢いであれやこれやを押し流してしまった。

「うっひゃあああ！」

あわてて手をのばしたけど、なにひとつつかみとめることができなかった。たまった雨水が風に煽られ、重さに耐えかねてビニールをとめてある洗濯ばさみが外れてしまったのだった。すると今度は、重しがなくなった天井のビニールが大風にもてあそばれだした。バサバサと音を立てて大波のようにはためく。ぼくはねぐらを飛びだし、流れたあれこれを拾い集め、天井のビニールの補修にとりかかった。野菜炒めの残りが入った鍋のフタがどこかに飛んでしまっていた。

風雨がいたぶるように襲いかかった。坊主頭を叩きつけた雨が、洪水となって顔を流れ落ちた。稲妻が脅し、雷鳴があざ笑っている。びくついているぼくをみて、風雨も稲妻も雷鳴もますますいい気になってなぶり始めた。稲妻が走り、雷鳴が轟くたびに、ぼくには雷のバカにした言葉がきこえた。

フフフフ、おい、そこの林に隠れているちょこざいな小僧、怖いか？　震えてるぞ。ちびりそうになってるだろう。腰抜けめ。フフフ。もっと怖がらせてやる。お前みたいな弱虫で泣き虫のガキが一人前の面《つら》して野宿するなんて十年早いんだよ。こざかしい。こらしめてやる。もっと恐ろしい思いをさせてやる。後悔させてやる。ほら縮こまれ！　泣きわめけ！　はいつくばれ！　ゆるしを乞《こ》え！　尻尾を巻いてとっとと失《う》せろ！

稲妻が走る。どひゃあ！　ぼくはびくつく。続いて雷鳴がはらわたをガタガタゆさぶる。ひえええええ！　ぼくは縮こまる。どっひゃあ！　ひえええええ！

悲鳴のくり返しを何度かつづけているうちに、なんだか自分のびくつきがたまらなくアホらしく思えてきた。誰かがぼくをみていたらきっと大笑いするだろうと思い始めた。確かにアホらしい。誰もみていないしきいてもいないのに、濡れ鼠《ねずみ》になっているぼくは大袈裟《おおげさ》にびくついて声をあげている。おかしさがこみあげてきた。フフフ、笑いが洩《も》れた。また笑った。

今度は声にだして笑った。一度笑うと笑いがとまらなくなった。笑っているうちに恐怖心がすぼまっていくような気がした。代わって勇気がわいてくるような気がする。本当だ。斉藤多恵がいっていたとおりだ。笑っているうちに勇気がでてきたと彼女がいったことが納得できた。

ぼくは笑いながら空をみあげた。天を真っ二つに割るように巨大な稲妻が真横に走った。

「どっひゃあああ！」

意識して大袈裟に悲鳴をあげてみた。閃光《せんこう》が目に痛い。振動を伴った雷鳴の大咆哮《だいほうこう》が轟いた。

「ひえええええ！」

雷鳴に負けないぐらいにもっと大きく声をあげてみた。ちゃんときこえた。雷鳴に負けてはいない。ふつふつと身体の奥底から勇気がわいてくる。ようし勝負をしてやるッ。

ぼくは湖岸の岩場に飛びだして嵐の中に身をさらした。風雨が襲う。まるで滝に打たれているみたいだ。突風に煽られないようにしっかりと足場を固め、ぼくは拳《こぶし》を握って天を仰いだ。

「俺はここだぞッ、クソ雷！」

ぼくは叫んだ。すぐに激しい雨音にかき消された。負けるなッ。弱いものいじめのクソ野郎なんかに屈するなッ。ぼくは自分を叱咤した。

「俺はここだあああ！」

今度は腹の底から声をしぼりだしてはりあげた。すると、岩場に、湖に、激突して砕け散る雨音が少し小さくなったような気がした。

「こいよッ、クソ雷！　さあこいッ、勝負してやる！」ぼくは両手の握り拳を天に突きあげた。「俺はッ、ここだあああああ！」

湖の向こう側の空で稲妻が光り、真っ黒な湖面をくっきりと浮かびあがらせた。青白い残像が目に焼きつき、鼓膜を突き破らんばかりの大雷鳴が天地をゆるがした。

なんだと！　この鼻クソ小僧！　ぶちのめしてやる！　邪悪な悪魔が怒り狂ったようだった。

「その調子だッ、クソ雷！　ハハハハ。やってみろよ。しょんべんちびらせてくれッ。どうした!?　それっぽっちか!?　こいよッ。受けてやる！　さあこい！」

ぼくは雷鳴が癇癪《かんしゃく》をおこすまでもっとしゃべりつづけた。叫びつづけているうちに胸にたまっていた脅えは消え去り、興奮して酔っぱらっているような奇妙な感じになった。

「どうしたッ、旦那《だんな》！　腰抜けはここだぞ！　ほら、ぶちのめしてみろよ！　逃げも隠れもしねえぞ！　お前なんかクソだッ。きこえたかッ、どうした!?　クソ雷！　吠《ほ》えろ！　わめけ！　俺はここにいるぞおおおお！」

遠くで稲妻が光り、ライオンが低くうめくような雷鳴が不気味に響いた。獲物に跳びかかる前の低く身構えた体勢を思わせた。土砂降りがピタリとやんだ。嘘みたいなやみ方だった。雨の大騒音は消えたけど、風は吹きつけていた。けっして平和な静けさなんかではなかった。緊張感をたっぷりと含んだ気の抜けない静けさだった。

「雨はどうしたッ、クソ雷の旦那！　なんだ、もうへたばっちまったのか!?」ぼくは拳を振りかざした。「へへへのへーだ！　お前の母ちゃんでべそ！　そうだッ、わかったぞ！　お前もでべそだろう！　だから人間のへそをとってつけ替えたいんだろう！　絶対そうだ！　お前はでべそだああ！　でべそのクソ雷！　俺のへそをとってみろ！」

ぼくはびしょ濡れのシャツをたくしあげてへそを丸だしにしてやった。ぼくは酔っぱらった大人がやるように悪ふざけを楽しんでいた。でも、自分がなにをしているのかはわかっていた。あまりのアホな振る舞いに笑いがこみあげてとまらなくなってしまった。ぼくは酔っぱらった大人がやるようなアホな振る舞いをしている自分に陶酔して笑いがとまらなくなってしまったのだった。だからこそアホな振る舞いをしている自分に陶酔して笑いがとまらなくなってしまったのだった。

「ひーっひひひひ……」

けたたましく笑っている最中についに雷が癇癪をおこした。でかく太い稲妻が鋭く走り、間髪をいれず大轟音が爆発した。振動が地震のように長くつづいたものすごい雷鳴だった。それでもぼくは笑いをとめなかった。無理に笑いつづけたわけではなかった。でべそのことがおかしくてたまらなかったのだ。また光った。雷鳴。ぼくは笑いつづけた。

「怒れ怒れ！　もっと怒れ！　どうした！　派手にやってくれ！　パーティーだ！　パーティーをやろうぜ！　でべそのお前とガキの俺とのパーティーだ！　ぴったりのコンビだぜ！　漫才コンビで売りだせるぞおおお！　ひーひひひひ！」

あっちで、こっちで、稲妻が光り、雷鳴が合唱して歌っているようにきこえた。

「歌おうってのか！　まかせておけって！　♪ラースタアナーセイトウマートウーマーイガール！」

ぼくは《お願い・お願い・わたし》をがなり立てた。

♪アーノーユーネーバーイーブントラーイガール！　ジャジャジャジャジャジャジャ！　カモン、カモン！　カモン、カモン！　カモン、カモン！　カモン、カモン、カモン！

稲妻と雷鳴。ぼくはかまわずに歌いつづけた。

♪プリズプリーズミーオーイエーライップリズユー！

突風とともに再び大粒の雨がドスン、ドスンと降り落ちてきた。

「なんだ！　拍手はそれだけかよ!?　どうした！　もっと派手にいこうぜ！　いっしょに騒ごうぜ！　俺は踊るぞ！　お前も踊れよクソ雷！」

ぼくはつづきを歌いだした。歌いながら踊りだした。雨に濡れて滑りそうなので、体育館で走りまわったようにはいかなかったけれど、岩場の舞台を歌いながら踊りまわってやった。雷が蹴飛ばしたのだろう、天の水ガメがまたひっくり返った。土砂降りがぶり返した。

「いいぞ！　その調子だ！　俺の踊りが気に入ったかよ！　お前も好きな歌を歌え！　踊ろうぜ！　遠慮すんなよ！」

いきなり湖の全部が真昼のように現れた。うしろのほうで巨大な稲妻が光ったのだ。すぐさまバリバリバリ！！！……と鼓膜が破れそうな雷鳴。さすがに身体がかたまってしまった。

「卑怯だぞ！　正々堂々と正面からこい！」それからハッと閃いた。「わかったぞッ、俺のこと、なんか悪口並べてののしったんだろう！　罵詈《ばり》罵詈罵詈罵詈って！　罵詈雑言ってか！」

これは気に入った。無知でアホなぼくにしてはなかなか上出来だ。マンガにでていた単語を辞書をひいて調べてあったのが役に立った。

「いいぜ！　いいたいことをしゃべりあおうぜ！　俺はアホだあ！　だけど大人はもっとアホだあ！　ドアホウだあああ！」

ずっと遠くで小さな稲妻が光った。しばらくたってからうめくような小さな雷鳴が届いた。

「もっとはっきりいえよ！　どうした雷！　遠慮すんなよ！　俺とお前だけの秘密にしてやる！　腹にたまったものを叫びだせよ！」

また小さな稲妻。小さな雷鳴。

「はずかしいのかよーッ、雷！　俺はいうぞ！　俺ははずかしくなんかねえぞ！　証拠をみせてやるうッ。俺は斉藤多恵が好きだあああ！　大好きだあああああああ！　文句あっかああああああああああ！」

顔が熱くなった。だけど、心の中がすっきりとして身体中にうきうきと弾むような感じが充満した。いい気分だった。もう一度叫びたくなった。今度はもっと大声で、もっと長く。

ぼくが両手の拳を前に突きだして叫ぼうとしたその瞬間、

「わたしも神山君が好きいいいいいいい！」

「ワッ！」

ぼくは悲鳴をあげて飛び退《の》いた。息がとまり、心臓が凍りついてしまった。誰かがぼくの真横でいきなり叫んだのだ。

「大好きいいいい！　文句あっかあああああああ！」

信じられなかった。斉藤多恵だった。両手の拳をにぎりしめ、ぼくを好きだと声をからして叫んでいる。ぼくは呆然《ぼうぜん》としてしまった。一転してぼくの心臓が早鐘を打ち始めた。女子から好きだと告白されたのは初めてだった。いや、これは告白なんかじゃないのかもしれない。彼女はぼくに調子をあわせてそういっただけなのかもしれない。だけどそんなことはどうでもよかった。彼女がぼくを好きだといってくれたことがうれしかった。うれしかったし、照れくさかったし、それになんだかぼくの身体に一本の太い棒のようなものが生まれてずっしりとおったような感じになった。女の子に好きといわれて、一歩、一人前に前進したような気分だった。太い棒は、男としての自信、のようなものだったと思う。彼女に好きといわれたことがうれしかったし、とにかく彼女が現れた、という状況がたまらなくうれしかった。

「もうさみしくなんかないよう！　友達もできたよおおお！」

彼女がつづけて叫んだ。杉本夏子のことをいっているのだった。

ぼくはめちゃくちゃにうれしくなった。彼女が楽しそうだったし、それに好きといわれて有頂天だった。ぼくはまた叫びだした。

「そうだぜクソ雷いい！　お前には友達いんのかよおおッ。俺には力石と輪島と東井のアホなあんチクショウらがいるぞおおお！」

「でも、雷いいい！　あなただけが一人ぼっちじゃないよう！　わたしも一人ぼっちだよう！」

「心配すんなああ！　これからは俺がいつもいっしょだあああ！」

「サンキュー！　雷いいい！　わたし友達になってやるよう！」彼女は手でメガホンを作って叫んだ。

「おう！　クソ雷いいいい！　俺もお前と友達になってやるぞおおお！」

「雷いいい！　またであったときにいいたいこといわせてねえええええ！」

「漫才コンビ解消だああ！　漫才……」

　トリオといおうとして、ぼくは圧倒的なすさまじい光線の中にのみこまれてしまった。とてつもなくでかい超巨大な打ち上げ花火が目の前で炸裂《さくれつ》したみたいな閃光と轟音で、視界が真っ白になり、身体がビリビリと震え、耳がきこえなくなった。この世の終わりのようなものすごい爆裂だった。ぼくの筋肉は瞬時にひきつり、蠟人形《ろうにんぎょう》のようにかたまった。しばらくは真っ白でなにもみえなかった。なにもきこえなかった。ショック状態は長いことつづいた。いくら瞬《まばた》きをしてもまばゆい閃光が目に焼きついて消えなかった。ジェット戦闘機のようなキーン！　という鋭い金属音が長く耳鳴りをひいていた。マッチを擦《す》ったような、プラスチックがくすぶっているような、かすかな臭《にお》いが鼻の奥に感じられる。どこに落ちたのかはわからなかったけど、ものすごく至近距離に雷が落ちたことは確かだった。やがて目の前の真っ白な輝きに黒いすき間が点々と広がっていって、現実の視界が戻ってきた。まだ耳がキンキンする。

「びっくりしたあ……。大丈夫か、斉藤？」

「大丈夫……。びっくりしたよねえ」

　彼女は雨に濡れた顔をぼくに向け、どんぐり眼《まなこ》をぱちくりさせた。

「肝《きも》がつぶれたぜ……。雷のやつ、バカにしたからすんげえ怒ったんだろうな、きっと」

「ううん。ちがう。大喜びしたんだよ、絶対。わたしたちが友達になろうといったんでものすごくうれしかったんだよ。絶対そうだよ。ほら、雷が踊ってる」

真っ黒な空に稲妻が連続して光り、まばゆい閃光に照らしだされた湖が幻想的に闇に浮かんでは消えた。タンゴを踊っているようなギザギザのやつ、ワルツを踊っているような滑らかなカーブのやつ、ツイストを踊っているようにきままに枝分かれするやつ、雷は本当に浮かれだしたようにいくつもの踊りをつぎつぎに披露した。ただの偶然にちがいないけど、それにしても落ちるタイミングがよすぎた。斉藤多恵のいうように、ぼくたちが友達になろうといったのに対して雷が狂喜の一撃で返事したと思えなくもなかった。そう思うとゆかいになった。


「俺たちも踊ろうぜ！」

「踊ろう！」

彼女はいきなり歌いだした。

♪オウ・イエー・ア——イル・テル・ユ・サムシン！

ビートルズの《抱きしめたい》。アップテンポだったけど、やっぱりきれいな声だった。それにきれいな発音の英語だった。リズムをとって踊りだした。

彼女の歌にあわせてぼくも歌いだした。ぼくはがなり声をはりあげ、走りだしてでたらめ踊りを始めた。彼女がところどころでぼくのがなり声にきれいな和音でハモってくれた。雷も雨と雷鳴でハモりだした。

♪アウォナホージョーヘエエエエエ——ン!!

両手の拳を空に突きあげて歌い終わるとぼくは勢いよく走りだし、イエーイ！　と奇声をはりあげて真っ黒な湖面に一回転して飛びこんだ。そうせずにはいられない気分だった。ぼくは湖に飛びこみたかった。このバカ騒ぎの最高の気分を、湖に飛びこんでまとめてしまいたかった。

ぼくと斉藤多恵は子ノ口のホテルまで雨の中を走った。

激しい嵐を心配してきてくれた斉藤多恵が、無残にも破壊されたぼくのねぐらをみてホテルで一夜を明かすよう誘ってくれたのだ。といってももちろん客間なんかではない。従業員用の別棟の一階が倉庫になっていて、翌朝までそこで眠ることをすすめてくれたのだ。ホテルの人にもちゃんと断ってきたという。最初、ぼくは大丈夫だと強がりをいった。雨もじきにあがるだろうし、そうしたら乾いた衣服に着替えをして眠ることができるのだ。毛布だってビニール袋の中で濡れてはいない。男らしいところをみせつけなければ。彼女はほほえみながらも毅然《きぜん》として、身体が冷えているから温めなければ風邪《かぜ》をひいてしまう、というのだった。確かに身体は冷えきっていた。雨がまだつづくようだと、空元気の瘦《や》せがまんは持ちそうにもなかった。ぼくは彼女のいうとおりだと素直に申し出を受けることにした。

ホテルの別棟で、斉藤多恵が二階にあがり、ぼくは一階の倉庫でそれぞれ着替えをすませた。倉庫の隣がボイラー室になっていて、ぼくたちは濡れた衣服をボイラー室にはり渡されたロープにひっかけた。パンツをかけるのははずかしかったけど、彼女は従業員の男の人たちの洗濯物のパンツをみなれているから平気だというので、勇気をだして衣服といっしょにかけた。彼女自身の下着はかけなかった。ぼくの下着をみることは平気だといっておきながら、彼女自身の下着をぼくにみられるのははずかしかったのだと思う。

　ボイラー室の熱が冷えた身体にありがたかった。あたたかいというのは幸せな気分になる。小春日和の日溜まり、吹雪の日の部屋の中のストーブ、雪解けをうながす無風の晴れた日、いっせいに桜を開花させたり笑顔が輝いてみえる魔法のような春の陽気、五月のあたたかい気持ちのいい風、夏のほっとするようなあたたかい雨……。あたたかいというだけでぼくは幸せになってしまう。だけど、冷えきった身体にボイラー室のあたたかさは格別だった。雷雨の中での興奮した気分の余韻が満ちていたし、好きになったばかりの才能豊かな女の子と二人きりだった。しかも彼女もぼくを好きだと叫んでくれた。

　ぼくたちは身体があたたまるまでボイラー室で話をした。いきなり彼女が現れて叫んだときは心臓がとまりそうになったことや、雷がすごくてきれいだったこと、あのものすごい雷が落ちたときは本当に死んだかと思ったことをいいあって笑った。身体があたたまり、暑いぐらいに感じ始め、ぼくたちは隣の倉庫に移動した。倉庫にたてかけてあったベッドのマットを壁際にしつらえ、毛布をだしてぼくの寝床をつくった。うす暗い雑然とした倉庫の中で、ベッドをしつらえ、彼女と二人きりでいるという状況がなんだかもやもやとした変な気分にさせた。

「朝が早いからもう寝なくちゃいけないけど、少しだけ話をしていい？」と彼女はいった。

　ぼくたちは並んでマットに座り、壁に背をあずけた。彼女はぼくの左側に五〇センチの距離をあけて座った。

　落ちつかない気分だった。心臓の鼓動が速くなった。もしかして、キスなんかして、それでセックスをすることになるんだろうか……。しまった、コンドームをおいてきた……。ぼくの頭はあせったようにとんでもない想像力を働かせた。十和田湖は処女がセックスをしたくなる不思議な力を持っている、という力石の言葉が、ドラム缶を思いきりひっぱたくように頭の中にガンガン響く。いや、斉藤多恵は処女ではない。叔母さんの家でのあの大人たちの許せない夜。待てよ。彼女は叔父さんが上に、といっただけだ。犯された、とは断定していない。いったいどっちなんだろう？　すんでのところで処女はまもられたのだろうか。それともやっぱり犯されてしまったのだろうか。そんなことはどうでもいい。彼女が処女だろうが処女じゃなかろうが、俺が彼女を好きなことには変わりがない。少しだけ話をしていい？　っていうのは口実で、本当はキスとかセックスをするきっかけをつくってくれたんじゃないんだろうか……。ぼくの頭の中で、彼女のヤマメのようなきれいな裸がメリーゴーラウンドになってグルグルまわりつづけ、クラクラしてめまいがしそうだった。

「わたしね、ここで神山君とあってからなんだかすごくうれしいの。まだたったの二日しかたっていないけど、毎日がすごく楽しい。こんなに楽しい夏休みは初めて」

彼女はスカートの膝をたて、両腕で抱きかかえながらいった。

「俺もだよ。ずっと一人だったら、つまんねえ野宿になってたと思うんだ。斉藤にあってすげえ楽しいし、それに、いろんなことを考えることもできたし、笠原と桜田のアホを裸にしてやっておもしろかったし」

ぼくたちは小さな思いだし笑いをした。ぼくは足を放りだし、両腕を頭のうしろで組んで壁にもたれた。

「わたしもいろんなことを考えさせられた。それで湖でものすごい雷が落ちて目の前が真っ白になったときのことを考えたら、あれって洗礼を受けて新しいわたしに生まれ変わったのかもしれないって思えてきたんだ」

「洗礼ってキリスト教のことだろう？　斉藤ってキリスト教なのか？」

「ううん。ちがうよ。でもなんとなくそういう気分になったんだ」

無理もない。鈍感なぼくはそんなことは思わなかったけど、あんなに至近距離に落雷して圧倒的な光りと音を身に受けたなら、神様の存在を信じる誰もが神の洗礼を受けたと思ったって不思議ではない。それほどの劇的な落雷だったのだから。

「俺たちに落ちなくてよかったよなあ。落ちてたら丸焦げだったぜ」

「わたし、あれはわたしと神山君に落ちたんだと思う。なんとなくそんな気がするんだ」

彼女は膝頭《ひざがしら》に顔をのせた。

彼女がいいたいことの意味を考えたけど、ぼくにはわからなかった。

「神山君は将来なにをしたいと思っているの？」

「俺は、まだわかんねえよ」

「神山君は表現者の才能があると思う」彼女はいった。

「表現者？」初めてきく言葉だった。

「うん。わたし、すごくひきこまれたんだ、神山君のパフォーマンスに」

「パフォーマンス、ってなんだ？」それも初めて耳にする言葉だった。

彼女は説明してくれた。

「じゃあ、斉藤は俺がパフォーマンスをやり始めたときからずっとみていたのか？」

「うん。声をかけようとしたけど、おもしろいしすごい迫力があって、じっとみとれてしまったんだ。神山君って、俳優とかダンサーとか、ミュージシャンなんかもいいかもしれない。神山君のパフォーマンスは人をひきつける魅力があるよ。そのことをあの雷がいったんだと思う。あの雷は天の啓示だったんだよ、きっと」

「ハハ、あれはやけくそででたらめやっただけだよ。そんな才能はねえよ。俳優なんて俺二枚目じゃねえし、踊りはヘタクソだし、歌なんかきれいに歌えねえしさ。斉藤のピアノとか歌はすげえ才能だけど、俺のなんかただのでたらめだよ。あまりにヘタクソなパフォーマンスだったんで、笑いすぎた雷が足を踏みはずして天からおっこっただけにきまってるさ。俺のことなんかよりも、あの雷は、小説家の女の人がいってたみたいに、斉藤にピアノと歌の才能を生かさなければこの世の損失だっていってたんじゃねえのかな。あの雷がなにかの意味があったとしたら、きっとそういうことだよ。小説家の女の人がいってたけど、地球は大きな舞台だって。人間はみんな役者で、一人一人がそれぞれ自分の役割を演じるために生まれてきたんだって。シェークスピアがそういったんだってさ。そうだとすると、斉藤はピアノとか歌で世の中を感動させるために生まれてきたんだよ、絶対。だから斉藤はピアノとか歌を学校で隠すことはねえんだよ。ちゃんと俺たちにきかせてくれよ。せっかくすげえ才能を持った斉藤が南中にいるのに、それを知らねえ南中のやつらは損してるって思うんだ。損っていうか、もったいないっていうか、斉藤のピアノとか歌をきいたら、南中のやつらみんな感動して、俺たちの学校にすげえ才能を持ったやつがいるってみんな自慢できると思うぜ。

だから俺は、斉藤に学校でピアノ弾いてほしいし、歌も歌ってほしいんだ……」

ぼくはどこをみるともなく、うす暗い倉庫の一点をぼんやりとみつめながらしゃべっていた。

彼女の反応がないので、ぼくは彼女に目を向けた。彼女は壁に身体をあずけたままぼくのほうに小首を傾《かし》げ、目を閉じて気持ちよさそうに小さな寝息を立てている。身体があたたまったのと仕事の疲れとで眠くなったみたいだった。ぼくの長ったらしいしゃべくりが子守歌になったのかもしれない。ぼくはため息をついてしまった。ほっとしたのではない。がっかりしてしまったのだ。彼女が眠ってしまったということで、ぼくの頭の中にぼんやりと思い描いていた、キスからセックスへとつづく期待の道筋が消えてしまったからだ。

彼女の身体が、壁を伝って落ちる葉っぱのように、静かにゆっくりとぼくのほうに傾き始めた。ぼくは急いで彼女のほうに身体をずらした。放っておくと彼女の身体が倒れこんできそうだったのだ。ぼくの身体がつっかえ棒となって、彼女の肩がぼくの腕にとまり、顔がぼくの肩に置かれた。彼女のやわらかい感触を受けとめたぼくは、とたんに息が詰まってしまった。心臓が胸を突き破らんばかりに大きく脈打った。彼女のいい匂いがした。石鹸《せっけん》のような、赤ちゃんのような、いい匂いだった。女性とぴったりくっついたというのは、子供のころに母に抱かれたことを除くと初めてのことだった。彼女をゆりおこして二階で眠ったほうがいいというべきだったけど、ぼくは口をつぐんだ。ずっと彼女によりかかられていたかった。ドキドキする気分をずっと味わっていたかった。ぼくは手を伸ばして彼女の身体を毛布で包んでやった。彼女の頰にそっと触れてみたい衝動がわきおこったけど、できなかった。

度胸がないこともあったけど、彼女の眠りを妨げてはいけないと強く思ってしまった。

窓の外で雨の音が小さくなっていた。隣の部屋から、力強く働いているボイラーの火勢の音が頼もしくきこえていた。ボイラーに励まされるように、ぼくは彼女を支えつづけて眠らせてやることにした。そういえばきこえはいいけど、実際のところはずっとぼくの肩に彼女の顔を預けていてほしかっただけだ。長い時間眠らずにがんばっていた。彼女のことや、漠然としたキスやセックスのことを考えていた。ぼくはいつの間にか眠ってしまった。

目がさめたとき、ぼくと彼女は眠ったときのままの姿勢だった。小さな窓から朝の淡い光りが洩れていた。雨があがって晴れわたる気配が感じられた。彼女の顔がまだぼくの肩にあった。ぼくが目ざめた気配で彼女もうっすらと目をあけた。

「ああ……眠っちゃったのね……。もう朝……」

彼女はぼんやりとした表情でぼくの肩から顔をあげた。「あ、やだ、ごめん。わたしずっと神山君の肩で眠っていたの？」

「たぶんな。俺も眠っちまったから覚えてねえんだ」

「ごめん。眠れなかったでしょう？」

「そんなことなかったよ。でもねえか。本当のことをいうと、暗がりで女とぴったりくっついていっしょに眠るの初めてだったし、それが斉藤だったからよけいにおちおち眠っていられなかったよ。すげえドキドキした」

ぼくは笑いたかったけど、顔がひきつっただけでうまく笑うことができなかった。

そのとき、彼女はすごく魅力的にほほえんでぼくをみた。彼女ははにかんでいたし、うれしそうだったし、輝いていたし、なにかを求めているようでもあったし、待っているようでもあったし、なにかを伝えたいようでもあったし、とにかく彼女はすてきにほほえんでぼくをじっとみつめていた。ぼくの胸の鼓動がキスをしろと告げた。キスをするのは初めてだったけど、きっとキスをするってこういう雰囲気でするものなのだろうとピンときた。それなのにぼくは、どうしていいのかわからずにおたおたしていただけだった。セックスをしようと十和田湖にやってきたはずなのに、キスをする勇気もないなんてからっきし意気地がなかった。緊張に耐えきれず、ぼくは思わず彼女から目をそらしてしまった。ジ・エンド。お終《しま》い。チャンスの神はいそがしいのだ。世界中の一人一人にチャンスを与えてまわらなければならない。だからいつまでも待ってはくれない。チャンスは突然やってきてそして疾風のように走り去る。

「わたし、仕事にいかなくちゃ」彼女は立ちあがった。

「俺も帰るよ」ぼくも立ちあがった。

「まだ眠っていても平気だよ」

「俺も仕事があるんだ。ねぐらを作り直さなきゃ。一時に桟橋であおうぜ」

「うん。今日は一時をまわるかもしれない。ベッドメーキングが長びきそうなんだ」

ぼくたちはベッドを片づけた。それからボイラー室の乾いた衣服をとりこんで別れた。

気持ちのいい早朝の冷気の中で、ぼくは何度も自分の意気地のなさをののしり、後悔のため息をついた。少しは一人前に近づいたとばかり思っていたのに、またガキに逆戻りしてしまった気分だった。ねんねの神山君、キスよりもおしゃぶりのほうがいいのかい？　湖が、山が、空が、木々の葉が、濡れて光る道が、生まれたての涼しい風が、ぼくをからかってクスクスと笑っているようだった。

3

隠れ家はゴジラの襲来にあったかのようにめちゃめちゃに破壊されていた。林の中を探しまわって無残に散らばっている持物を拾い集め、泥に濡れているビニールをふいて岩場に広げた。天気がいいので二、三時間ですっかり乾いてしまうだろう。

朝食は昨夜《ゆうべ》の残りご飯とサンマの缶詰ですませた。野菜炒めの残りは鍋《なべ》ごと風雨に吹き飛ばされて跡形もなくなっていた。ぼくは輝きを増していく湖面をながめながらゆっくりと食事をした。寝不足で頭も身体もぼうっとしていて、夢うつつという気分だった。食事をすませ、少しだけ横になるつもりで岩場に寝転がった。気持ちのいい風はあたたかく穏やかで、目をとじるとすぐに意識がうつらうつらとし始めた。

誰かに突っつかれて目がさめた。ぼんやりと目をあけると、四人の男女がぼくを覗《のぞ》きこんでいた。杉本夏子と阿部貞子、それに笠原と桜田だった。四人とも短パンで、杉本夏子の日焼けしたピンクの太股がぼくの目の前にあった。

「おい、お前死んでんのか？」

桜田がぶっきらぼうな声をぼくに落としてきた。

「だったらここは地獄か……。お前と笠原がいるってことは……」

ぼくの声ははっきりしない響きで口からよろよろと這《は》ってでた。

阿部貞子がけたたましく笑いだしたので全員がびっくりした。そんなに大笑いする場面ではないというのに、喉《のど》をつまらせて窒息でもしそうに、ギヒーッと不気味な息づかいをした。こいつは本当に変なやつだ。

「アホ！　すんげえ嵐だったんで、お前を心配してきてやったんだぞッ。昨夜現れなかったし、死んでんじゃねえかと思ってきたんだよ！」

笠原はいってから、杉本夏子の反応をちらっと盗みみた。

「そうだぜ。お前なんで昨夜こなかったんだよ？」桜田が口をとがらせた。

「お前ら待ってたのかあ？」信じられない。あの嵐の中で？

「あったり前じゃねえか！　約束したじゃねえか、アホ！」笠原が嚙《か》みついた。

「で、お前らどうしたんだよ？　二人だけでみにいったのか？」

ぼくはゆっくりと上体をおこした。

「アホ！　お前を待ってずっと立ってたんだよッ」と笠原。

「おう、そうだぜ。おかげでずぶ濡れになっちまって、ずっと待ってもお前がこねえからテントに帰って寝たんだよ」と桜田。

「あんな土砂降りで、いるわけねえだろうが、アホ」

ぼくは笑いだしてしまった。まったくこいつらは正真正銘のアホだ。いるわけねえだろう、の言葉の中には杉本夏子と阿部貞子にはわからない、ぼくたちだけにわかる意味が隠されていた。セックスを覗きみたい一心の二人が、バケツをひっくり返したような土砂降りの中で、アホみたいに突っ立ってぼくを待っている光景が目に浮かび、笑いださずにはいられなかった。

「ふざけんな、このバカヤロー！」笠原が目をつりあげた。「どんなことがあっても約束はまもれよ！　俺と桜田はずっと待ってたんだぞ！」

笠原が約束をまもれと説教するのはちゃんちゃらおかしかった。そんなにもセックスしているのをみたいのかと笑いたくなったけど、ぼくはぐっとこらえて謝ることにした。

「悪い悪い。すんげえ嵐でねぐらがめちゃめちゃになりそうだったし、それにその辺に雷が落ちて気絶しそうだったし、気が動転してそれどこじゃなかったんだ」

「なにをみる約束したの？」杉本夏子がぼくたちをみまわした。

「いや、その、まあちょっとな」桜田が赤くなって言葉を濁した。

「杉本さん、きかないほうがいいよ。どうせまたはんかくさいことなんだから」阿部貞子が軽蔑《けいべつ》のこもった、汚らしいものをみる目つきでぼくたちをみた。

「でも、神山君、本当に大丈夫だった？」杉本夏子がぼくを覗きこんで心配顔をした。

「雷に抱きつかれたみてえになって死ぬかと思ったけど、大丈夫だったよ」

「すごい近くに落ちたでしょう？」

「うん。かっこよかったぞ」ぼくはたちあがった。背伸びをした。「ウーアーッ、雷と友達になったんだぜえッ」

「なに寝ぼけたこといってんだよ、バッカヤロー！」と笠原。

「わたしたち昼すぎに帰るの。それまでボートを漕《こ》いだりいっしょに泳がない？」杉本夏子が輝くような笑顔をぼくに向けた。

「おう、いいな」

ぼくはすぐに反応して杉本夏子に笑顔を返してやった。十和田湖にくる以前なら、杉本夏子からそう誘われたらぼくは有頂天になって舞いあがり、ろくに返事もできなかっただろう。

「みんないっしょに帰るのか？」

杉本夏子と阿部貞子は、杉本夏子の父親の車で八甲田山の蔦《つた》温泉に入って帰るのだという。笠原と桜田も家族といっしょに昼すぎのバスで十和田市に帰るといった。

「お前も今日帰んのか？　明後日《あさって》から野球の練習だぞ」桜田はいった。

「うん、まあな」ぼくは曖昧《あいまい》に返事した。それからはっとして腕時計をみた。十時半をまわっていた。「お前ら斉藤のピアノききたくねえか？」

「えー？　斉藤さんピアノ弾けるのお？」阿部貞子は露骨に疑わしいという顔つきをした。

「嘘ばっかし。だって歌も歌えない音痴なんだよお？」

「どこで弾くんだよ？」と笠原。

「ホテルのロビーだよ。毎日弾いてんだ。すげーうまいぞ」

「嘘《うそ》だろう？　斉藤がピアノ弾けるなんてきいたことねえぞ？」と桜田。

「俺《おれ》もびっくりしたけど本当なんだ。本当にすげーうまいんだ」

「バッカヤロー。でたらめいって俺たちをひっかけるつもりだろうが、そうはいくかよ。斉藤がピアノ弾けるはずがねえじゃねえか。音痴だし、だいいちどこでピアノの練習したんだよ？　茶太郎婆《ばあ》ちゃんの家にはピアノねえじゃねえかよ」笠原が突っかかった。

ぼくは斉藤多恵自作の音のでない鍵盤《けんばん》の話をした。

「信じねえならいいよ。俺はききにいく。お前ら先に泳いでいろよ。俺は斉藤のピアノをきいてからいくからよ」

「わたしもいく。斉藤さんのピアノきいてみたい」

杉本夏子は興味津々という顔をした。たぶん杉本夏子はそういうだろうと思っていた。とたんに、「わたしもいく！」と阿部貞子が手をあげた。笠原と桜田は顔をあわせて、

「じゃあ俺たちもいってみるかあ」と桜田が気のりしなさそうにいい、

「神山、嘘だったらぶっとばすからなッ」と笠原がすごんだ。

ホテルに向かう道々、阿部貞子と笠原と桜田は、斉藤多恵がピアノを弾けたとしてもヘタクソにちがいないとバカにした顔をしていた。でも斉藤多恵のピアノ演奏が始まるとすぐ、その顔にびっくりした表情がはりついた。誰もなにもいえなかった。十秒と口を閉じていられない阿部貞子も演奏が終わるまで口がきけなかった。ロビーの中にいる、あの老夫婦やすべての人たちがピタリと動きをとめて斉藤多恵の演奏に耳を傾けていた。斉藤多恵の指が魔法をかけられてでもいるかのように、信じられないぐらいに速く動いた。初めてきく曲だった。ときに速く、ときにゆったりと、大きく、小さく、斉藤多恵は自由にピアノを操《あやつ》った。ただの一回もつっかえはしなかった。演奏が終わると、ロビーの中にまずは大きな感動のため息があふれた。拍手はそれからだった。みんな信じられないというおどろきの表情を隠せなかった。

「すごい……」

杉本夏子が消え入りそうな声をもらした。拍手しかけた手をあわせて胸にひきよせた。身体が小刻みに震えていた。目がうるんで涙がこぼれそうだった。ショックが大きいのと、演奏に純粋に感動したのとで、自分の気持ちを抑えつけることができなかったみたいだった。

「うっそみたーい！」

阿部貞子が突拍子もない声をはりあげた。その声が届いたのだろう、斉藤多恵がぼくたちのいる窓辺を振り向き、うれしそうに笑って小さく手を振った。手をあげて応《こた》えたのはぼく一人だった。杉本夏子は小さくうなずいただけだったし、阿部貞子はピクンと身体を震わせただけだったし、笠原と桜田はあまりのおどろきに、打ち砕かれたようにピクリとも動かない。ぼくは、どうだあ！　と鼻高々になって威張りたい気分になるだろうと思っていたけど、斉藤多恵の演奏をこいつらにきいてもらってよかったと、全身にあたたかいものがじんわりと広がっただけだった。

二曲目の演奏はシューマンの《トロイメライ》だった。ゆったりとして、音のひとつひとつが、心に染み入った。まるで心が洗われるようだった。誰もが、深く心をうたれているようにきき入っていた。

弾きおえると、斉藤多恵はロビーの人たちの拍手に少しはずかしそうな笑顔を浮かべて丁寧におじぎをした。それから本当にうれしそうに笑ってぼくたちのいる窓辺にかけてきた。

「みんなできいてくれたんだね。うれしい」斉藤多恵が窓から身をのりだした。「でもちょっとはずかしかった」

「すごいわ斉藤さん。あんなにすごいピアノ、わたし初めてきいた。わたしの先生よりもずっとずっとすごいわ。こんど教えてほしいな」

「教えるなんて。こんどいっしょに連弾しよう」

斉藤多恵が杉本夏子に手をのばすと、杉本夏子はしっかりと斉藤多恵の手をにぎった。

「うん。楽しみ。でも緊張しちゃうな」

二人は手をとりあったまま楽しそうに笑った。二人はいい友達になれそうだとぼくは直感した。杉本夏子が友達になることで、もっといっぱいの女子が斉藤多恵と友達になるだろう。斉藤多恵はもうさみしい思いをしなくてすむ。

「だけど斉藤」桜田がもっそりといいだした。「あんなにピアノがうまいのに、なんだって音痴なんだ？　一年生のときに音痴だから歌わねえっていっただろう？　音痴でもあんなにピアノを弾けるもんなのかあ？」

「うーんとね、そのことは神山君が知ってるからきいて。もう仕事に戻らなければいけないんだ。ごめんね」

杉本夏子は斉藤多恵に、昼ご飯を食べたらぼくをのぞいたみんなが十和田湖を離れて家に帰ることを知らせた。

「だからこれでしばらくあえないかも。学校でね。二学期が楽しみ」

「うん。学校でね。あ、さよならっていわないでね。さよならっていうと、なんだかとてもさみしくなっちゃうんだ」

斉藤多恵はくったくのない笑顔でいった。斉藤多恵の気持ちがわかるような気がした。

「うん。わたしもさよならっていうのはいや。またね。学校でね」

ずいた。

「うん。学校でね。またね」

ぼくたちは斉藤多恵に見送られてホテルを離れた。彼女はみんなに小さく手を振り、ぼくにほほえんでうなずいた——桟橋《さんばし》でね。——うん、桟橋で——。ぼくは目で返事をしてうなずいた。

キャンプ場の遊泳場まで歩きながら、斉藤多恵がなぜ音痴の振りをして歌わなかったか、前の学校でいじめられたいきさつを話してやった。みんなだまってきいていた。

「杉本、斉藤が最初に弾いた曲はなんてんだ？」笠原がきいた。

「ショパンの《幻想即興曲》。すばらしかったわ。あんなに感動した演奏は初めて」

「杉本さんだってあのくらい弾けるわよねえ」阿部貞子がやけに明るくいった。

「まさかあ。無理無理。斉藤さん、本当にすごい。プロのピアニストとしても通用すると思うわ」

「ふうん。そんなにすげえのかあ」桜田が感心したようにいった。

それから昼までみんなと泳いだ。そのあとで笠原と桜田に昼食に誘われたのでおどろいてしまった。まさか二人が昼食に招待してくれるとは思ってもみなかった。焼きそばをつくるからぼくのことを誘えと二人の家族がいってくれたのだった。

焼きそばを食べていると、杉本夏子と阿部貞子が別れの挨拶《あいさつ》にやってきて蔦温泉にいってしまった。それから少しして笠原と桜田は家族と出発した。ぼくはほっとした気持ちとさみしい気持ちとを持って遊泳場の桟橋の先端に寝転がった。ゆっくりとときが流れていった。平和ないい気持ちだった。目をつぶるとすぐにぼくはうとうとし始めた。やたらに眠かった。

昨夜あんまり眠れなかったせいにちがいなかった。それとも、斉藤多恵の弾くピアノが、心地よくきこえてきそうな気がしたからかもしれない。

　とろとろとしたまどろみの楽しみから目ざめたのは、誰かが桟橋をかけてくる振動によってだった。トントントン、とピアノの鍵盤に軽やかに触れるような楽しそうな振動だった。やはりそうだった。斉藤多恵が飛ぶように走ってくる。半袖のシャツに短パン。手足のうっすらとした痣をさらけだしていた。彼女はコカ・コーラを一本手にしていた。

「ごめーん、待ったあ？」

　彼女は神山君式といってコーラを紐《ひも》で結び湖に沈めた。時計をみると二時を少しまわっていた。ぼくと彼女は並んで座った。彼女が手足をさらけだしていることをぼくがなにもいわないうちに、もう変に気にして隠さないことにしたんだ、と彼女は笑っていった。ぼくはいい気分になり、うん、とうなずいた。彼女はぼくがみんなをつれてピアノをききにきてくれたことを感謝してくれた。

「俺は南中のみんなに斉藤のピアノをきかせてびっくりさせてやりてえんだ。いや、できることなら世界中のみんなにきかせてびっくりさせたい。杉本がいっていたけど、ショパン・コンクールというのがあるんだってな。ピアノのコンクールで世界で一番権威があるっていってた。絶対それにでるべきだって。俺も斉藤にそれにでてほしいなあ。そしたら世界中に斉藤のピアノをきかせてやれるからな」

「将来チャンスがあったらね。でももっともっと、いっぱい練習しなくちゃ」

「チャンスは絶対くるよ。斉藤には絶対にくる。だけどチャンスがきたら俺みてえにドジんねえようにしなくちゃなあ」ぼくはぼやいた。

「なにかドジったことあるの？」

「ああ。いっぱいあるよ。今朝もドジってしまったし」

「なに？　どんなチャンスだったの？」

「あ、いや、俺のことはいいとしてさ」

「ずるーい。また約束破ってる」

「いや、そういうわけじゃねえけど、いえねえ」

　彼女とキスするチャンスだったなんて死んでもいえるわけがない。彼女はそう思っていなかったのかもしれないし。

「約束破るつもりがないならどうしていえないの？」

「だって、いえば……、だめだ、やっぱりいえねえ」

「じゃあ、あの約束は嘘だったんだね？」

「嘘じゃねえよ。だけど、いえば、斉藤に嫌われそうだから、いいたくねえだけだよ」

「いわなきゃいますぐ嫌いになっちゃうよ」

　彼女はプイと横を向いた。ふざけているのか、からかっているのか、それとも真剣に怒っているのかよくわからない。こういう態度をとられると弱いよなあ。仕方がない。

「いいよ、いうよ。斉藤とチャンスだと思ったんだ。朝おきて、二人でちょっと話して、それで斉藤が笑ったとき」ひとつ深呼吸をして勇気をひっぱりだした。「キスするチャンスがやってきてくれたと思ったんだ。そういうふうに思ったんだ。斉藤の笑ってる顔みてたら、急に、キスしてもいいって雰囲気になってるって思ってしまったんだ。だけど俺、すんの初めてだったから、しようとして斉藤に嫌われたらどうしようとか、決心がつかなくて、そしたらチャンスがどっかにいってしまったような気がしたんだ。それであのとき、チャンスだったかもしれねえのに、度胸をだすことができねえで、ドジってしまったんじゃねえかって思ったんだ」

沈黙。

「すればよかったのに」

え？　彼女はかかえた膝小僧《ひざこぞう》に顎《あご》をのせ、真っ直ぐに沖の湖面をみつめている。ぼくは息がつまってなにもいいだせず、ただ彼女の横顔をみつめた。

「すればよかったのに」彼女はなんともいえないほほえみをぼくに向けた。

ぼくは自然にため息がでてしまった。

「なんだ、損したなあ……」

「損しちゃったね」彼女はかわいく笑った。「そうだ、キスしてあげる」

「ええ!?」ここで？　だって、誰かにみられてしまうんだぜ？

彼女はおどろいてかたまっているぼくを尻目《しりめ》に、湖水に沈めてあるコカ・コーラを紐をたぐってひきあげた。桟橋の杭《くい》の上にフタをひっかけて上から叩き、ポンと上手にフタをあけ、ビンに口をつけて一口飲んだ。

「はい、間接キス」彼女はビンをぼくにさしだした。

「ああ、びっくりした。本当にキスすんのかと思ったぜ……」

「がっかりした？」彼女は茶目っ気たっぷりに笑った。

「うん」ぼくはコーラを一口飲んだ。間接にしろやっぱり少しドキドキした。いやらしく思われないように、あっさりとビンに口をつけて飲んだ。

「初めてのキスはコーラの味ってか……」

ぼくがぼやくようにそういうと、なにがおかしいのか彼女はふきだした。

ぼくたちの間を何度かの間接キスが行き来した。彼女が最後のコーラを飲み干すのを待ってぼくはいった。

「斉藤。俺、前々からききてえと思っていたんだけどさ、俺が相撲場で田口先生にやっつけられたとき、なんだってあそこに現れたんだ？」

「神山君が野球場から血だらけで走りだしたとき、なんだか怖いことがおこりそうな気がしたんだ、なぜかわかんないけど。それで神山君のことがすごい気になってあとを追っかけたの」

「斉藤ってやっぱりすげえ度胸あるよな。田口先生に堂々と立ち向かうなんて、俺はできそうもねえってのに」

彼女は小さく笑った。それからいった。

「ものすごく怖かったんだけど、気がついたら田口先生の前に立ってたってだけなの」

「ふうん。なんで、俺のことが気になったんだ？」

「神山君のことはずっと気になってたんだ。転校してきたときにね、みんなわたしをみて顔の傷におどろいて、視線があうと目をそらしたけど、たった一人、神山君だけが笑ってくれたの。にっこりとね。うれしかった。それからずっと神山君のことが気になってたんだ。それに《プリーズ・プリーズ・ミー》をもう一回歌ってってお願いしたときも、神山君はいやな顔をしないで笑ってくれた。それで一生懸命歌ってくれた。とってもうれしかった。だからずっと気になっていたの」

「俺、笑ったかあ?」

「うん。すごくうれしかった」

初めてあったときのやつはきっと照れ笑いだったにちがいない。なんだかもうけた気分になった。

沖のほうから小さな遊覧船がやってくるのがみえた。青い湖面に舳先《へさき》の小さな白い波が虹《にじ》色《いろ》に輝いてまぶしい。桟橋にはぼくたちの他には誰もいない。ぼくたちは桟橋に近づいてくる遊覧船をみつめた。

「三時だぞ。時間、いいのか?」ぼくは彼女にきいた。

「今日は少し遅くなっても平気」

「俺、明日帰る。明後日から野球の練習なんだ」

「うん。試合、がんばってね……。あれ? あの人、もしかして田口先生じゃない?」

遊覧船の狭い甲板の上に、ヤクザみたいなかっこうをしたずんぐりむっくりな男がたっていた。太い腕がむきだしの半袖《はんそで》シャツ。角刈りにキツネ眼のうすら笑い。まちがいない。相撲部の田口先生だった。ぼくらをじっとみつめている。おや? というような表情を一瞬みせた。寿命が縮まる思いだった。

「やばいぜ斉藤。いこうッ」ぼくは反射的に遊覧船に背中を向けてたちあがった。

「うん」彼女はコーラのビンを持って立ちあがった。

「先にいけよ」ぼくはいった。

ぼくたちはあたふたと急ぎ足で歩きだした。

「おーい、そこの二人い、ちょっと待てええ」

田口先生の間延びした声がぼくの背中をつかんだ。

斉藤多恵が立ちどまろうとした。

「とまっちゃだめだッ。知らんふりしていこうぜッ」ぼくはいった。「きっと生徒指導できたんだぜ。つかまったらめんどうくさくなるぞッ」

「うん」

斉藤多恵は歩きだした。背中がかたまって緊張感を漂わせている。

「おおい、お前らだあ、とーまれッ。こらあああ」

田口先生が桟橋におりたった気配を背中に感じた。遊覧船が接岸した桟橋の先端よりもぼくたちはずっと岸近くまできていたけど、すぐにでもあの太い腕でむんずと首根っこをつかまえられそうな恐怖がする。背後から追ってくるいやらしい恐怖から逃げるときほど焦ることはないっていうのに、おまけに巨象がかけだしたみたいな地響きが、ドスドスと桟橋を振動させるのを感じては、もう空元気も限界だった。

「走っちゃおうぜッ」

「うんッ」

ぼくたちはものすごいスタートダッシュで走りだした。

「こらあッ、きさまらあッ、待てえ！」

田口先生の叫びが追いすがろうとして遠ざかる。それでもあきらめずに追ってくる気配を背中にひしひしと感じる。

ぼくたちは桟橋を蹴《け》り、玉石だらけの渚《なぎさ》をバランスを崩しそうになりながら懸命に走り抜けた。恐怖心とツバを吐きだしたくなるムカムカする気分に襲われながら泡をくって逃げまどっているというのに、ぼくは奇妙な充実感を感じていた。幸福感といってもいい。二人でいっしょに恐怖から逃げているということが、ぼくと斉藤多恵を強く結びつけているような気がしたせいだと思う。じきに彼女もぼくと同じように、逃げるのを楽しんでいるように声を弾ませた。

「真っ直ぐいこうッ。キャンプ場にいると思わせようよッ」

「おお！」

ぼくたちは湖畔の道を横切ってキャンプ場の深い森に突き進んだ。炊事場の横をすり抜け、小さな丘をひとつ越えて、ブナの大木の陰に隠れて顔をだしてみると、田口先生が炊事場のあたりで仁王立ちしている。大きく肩で息をしながら顎を突きだして偉そうにみまわしている。やがていまいましそうに顔を歪《ゆが》めて頭をかき、管理棟のほうに歩いていった。

ぼくたちはほっと顔をみあわせて笑い、それからそっと管理棟を迂回《うかい》してキャンプ場を離れた。彼女をホテルまで自転車にのせて送り、ぼくはうす暗くなるまでねぐらに近づかないことにした。キャンプ場から離れた湖畔の林の中のねぐらが田口先生に発見されるとは思わないけど、ぼくがうろうろしているとひょんな拍子に目にとまるかもしれない。

「明日、何時に帰るの？」

「何時でもいいんだ。斉藤にあってから帰りてえけど、もうあの桟橋ではあえねえな」

父が帰宅するのは早くても九時すぎだ。万が一もっと早く帰宅していたとしても、どうせぼくのことには無関心なのでうるさくいうことはないだろう。午後に斉藤多恵とあってから出発したかった。だけどキャンプ場の周辺は田口先生が監視してうろついている可能性が高い。

「明日はあえないかもね」彼女がさみしそうに小さく笑った。「田口先生にみつかるかもしれないから外にでるのが怖いし……」

「子ノ口の橋から宇樽部よりのほうまではみまわりにこねえんじゃねえか？」

「そうよね」

彼女はぱっと顔を輝かせてうれしそうな笑顔をみせた。

ぼくたちは子ノ口の橋の二〇〇メートルばかり宇樽部よりの湖岸で一時に待ちあわせをした。それからぼくは待ちあわせ場所を下見に自転車を走らせた。道はしばらく湖と並行している。車が行き交って落ちついて話ができる場所はありそうもなかった。またしばらく走ると道は湖から遠ざかった。林の中で湖岸方向にわかれる未舗装の細い枝道が、西に傾きはじめた太陽の光りを反射して白く光っている。ぼくはひきよせられるようにハンドルをきって林の中の白い道に入っていった。林がひらけると、そこには思いがけなく小さな砂浜が広がっていた。木陰に座ると光る湖面が一本の輝く線のようにみえる。湖を抱いているような山々は午後のあたたかい大気にぼうっとかすんでいる。かすかな風が音もなく木の葉を踊らせている。静かだった。明日は彼女を自転車にのせてここまでやってこようときめた。

いい場所がみつかり、ほっとして木陰に横になった。夕方になるまで眠って時間をつぶすことにした。やっぱり眠かった。セックスをする目的で十和田湖にきたというのに、思ってもみなかったまったくちがう展開になったなあと一人苦笑した。

まあいいか。おもしれえことがいっぱいあったし、斉藤多恵のことが好きになったし、彼女も俺のことを好きと叫んでくれたし、杉本夏子と平気で話せるようになったし、斉藤多恵と杉本夏子が友達になったし、これで田口先生が現れなかったら最高だったけどなあ。待て待て、今夜セックスに挑戦してみようか？　いや、やめておこう。キャンプ場をうろつきまわったら田口先生につかまるかもしれねえ。それにやたらに眠いし。今夜は斉藤多恵のピアノをききにいって早めに眠っちまおう。セックスはいつかできるさ。いつかはわかんねえけど、そのうちきっとだ。無理にセックスをして大人になることはねえや。俺は俺になるんだからな。本当の俺になるんだからな。無理にセックスなんかしようとしなくったって、チャンスは誰にでもやってくるんだからな。そのうちできるさ。だけどセックスってどんなだろう……。やっぱりマスかくより気持ちいいんだろうな……。やっぱりしてみてえな……。焦るな焦るな。焦るとロクなことがねえぞ。炊事場で完封負けくらったみてえにみじめになっちまうぞ。セックスはこのつぎだ。十和田湖なんていつでもこられる。そんなことより、斉藤多恵が田口先生につかまったら大ごとだぞ。働くのを辞めさせられるかもしれねえ。そうなったら彼女は途方にくれてしまうかもしれねえぞ。ホテルからでなければつかまる心配はねえけど、でも大丈夫だ、ここまで田口先生がくることはねえ……。

ぼくは眠ってしまった。

目がさめたとき、太陽はすでに湖の向こうの山陰に沈んでいた。真夏の幻想的な夕暮れの中を、ぼくはゆっくりと自転車を走らせてねぐらに向かった。子ノ口の橋をわたるときは緊張した。田口先生がどこかで待ちかまえているような恐怖がそうさせた。たぶん田口先生はキャンプ場の中をみまわっているだろうから、こっちのほうまではでばってこないことは確実だったけど、それでもぼくは注意深く辺りをみまわしながらペダルを踏んだ。

ねぐらについたときは夜がそこまでやってきていた。夕食はなににしようかと迷った。あまり長い時間火をつかいたくなかった。もしかしたらキャンプ場のほうからここの炎の明かりがみえて、田口先生が調べにくるかもしれない。米を研《と》ぐにも、キャンプ場の炊事場にいくことはできない。なぜ子ノ口の売店でパンを買うことを思いつかなかったのだろう？　とにかくぼくは手持ちの食料で食事の支度をすることしか考えていなかった。それに持ってきた食料を残さず食べて帰りたかった。ぼくは考えあぐねた末に、湖水で特製インスタントラーメンをつくることにした。湖水はきれいだし、沸騰させれば衛生的には問題はない。ジャガイモをうす切りにして先に煮て、タマネギを一個ぶちこみ、ラーメンと魚肉ソーセージを入れて仕上げる。味がうすければ醬油《しょうゆ》をたらせばいい。ジャガイモが二、三個残っているはずだから、これもみんなつかおう。お腹《なか》もふくれるにちがいない。それでも足りなければとっておきの牛肉の缶詰が一個残っている。サンマの缶詰もまだある。最後の夕食だ。豪華にいける。

　火をおこし、鍋に湖水をくんでカマドにかけ、ジャガイモの皮剝《む》きにとりかかった。月はなく、闇に沈黙して消えていく景色の中で、薪《まき》の炎だけが息づいてゆれている。めざとい虫どもが炎の周りを旋回し始めた。カマドから離れ、うす暗がりの中でジャガイモをきり始めると、そっちのほうにも虫が飛んできた。野菜を入れるときに鍋の中に虫を飛びこませないように気をつけなければ。フタをとって素早くジャガイモを入れてフタをした。タマネギのかたい尻をきり落とし、皮を剝こうとしたそのときだった。

「やっぱりお前かあ」

　いきなり地鳴りのような太いつぶれ声がした。ぼくは仰天して完全に肝《きも》をつぶした。ちびりそうだった。すくみあがって声もでない。闇の中にカマドの炎に照らしだされて現れた田口先生は、不気味なうすら笑いを浮かべた地獄の赤鬼のようにみえた。あれからキャンプ場を探しまわってもみつからなかったので、周辺にも足をのばし、明るいうちにこのねぐらを探しだしてぼくのやつにちがいないと当たりをつけ、もう戻っているころだとやってきたのだろう。

「この野郎、桟橋で逃げたのはお前だろう」

　田口先生はニタニタ笑って一歩踏みこもうとして動きをとめた。ぼくの右手に注目している。

　立ちあがりながら後ずさりしたぼくの右手には、ギラリと鈍く光る包丁がしっかりとにぎられている。ぼくは包丁をにぎっているという感覚はまるでなかった。田口先生がじっとぼくの右手をみつめているので気がついた。

「お前一人かあ？　いっしょにいた女はどうしたあ？　どこの誰だあ？　このガキい、堂々と不純異性交遊なんかしやがってえ」

ぼくは急に怒りがこみあげてきた。なにも知らないくせに不純異性交遊などとよくもきめつけられるものだ。怒りとともに意を強くしたのは、田口先生が斉藤多恵のことを気づかなかった事実だった。そのことが勇気を奮《ふる》いたたせた。

「知らねえよ。桟橋で初めてあっただけだよ」

ぼくは田口先生をにらみつけた。思いがけない強い反抗口調が口を突いてでた。

「なんだとお？　このガキい。その態度はなんだあ、こらあ？　だいたいお前、キャンプするって学校に届けだしたかあ？　そんな届けはでてねえぞ。おまけに一人できてんのかあ？　ふざけやがってこのクソガキい」

田口先生の顔からうすら笑いが消えた。細い目がもっと細く鋭くなってつりあがった。ごつい両手をにぎったり開いたりして、戦闘態勢を整えているようなデモンストレーションを始めた。ぶん殴りたくてうずうずしているのがわかる。

包丁を持つ手にギュッと力が入った。包丁の柄《え》が氷のように冷たく感じられるのに、柄をにぎっている手のひらは汗でびっしょりと濡《ぬ》れていた。包丁の切っ先は下に向けてある。

あいつが殴りかかってきたらどうするんだ？　包丁をつかうのか？

答えがでてこない。人に向けて包丁をつかったことなど一度もない。包丁をつかえばどのくらいの大事件になるのか、恐ろしすぎてまるで想像もつかない。人を刺したり、切ったりするのはどんな感じなんだろう？　釣った魚をさばくような感じなのだろうか？　魚のはらわたみたいな臓物が飛びだしてくるんだろうか？　映画でみたようにシャワーのような血しぶきが飛び散るんだろうか？　自分が包丁を持っているというのに、逃れようのない死の恐怖がわきおこって全身から汗が噴きだした。だけど、いまさら包丁を放りだすわけにはいかない。包丁を手放せば田口先生に顔の形が変わるぐらいにぶちのめされてしまう。死ぬかもしれない。包丁を持っていても持っていなくても、いきつく先は死の他に思いつかない。死の恐怖と生まれて初めて向かいあった瞬間だった。頭の中がチリチリとする。頭の中でダイナマイトにつながる導火線が燃えているようだった。

「その包丁はなんだあ？　その包丁でやろうってのかあ？　先生に包丁を向けるつもりか？　ああ？　いますぐ下におけえ。おかなきゃ、本気でその割り箸《ばし》みてえな細い腕をぽきっとへし折ってやるぞ、こらあ」

はったりではないということはわかるけど、脅かしているつもりなら見当ちがいもいいところだった。死の恐怖と向かいあっている中で、腕がへし折られるぐらいはどうってことはない。なんだか気の抜けた脅し文句のような気がして、ぼくはおかしさがこみあげてどうにも笑いをがまんできなくなった。

「関係ねえよ」そういってぼくは笑いをもらした。

ぼくは小さく笑いをもらしただけだったけど、田口先生にとってはものすごくバカにしたようにきこえたみたいだった。

「関係ねえだとお？」声に凄味《すごみ》が増した。

「関係ねえよ。タマネギ切ってただけなのに、なんだって先生がそんなにびくつくんだよ」

「きっさまあ……なめやがってッ、このクソガキイイイイ！」

田口先生は完全に逆上してしまった。ものすごい怒りで顔が醜く変形してしまった。ゴリラみたいなごつい筋肉がぶるぶる震えて、いまにも跳びかかってきそうだった。

くるなッ。ぼくは包丁を持つ手を震わせて強く念じた。まだ切っ先は下に向けてある。だけど、襲いかかってきたら……切っ先をあげて田口先生に向けてしまうかもしれない。逃げだすことも考えられたはずなのに、恐怖のあまりに頭がまわらなかった。

「くるなッ」

ぼくはまた強く念じた。念じただけのつもりだったが、思わず声にでてしまった。

「くるなだとおおお!?　いったらどうする!?　いったら包丁をつかうってえのかあッ。ふざけんな！　もう頭にきたぞッ。このクソガキいいい！　覚悟しろおおおお！」

田口先生は拳《こぶし》をにぎりしめて一歩踏みこんできた。

くるなッ。きたら……。反射的に包丁を持つ手がピクンと動いた。

ブルルン！　と、ひときわ高いオートバイのエンジン音が闇の中に轟《とどろ》いた。その音に田口先生は気をとられて動きをとめた。エンジン音は林の向こうの道のほうでとまった。

闇の中でガサゴソと物音がする。誰かがやってくるのがわかる。田口先生がぼくから目をそらして林のほうをみやったので、ぼくもやっと気になる音のほうに視線を移すことができた。林の闇の中に、人影がうごめいた。カマドの炎が人影をぼうっと浮かびあがらせた。大人の男のようだった。ヘルメットをかぶっている。しだいに顔の輪郭がはっきりとみえてきた。

「父ちゃん……」

ぼくは呆然《ぼうぜん》としてしまった。父だった。信じられなかった。まさか父が現れるなんて！ しかも、危機一髪というちょうどそのときに。

「おう、久志。どうした？　なんかあったのか？」

父はヘルメットをとりながら、それでも田口先生から目を離さずに落ちつきはらった声でいった。

突然現れた父にぼくは呆気《あっけ》にとられて声がでなかった。田口先生はどうかわからないけど、ぼくは死の恐怖から解放されて気絶しそうなぐらいにほっとした。目をつぶると崩れ落ちそうになった。

「うん？　南中の田口先生じゃないですか？　どうしました？　息子がなにかしでかしましたか？」

「神山……君のお父さんですか？」

田口先生は落ちつきをとりもどしていた。父が現れたのでそうするよりほかになかったのだと思う。

「そうです。なにかありましたか？」

「こまりますねえ。キャンプをするときは学校に届けをだすというのがきまりになっているんですよ」

田口先生にまたふてぶてしいうすら笑いが戻っていた。ぼくと父がいっしょにキャンプしにやってきたと勘ちがいしている。

父はぼくをみた。それからいった。

「やあ、うっかりしてました」

ぼくはほっと胸をなでおろした。ぼくが勝手に一人でやってきたというんじゃないかと冷や冷やした。

「まあ、お父さんといっしょならいいんですが、子供さんが一人でキャンプしにきたんじゃないかと思いましてね。しかし親御さんといえども校則はまもってもらわんと困りますなあ」

「いや、申しわけない。以後気をつけましょう」父が笑いながらいった。

「頼んましたよ」

田口先生はそういうと、ぼくをにらみつけ、暗い岩場をキャンプ場のほうに去っていった。

田口先生がいってしまうと、ぼくはガタガタと震えだしていた。歯がカスタネットのようにカタカタと鳴った。

父が現れなかったらぼくはどうしたんだろう？　そう思っただけで吐き気がして、死の恐怖に冷や汗が流れた。包丁を田口先生に向けただろうか？　向けたかもしれないし、向けないでぶん殴られるままになっていたかもしれない。どっちにしても、もしも父が現れなかったらと思うと身の毛がよだった。想像もつかないような大事件になっていたかもしれない。奇跡的なことは何度もあったけど、一番の奇跡をあげるとすれば文句なしにこれだとぼくは思った。父が突然現れたこと自体が奇跡だったけど、あのタイミングよりもほんの少しでも遅く現れたとしたら、と考えると恐ろしかった。父の出現は、危機一髪の瞬間に疾風《はやて》のように現れる正義の使者、子供のころのヒーローだった月光仮面をみているようだった。

「先生に怒られたのか？」

「あんなやつ、先生なんかじゃねえやッ」

声が震えて変な響きで耳にきこえた。そういってから父に怒鳴られるだろうと覚悟した。一、二発ぶん殴られるかもしれない。一難去ってまた一難ってやつだった。ぼくが嘘をついたのがばれて、父は怒ってやってきたのにちがいなかった。

「飯食ったのか？」

父の言葉の調子は予想外のものだった。落ちついた普通なしゃべり方だった。ぼくがショック状態にあるので刺激しないほうがいいと判断したのかもしれない。

「なにつくってんだ？　カレーか？」

「インスタントラーメン。特製の」ぼくはやっとの思いで声をだした。

「飯炊いたのか？」

ぼくは首を振った。

「飯炊こう。俺もまだ食ってねえんだ。飯盒《はんごう》は？　米は？」

ぼくはねぐらから飯盒に米を入れて持ってきた。緊張がとけ、膝から力が抜けていくようで、歩き方がぎくしゃくとしておかしかった。それでもまだ胸はドキドキしていた。短パンに何度も手のひらをこすりつけたけど、湿地帯のようにつぎからつぎへと汗が滲《にじ》みだした。

いつの間にか月がでていた。湖の景色を青く染めている。父はぼくから飯盒を受けとると水際に持っていってさっと洗い、湖水を入れて戻ってきてカマドに置いた。

「少ししたら薪をくべろ。お前、飯盒で飯炊くやり方知ってんのか？」父はいった。ぼくはうなずいた。「じゃあ、まかせたぞ」

少ししてぼくは薪をくべて火の勢いを強くした。炎をみていたら少し落ちついた。飯盒が音をたて始め、やがて沸騰した米汁が盛大に噴きだし始めた。しばらくして噴きだす勢いが弱くなってきたので薪をくべるのをやめ、おき火だけにした。父はずっとだまったままだった。ぼくはカマドと飯盒だけをみていた。米汁が完全に噴きださなくなった。

「もうそろそろひっくり返してもいいんじゃねえか？」父がいった。

「まだだよ」ぼくは飯盒をみつめたままだった。

「そうか」父が笑ったようだった。

飯盒をひっくり返して蒸らしている間に、カマドに鍋をかけなおして特製インスタントラーメンづくりのつづきをした。ラーメンができあがるまでに父は小枝を折ってきて箸をつくった。

「焚《た》き火に背中を向けて食うんだ。そうすりゃ虫に襲われねえぞ」父はいった。

ぼくたちはカマドを背にして飯盒と鍋を前におき、月明かりに照らしだされた湖の風景をみつめてだまって食事をした。父がなにも話しかけてこなかったのがありがたかった。落ちつきをとり戻すまでなにもしゃべりたくなかった。まだ気持ちの整理がついていなかった。

「うまかったな」食事が終わると父はいった。

「うん」

「いつ帰るつもりだ？」

「明日。明後日から野球の練習があるから……」

「そうか」

「俺がここにいるってなんで……」

「ああ、桜田君の家に電話してみたんだ」

「ああ……」

きてくれてありがとうといおうとしたがいえなかった。それっきりぼくと父は口を閉じてしまった。父は、心配になってきたとも、様子をみにきたともいわなかった。でも、たぶんそうだったのだろう。

父と二人きりの時間を持ったのは、小学六年生のときにしこたまビンタをくらって以来だった。言葉のキャッチボールをするのがなんとなく照れくさくてためらってしまった。言葉を運ぶボールがみつからなかった。

父はじっと遠くに目をやったままだった。父はぼくになにかを語りかけたかったのだろうか？ぼくとなにかを話したくてやってきたとも考えられた。でも、なにごとかいいたそうな、心をきめかねているという素振りはまるでみせなかった。

「眠かったら眠れ」父がぼくを振り向いた。

「うん。親父《おやじ》は？」ぼくは父のことを初めて親父と呼んだ。

「もう少ししたら帰る。明日会社だからな。一人で大丈夫か？」

「うん」

「そうか。あの先生はもうみまわりにはこねえだろう。どこで寝てんだ？」

「あっちの林の中。ビニールで屋根はったんだ」

「毛布は？」

「持ってきた」

「明日の食い物はあんのか？」

「飯炊くし、缶詰も残ってる。梅干しもあるし」

「そうか。明日、気をつけて帰れよ」

「うん」

　父はそれから岩場に寝ころがった。仰向けになって低くウーッと声をだして背伸びをした。横向きになってヒジをついて頭を支え、青くうすぼんやりと浮かぶ湖の景色と向かいあった。しばらく父はそのままの姿勢で横になっていた。

　ぼくは月明かりで腕時計をみた。もう十時をまわっていた。斉藤多恵はとっくにピアノを弾き終わっただろう。どんな曲を弾いたんだろう。明日はピアノをききにホテルにいけないかもしれない。田口先生がうろついているかもしれないし。しばらく彼女のピアノはきけないだろうけど、二学期が始まったら学校で弾いてもらおう。いや、そうだ、野球大会が終わったらまた十和田湖にきたっていい。こんどは婆ちゃんをだますっていうことはできねえだろうけど、日帰りだってできるじゃねえか。うん。野球大会が終わったら日帰りで斉藤多恵にあいにこよう……。そのときのことをあれこれ思い描いて、ぼくの心はやっと楽しく軽くなった。

「おきてるかあ？」

遠慮がちな父の声がした。父は横向きになって湖のほうを向いたままだった。ぼくが眠ったかと思って声を落としたのだ。

「うん」

「眠るんだったら、毛布に入れよ」

「うん。わかってる」

「キャンプ、おもしろかったか？」

「うん」

「婆ちゃんにはうまくいっておくから、帰ったらおもしろかったといえばいいからな」

「うん。俺……」

どういえばいいかわからなかった。いいたいことが、山ほどものどにせりあがってきて、どうきりだせばいいのか整理がつかなかった。ききたいことも山ほどあった。ビンタをくらったときにいったひどい言葉のことを謝りたかった。父が好きな女の人と結婚してもいいといいたかった。だけどぼくはその女の人を母ちゃんとは呼べないということもいいたかった。ぼくの母ちゃんは死んだ母ちゃん一人だけだということをいいたかった。好きな女の人と結婚してもいいけど、死んだ母ちゃんをすっかり忘れてしまったらぶっ飛ばすといいたかった。弟と三人で、いや父の好きな女の人がいっしょでもいいからキャンプをしようといいたかった。ビートルズのことや、学校での騒動のことや、釣りのこととか、もっといっぱいのことをいいたかった。

「朝までいっしょにいるか？」

「大丈夫だよ」

いっしょにいて話をしたいという気持ちもあったけど、一人にもなりたかった。

「よし、じゃあ帰るか」

父は立ちあがった。ぼくも立ちあがった。もう少しで、やっぱりいっしょにいてくれ、という言葉が口からでかかった。ぼくはその言葉をのみこんでいった。

「親父、なにか……」

「うん？」

父は二人きりで話ができるいい機会だと思って十和田湖にやってきたのかもしれなかった。もしそうならば、たぶん、父の好きな女の人のことをぼくにいいたかったのだろうと思う。結婚のことをぼくに告げ、ぼくの気持ちをきいてみたかったのかもしれない。そうしなかったのは、田口先生との危機一髪からぼくを救ったことを悟って、その話をするのは不公平だと思ったのかもしれなかった。ぼくがショック状態にあり、父に助けられてほっとした感謝の気持ちが無言のうちにあふれでていたのを感じたにちがいなかった。そういうときに話をきりだすのは不公平だし、ちゃんとした対等の立場で話ができないと思ったのかもしれなかった。でもはたしてそれが本当のところなのかどうかはわからない。やはりただ単に心配して様子をみにやってきただけなのかもしれなかった。

「俺、あの……」

「うん？」

「俺、大丈夫だから……、あの……」

話があるんだったら話をしてもいいといおうとしたがいえなかった。

「うん。じゃあ帰るぞ」

父にはぼくの思いは伝わらなかったみたいだった。ぼくたちの会話は最後までぎこちなかった。

父がヘルメットを手にして歩きだした。ぼくはなんとなくあとをついていった。

父は軽くキックをくれてオートバイを眠りから目ざめさせ、じゃあな、とぼくに声をかけてスタートさせた。

少しいって立ちどまった。

ぼくを振り向いていった。

「晩飯までには帰れよ！」

「うん！」

ぼくの胸があったかいものでいっぱいになった。いっしょに飯を食おう、と父の顔がいっているような気がした。

つぎの瞬間、ぼくの口から思いがけない言葉がこぼれた。

「サンキュー、父ちゃん……」

つぶやくようにいったので父にきこえたかどうかはわからない。

オートバイのエンジンのゆっくりした息づかいだけがきこえる。

父は少し沈黙してから小さくうなずいただけだった。ぼくの言葉に反応したのか、それともただ単にうなずいただけなのか、ぼくにはわからなかった。

青く輝く明るい夜道を、父のオートバイはなめらかに走り去っていった。


翌日、昼前に田口先生はそう大きくもないバッグをひとつ持ってぼくのねぐらに現れ、「いつ帰るんだ？」とぶっきらぼうにきいた。「報告書をださなきゃならないんだよ」

ぼくはちょうどねぐらの後片づけをしている最中だった。

「もうすぐ帰りますよ。明日から野球部の練習があるんすよ」ぼくは落ちついて答えられた。

「親父さんは？」

「さっき帰ったすよ。先生はいつ帰るんすか？」こんなやつに本当のことをいう必要はない。

「いま帰るとこだ」

田口先生はなにかをいいたそうにぼくをにらみつけたけど、フンと鼻を鳴らしただけで踵《きびす》を返した。

そっとあとをつけると、道にでた田口先生は子ノ口方面に向かって、誰もいないというのに威張りくさった態度で歩いていく。斉藤多恵がホテルでピアノを弾いている時間はすぎていた。でももしかしたらまた道に面した窓をふいているかもしれない。少し不安になった。田口先生の先まわりをしてホテルにいってみることにした。ぼくは湖岸の岩場を走って田口先生より早く、道の曲がり角の先にでた。ホテルまで走った。幸いなことに斉藤多恵の姿はどこにもみえなかった。売店の中でみはっていると、田口先生はバス停に直行して、しきりに時刻表と腕時計を交互にみた。ほどなくしてやってきた国鉄バスにのりこんだ。焼山《やけやま》かどこかで十和田市いきのバスにのり換えるつもりなのだろう。これで邪魔者は消えた。心おきなく斉藤多恵が好きなあの桟橋であうことができる。

ぼくはねぐらに戻り、後片づけを終え、朝つくっておいたにぎり飯を食べて一時前にホテルの前で斉藤多恵を待った。ぼくがホテルの前にいたので彼女はびっくりした。売店までいってサイダーを二本買い、彼女を自転車のうしろにのせていつもの桟橋までゆっくりと自転車を走らせ、昨夜からの出来事を手短に話した。

ぼくたちは桟橋の先端に並んで座ってサイダーを飲んだ。なにもかもが二人を包みこんでいるような、その夏一番の輝かしい午後だった。

ぼくたちはもうすぐ別れなければならなかった。

「楽しかったね……」

穏やかなほほえみを浮かべて彼女がいい、

「うん……」

とぼくがいったきり、二人ともしゃべるのをやめてしまった。

感じていることも、いいたいことも、いっぱいあった。

でもぼくたちはただだまって座っていた。景色をみたり、うつむいたり、空をみていただけだった。ちょっぴりさみしくて感傷的になっていたかもしれないけど、だからといって暗く落ちこんでいたわけではなかった。

なにもいわずただ並んで座っている。そのことが気持ちよかった。景色が気持ちよく、真夏の風が気持ちよかった。でも無言で二人並んで座っていることが一番気持ちよかった。そのことだけで満足だった。

　ぼくたちはやがて桟橋を離れた。ねぐらにおいてあった荷物を自転車にくくりつけ、木漏れ日がゆれる涼やかな道を、ぼくたちはそぞろ歩きのようにゆっくりと子ノ口まで歩いた。

「俺、野球大会が終わったらまたくるよ」ぼくはいった。

「うれしいけど、無理しなくてもいいよ。野球大会が終われば、すぐに二学期が始まるから学校であえるし」

　彼女はじっと道に目を落として歩いている。

「野球大会のことを話したいし、斉藤のピアノききてえし、歌もききてえし、また桟橋でいっしょにいたいし、日帰りってことになると思うけど、またきてえんだ。話したいこともいっぱいあるし」

「うん。わかった。待ってる。でも、無理しないでね」

「うん。そのときまで、またな」

　彼女がさよならという言葉が嫌いなことを思いだしてぼくはいった。本当は、好きだぞ、といって別れたかった。照れくさくていえるわけはなかった。

「気をつけて。またね」

　ぼくたちは子ノ口の橋の上で別れた。彼女は小さく手を振って見送ってくれた。

　ぼくは一度も彼女を振り返らなかった。振り返って彼女がまだ橋の上にいたら、ハンドルをきって戻ってしまいそうだった。

　奥入瀬渓流に沿った気持ちのいい道をぼくは力いっぱい自転車をこいだ。ものすごいスピードをだして未練を振り切った。

「まったねえええ！」

彼女の元気な叫び声が、遠く、小さく耳に届いた。

ぼくは振り返らずに右手を高くあげた。心の中で叫んだ。

またなッ、斉藤！　絶対にくるからなッ。まったなあああ！

4

学校のグラウンドに久し振りの仲間が集まった。

東井がぼくの顔をみたとたん、なにやら難しそうな顔をした。しげしげとながめている。

「なんだよ。なんかついてっか？」

「お前、なんか、あったか？」東井にしては珍しくためらうようなものいいをした。

「なんにもねえよ」

「そうか？　なんだか顔が変わったぞ、お前」

「どうりでな。もう毎日女がまとわりついてうるさくて。アラン・ドロンみてえになっただろう？　ハッハ」

「バーカ。ジャン＝ポール・ベルモンドがつぶれたみてえな顔してなにがアラン・ドロンだ。お前にまとわりついてうるせえのは、女じゃなくてハエだろうが。顔が変わってもやっぱりアホだな、ハッハ」

ぼくたちは気合いの入った練習を再開した。

笠原と桜田のやつが十和田湖でのことをおもしろおかしくみんなに語ってきかせた。斉藤多恵とのことでみんなに散々からかわれたけど、どっちみちこいつらは本当のところなんか知りはしないのだからというままにしておいた。二、三日したらからかう者はいなくなった。斉藤多恵がどんなにピアノがうまいか、笠原と桜田は懸命に力説したけど誰も信じようとしなかった。頭に血がのぼった笠原と桜田は力石と松岡と苫篠と百円の賭《か》けをした。ピアノは弾けるかもしれねえけど俺たちがすげえって認めなきゃだめだぞ、と三人は笠原と桜田に念を押した。笠原と桜田はなんでもいいぞと余裕しゃくしゃくだった。ぼくが三人にやめておけと助言しようとすると、笠原と桜田が先手を打って指を口に持っていった。あとでぼくはだまっててやるからアイスクリームをおごれよと二人を脅してやった。

力石と輪島のやつが、ぼくが一人で十和田湖にいったことを抜けがけしてずるいといって怒り、夏休み前のぼくたち三人の話をみんなにばらし、こいつはあわよくばヘッペをやれるかもしれねえと思って一人で十和田湖にいったんだぜ、きっとそうだ、と目をつりあげてみんなに訴えた。二人の訴えはバカ笑いとともに門前払いで却下された。このガキがヘッペする度胸があるわけねえ！　というのが却下の理由だった。適切で明解な判決理由だった。みんなの中で一番奥手とみられていたぼくが一番先にセックスを経験するなんて考えられなかったことだし、事実ぼくはキスする度胸さえなかったのだから。

ぼくたちはやるべき練習をきっちりとこなして自信満々で野球大会にのぞんだ。一回戦は軽くコールド勝ちだった。そして市営球場での二回戦を迎えた。

どういう気まぐれか、中川先生が輪島のおっさんを先発出場させた。ライトで九番。中川先生は二回戦の相手も楽勝と踏んで、三年間畑の中の球拾いばかりで試合にでることのなかった輪島に大人としての温情をみせたのだろう。中川先生にそんなやさしさがあったなんて、とぼくたちはまずそのことにおどろいた。あの中体連での中川先生はいったいなんだったのだろう？　本当に大人の考えていることはわからない。それに正直いってぼくたちは少し不安だった。輪島が入ったことで負けるということはないだろうけど、もしも、ということがあるよなあ、とみんなの顔に書いてあった。ライトに打球が飛んだだけでヘタをすればホームランになってしまうのだ。大量リードしていて、どう転んでも負けないという場面での輪島の投入ならどうってことはねえけど、いきなり先発出場はどうかなあ……。だがそんな不安を吹き飛ばしてくれたのはやはり東井だった。

試合が開始され、守備に散る前に、先発出場のぼくたちは全員マウンドに集まった。東井は輪島にいった。

「おっさん。フライ捕るまでライトにボカスカ打たすからな。エラーなんか気にすんな」それからぼくたちをみまわしていった。「文句ねえよな？」

あるわけはない。ぼくたちは東井のひとことでいくつものことを納得した。畑の中でフライを捕球したかった輪島の夢がついにかなわなかったことや、三年間の毎日の球拾いや、笠原とぼくたちが対立したのを救ったことや、ぼくたちのために田口先生の前で身体をはったことを。そしていま、今度はぼくたちが輪島のためにしてやれることを。ぼくたちの顔から不安の色が一瞬のうちに消えた。自己破壊的献身とかいうやつじゃない。いっしょに試合を戦う仲間として輪島をグラウンドに迎え入れ、思う存分試合を楽しんでほしかったのだ。

　みんなは笑ってうなずいている。その顔はこういっていた。エラーがなんだってんだ。あいつは野球部のでっかいエラーをいくつもバックアップしてくれたんだ。試合で百個エラーしたってておつりがくるってもんだぜ！

「あるぜッ、アホ！」それでも笠原のやつは吠《ほ》えずにいられない。「文句あるわけねえじゃねえか。そんなことききくお前に文句があるぞ！」

「そうか。俺が悪かった。この試合は絶対勝とうぜッ」

「負けるわけがねえ！　俺がガンガンぶっ飛ばしてやるからなッ」笠原はそれから一世一代の名演説をぶった。「心配すんな、おっさん。エラーなんかこいつらバカヤローはしょっちゅうやってんだからな。それでなんか文句あっかって面《つら》しやがるからやってらんねえぜ、ほんとによッ。お前らおっさんがエラーしても文句いう資格なんかねえぞッ」

　笠原は本気でムッとしていたが、ぼくたちはゲラゲラ笑った。気分がほぐれた。笠原のやつが野球部に貢献した最高の瞬間だった。もちろん相手が強敵だったとしたらそんな余裕も生まれなかったと思う。それに、もしも、という不安を東井がとり除いてくれたので、ぼくたちは余裕しゃくしゃくだった。

「オーケー。ガンガンぶっ飛ばしてくれ。頼むぞッ」東井は笠原に笑いかけ、それからまたぼくたちをみまわして力強くいった。「気合い入れていこうぜッ」

「おう！」

　一回の表にさっそく輪島はセンターの桜田をライトフェンスまで走らせた。不規則バウンドでセカンドの伊東の頭上を越えたゴロを輪島のやつがもののみごとにトンネルしてしまったのだ。ガチガチにかたまっていて、ボールが目の前をとおりすぎてからグラブを差しだした、という感じだった。ランニングホームラン。1点献上。

ダッグアウトに戻ってきた輪島にさっそく笠原が嚙みついた。

「このアホ！　身体でとめろッ。お前もこいつらザルのバカヤローの仲間入りだぞ！」

すかさず輪島にライトの守備位置をあけわたした力石がまぜっかえした。

「おっさん、ザル仲間にようこそ！」

おう、そうだぜ、とぼくたちはまたゲラゲラ笑い、輪島の頑丈な肩をバシバシ叩《たた》いてやった。手荒い歓迎というやつだった。

その裏、ぼくたちはあっさりと逆転してやった。二塁ベースに苫篠、一塁ベースに東井の二人をおいて、四番バッターの笠原のやつが本当にぶっ飛ばしたのだ。笠原のバットに弾《はじ》かれたボールがものすごい勢いで青空高く舞いあがり、敵味方が啞然《あぜん》としてみつめる中を、なんと白球がレフトフェンスを越えてスタンドの芝生席で大きく弾んだのだ。信じられるだろうか？　いくら一八〇センチはあろうかといっても、中学生が、しかも軟式の〈健康C〉ボールをホームランしてしまったのだ。ランニングホームランではない。完璧《かんぺき》なオーバーフェンスのホームランなのだ。びっくりした。笠原は自分でも信じられなかったみたいで顔を真っ赤にして戻ってきた。

笠原の大ホームランにショックを受けた相手チームはすっかり戦意をなくしてゼロ行進がつづいていた。幸いにもライトの輪島には一回の表のランニングホームランからたった一本しか打球が飛ばなかった。詰まったライトフライだったけど、輪島のグラブにはかすりもしなかった。センターの桜田がなんとか三塁打でくいとめてぼくたちは得点させなかった。ぼくたちは輪島を除いた全員がヒットをかっ飛ばして大量得点を奪った。輪島のやつはぜんぶ三振だった。

五回表の相手チームの攻撃を迎えた。0点に抑えればコールド勝ちだった。相手チームはコールド負けだけは逃れようと必死だった。ワンアウト、ランナー一、二塁。バッターが打った打球が高く放物線を描いて輪島の頭上にあがった。ぼくたちは確実に2点は入ると覚悟をきめた。センターの桜田が血相を変えて懸命にバックアップに走っていく。輪島は例によって打球をみあげて足をばたつかせている。打球をはっきりと目に捉《とら》えていない証《あか》しだった。あるいは捉えているのだけれど、捕球するポイントをきめられないで迷っているかだった。どっちにしろフライを捕球できる雰囲気ではなかった。思ったとおりだった。輪島は落下してきたフライにあわててグラブを差しだした。その拍子に足をもつれさせて、背負い投げでもくらったかのように真横に派手に一回転してしまった。相手チームのダッグアウトと応援団がどっとわいた。あわてておきあがった輪島はうしろにいってしまったと思われる打球をめがけてやみくもに走りだした。

「まわれまわれ！　エラーだ！」相手チームが活気づいた。「儲《もう》け儲け！　まわれまわれ！」

バックアップに走っていた桜田がたちどまってキョロキョロとあたりをみまわしている。間抜けなやつだな、バックアップに走ったというのにボールをみうしなうなんて……と舌打ちしようとして、輪島のやつがUターンをして戻ってくるのが目の隅に飛びこんできた。なんだってあいつが逆戻りしてくるんだ？　ポカンとアホ面をさらして突《つ》ったっているぼくたちを尻目に、輪島は傾いた眼鏡をでかい鼻の上に飛び跳ねさせ、がに股《また》で懸命に二塁ベースを目指した。ドスン、と二塁ベースに着地した。それから審判にグラブの中のボールをかざしてアピールし始めた。

「ア、ア、アウトだ、ア、アウト！　ト、ト、ト、捕ってたんだッ、ア、アウトだ、ア、ア、アウト！」

信じられない。よくもあんな背負い投げでぶん投げられたような体勢で捕球できたものだ。

輪島のやつはコケてしまったので、自分のことながらてっきりうしろに抜けてしまったものとあわててボールを追いかけたのだけど、追いかけるべき打球がどこにもみあたらない。桜田をみやるとやつもボールをみうしなって焦りまくってキョロキョロしている。もしかしたら!?　と輪島は、不安と期待にドキドキしながらそっとグラブをあけてみたのだろう。すると、やつのグラブの中にボールがあったのだ。三年間、毎日畑の中を探しまわった〈健康C〉ボールが。ついに一度として畑の中で捕球できなかったあの〈健康C〉ボールが！　輪島のやつには白球がニッコリと笑ってみえたにちがいない。

ぼくたちは奇跡をこの目でみた。あまりに出来すぎていて嘘みたいだったけど、絶対に野球の神様のプレゼントだったにちがいない。

とにかく輪島の奇跡は結果的には敵どころか味方までをだましてしまったみごとなトリックプレーになった。審判がダブルプレーを認めてゲームセットを告げた。

ぼくたちは輪島の奇跡をどう喜んでいいのかわからなかった。奇跡を演じたヒーローにはちがいないけど、あまりに喜劇的すぎる。おかしくて笑い転げたいのだが、輪島が感激に興奮しているのをみるとあからさまに笑うわけにもいかない。最後の最後に、しかも公式戦のグラウンドでみごとに念願のフライをキャッチしたのだから、本当はグラブでも放り投げて輪島に殺到していっしょに喜んでやりたいところだけど、笑うのをこらえるのに懸命でそこまで手がまわらなかった。

試合終了の挨拶でホームプレート上に整列しても、ぼくたちは下を向いたまま笑いをこらえるのに懸命だった。挨拶をし、ダッグアウトに戻りかけたけど、一人東井だけが残って輪島からボールを受けとった二塁の審判になにやら話を始めた。ダッグアウトに戻っても、輪島のやつは感動の余韻にひたってじっとグラウンドをみつめている。ぼくたちはクスクス笑いがとまらない。中川先生もぼくたちといっしょになって笑いを噛み殺すようにクスクス笑いをしている。そんなぼくたちを汗だらけの髭面《ひげづら》の輪島がぐるりとみまわした。

「ナ、ナ、ナ、なめんじゃ、ネ、ねえぞッ、バッ、バッ、バッキャロー！」

突然輪島が吠えた。三年間で初めての雄叫《おたけ》びだった。

これにはまいった。降参だった。ぼくたちは笑いを爆発させた。全員が輪島に殺到した。「アホ！」「バカヤロー！」「ボケナス！」「目立ちやがって！」「カッコ悪かったぞ、コンニャロ！」ぼくたちはところ構わずひっぱたいてやった。こんどは手荒い祝福というやつだった。

「ヤ、ヤ、やめろッ、ア、ア、アホ！」

輪島は頭をかかえて縮《ちぢ》こまったけど、顔はうれしそうに歪んでいた。

東井が走ってダッグアウトに戻ってきた。真っ直ぐに輪島のところにいって、キャッチャーミットからボールをとりだした。輪島が奇跡をおこしたボールだった。

「おっさん」東井は輪島にボールをトスした。輪島はボールをつかみそこねて落としそうになった。「さっきのウイニングボールだ。とっとけよ」

「バッカヤロー。なにがウイニングボールだ、かっこつけやがって」例によって笠原がすぐに反応する。条件反射とかいうやつだ。「おっさんが初めてフライをとった記念のボールだってストレートにいえばいいじゃねえか、アホ!」

そうだろうか? 確かにそうにはちがいない。だけどやっぱりあのボールはウイニングボールだったのだ。試合のウイニングボールでもあったけれど、ぼくには輪島の三年間のウイニングボールのように思えた。輪島は勝者だった。ぼくたちの誰よりも野球が好きだった。それだけでもぼくたちの誰よりも勝者だった。それに、たとえ奇跡をおこさなかったとしても、ぼくたちの感謝やうれしさをも勝ちとったウイニングボールといってもよかった。なにもかも含めて、あれはやっぱり輪島のやつのウイニングボールだったのだ。

「イ、イ、いいのか……」輪島がとまどいながらみんなをみまわした。

「ケッ、あったり前だぜッ、バッカヤロー。神棚に飾って毎日感激して泣いてろ!」と力石がいい、ぼくたちはどっと笑った。

輪島がしげしげとボールをみつめている。すると輪島はボールをつかんだまま、ゆっくりと歩きだした。ベンチに座っている中川先生の前に立った。

「セ、セ、先生、コ、コ、コ、これ……」

輪島はボールを差しだした。

「うん？」

「プ、プ、プ、プレゼント」

「俺に？　くれるってのか？」中川先生はおどろいて輪島をみた。

「ウ、うん」

　ぼくたちの笑いがピタリととまった。不安と期待が交差しているといったような奇妙な沈黙が訪れた。不安と期待の具体的ななにかは一人一人ちがっていたかもしれない。あるいはぼくのようにただ漠然としていてつかみどころのないものだったのかもしれない。はっきりしていたことは、予想もできなかった輪島の行動に啞然とし、命令し服従させることばかりの中川先生がどういう反応をしめすのか、びくついているかのようにじっとみまもるしかないということだった。

「そんなボールはいらねえよ。お前が持ってろ。初めてフライを捕った記念すべきボールじゃないか。力石がいったみたいに宝物にして神棚に飾っておけよ。お前の大事なボールじゃないか。いいからお前が持ってろ」

　中川先生は苦笑して鼻から笑いをもらした。俺にとっては大事なボールでもなんでもねえや、といいたそうな顔だった。

「ダ、ダ、大事なボールだから、セ、セ、先生に、プ、プ、プ、プレゼント、シ、したいんだ……」

「いいから……」

「セ、セ、先生に、オ、お礼、ナ、なんだ。オ、オ、俺のことを、チャ、チャ、ちゃんと、オ、オ、おぼえて、イ、いてくれて」

「お前……」

「ド、ド、どうしようも、ネ、ねえ、オ、俺を、ヤ、ヤ、ヤ、野球部から、オ、追いだすことを、シ、しねえでくれて」

「……」中川先生はなにもいわずじっと輪島をみている。

「ソ、それに、コ、コ、このボールが、ア、あれば、オ、オ、俺たちの、コ、ことを、ワ、忘れねえと、オ、思うし。オ、俺たちの、コ、ことを、ワ、ワ、ワ、忘れねえで、イ、いて、ホ、ほしいんだ」

「……」

「ダ、ダ、だから、プ、プ、プレゼント、シ、してえんだ」

中川先生はぼくたちをひとわたりみまわした。それからあっさりといった。

「ん、そうか。じゃもらっとく」中川先生は輪島からボールを受けとり、無造作にポケットにいれた。それから何事もなかったかのように立ちあがり、「さあいくぞ。次の試合のチームにここを明け渡すぞ」さっさとダッグアウトをでていってしまった。

緊張した割にはあっけない幕切れだった。

中川先生は輪島のウイニングボールなんかきっとすぐに忘れてしまうにちがいない。そのうちどっかに紛れこんですぐに忘れてしまうのだろう。よけいなものをくれやがって、という態度がみえみえだった。いい気分ではなかった。宝物にするからな！　なんて大袈裟《おおげさ》に喜ぶことを期待していたわけではなかったけど、どうせ受けとるのなら嘘でもいいからひとつぐらい笑って、サンキューというぐらいの芸をみせてもよさそうなものだ。

ぼくたちは決勝戦まで難なく勝ち進み、決勝戦も三中に5対1と快勝した。

その日は決勝戦ということもあり、全校生徒が応援にかけつけてくれた。もちろんブラスバンドつきだった。杉本夏子も小林先生もスタンドで応援してくれた。おどろいたことに外野の芝生席にポツンと座っている父を発見した。一度として野球の試合をみにきたことがなかった父が、仕事中のはずなのに野球場にやってきてくれていたのだ。うれしかった。なんとなく照れくさくて、それに身が引き締まる思いがして身体が熱くなった。

ぼくはヒットを一本放った。ボテボテの内野安打だった。渋いヒットだったけど、三塁ランナーをホームに返した貴重な先制点となるヒットだった。エラーはなし。強烈なライナーを一本と、ゴロを四つ、みんなきっちりとアウトにしてやった。

悪くはない。まあまあだった。

試合中、斉藤多恵がいてくれたらよかったのになあと何度も思った。まあいいや。明日、十和田湖であえる。日の出前には出発しよう。それに夏休みももうすぐ終わる。そうすれば学校で毎日あえる。みんな彼女の歌とピアノと英語にケツ抜かすぞ。腰だっけか？　まあいいや。とにかくびっくりするぞ。小林先生なんかびっくり仰天だ。小林先生のおどろきが目にみえるようだった。早く夏休みが終わってくれないかなと願った。そんなことを思ったのは初めてのことだった。

決勝戦の試合が終わったとき、大喜びのスタンドをみあげると杉本夏子の姿が消えていることに気がついた。杉本夏子の両隣にいた小林先生と阿部貞子もいなくなっていた。ぼくはさして気にもしなかった。トイレかどっかにいったんだろう、ぐらいにしか思っていなかった。試合後の挨拶を終えてダッグアウトに戻ってくると、

「神山君！　神山君！　ちょっと」

ダッグアウト横の金網越しに小林先生がぼくを呼んだ。

「なんすか？」

「やったね。おめでとう。あのね、杉本さんが神山君に伝えてくれって。杉本さん、斉藤さんを見送るんでいっしょに駅にいったの」

ぼくは小林先生がなんのことをいってるのかわからなかった。

「はあ……」

「斉藤さん、転校することになったの」

「転校……。斉藤が？」

「そう。それで仙台へいくんで、さっき別れを告げにきてくれたの。杉本さんがびっくりして、もうすぐ試合が終わりそうだから神山君に挨拶してからいったらといったんだけど、斉藤さん、あとで手紙書くからいいっていって、それで杉本さんと阿部さんが駅まで見送りにいったの。斉藤さん、神山君によろしくいっといてって、杉本さんにいってたよ。杉本さんがね、斉藤さんにみえないように先生に耳打ちしたの。試合が終わったら駅にいったって神山君に伝えてくださいいって」

「仙台……」

　ぼくはなにも考えられなかった。頭の中が真っ白だった。転校？　なんで？　だって、十和田湖であおうって……。

「いつ、駅にいったんすか……」ぼくはやっとの思いで声を絞りだした。

「少し前だけど、でももう」

　ぼくはもう走りだしていた。あわなければッ。話をしなくちゃッ。

「おい、どこいくんだ！　もうすぐ表彰式だぞ！」

　ダッグアウトで東井が叫んだ。

　誰かがつづけて叫んでぼくをとめようとしたけど、ぼくの耳には入らなかった。

　ぼくは野球場を飛びだした。斉藤多恵にあわなければとそのことしか頭になかった。頭にもきていた。なぜぼくになにもいわなかったのかと腹がたった。きまったのはいつかわからないけど、転校するというのは今日わかったことじゃないはずなのにッ。嘘はつきっこなしだって約束したじゃねえかッ。なんだって打ち明けてくれなかったんだッ。猛烈に腹がたって、猛烈にくやしくて、猛烈に悲しかった。

　ぼくは腹立ちまぎれも手伝って、ランニングホームランになりそうな打球をかっ飛ばしたときのような勢いで、ぐんぐん加速をつけて走りだした。国道の商店街にでようとして思いとどまった。きっと斉藤多恵は気分が落ちこんでいて賑やかな商店街は歩きたくないはずだ。裏道を真っ直ぐに稲生川《いなおいがわ》までいって、稲生川に沿って駅にでるにちがいない。絶対だッ。舗装されていない石ころだらけの砂利道を走りつづけた。真っ直ぐの道で、三人連れらしい姿はずっと先までもみえなかった。

稲生川に突き当たって駅へと右に曲がったとたん、少し先を歩く三人の姿が目に飛びこんできた。斉藤多恵は白いブラウスに色あせたベージュのリュックサックを背負い、両脇を杉本夏子と阿部貞子に挟《はさ》まれて、前かがみになってうつむきながらとぼとぼと力なく歩いている。

待てよ！　呼びとめようとしたけど肺がくたびれはてていて声にならない。汗が目にしみた。真っ黒い腕は汗が乾いて塩を噴いている。背中はバケツの水をかぶったようにびっしょりだ。砂利道を蹴散らす耳障りなスパイクの音がきこえたのだろう、斉藤多恵が振り向いた。すぐに杉本夏子と阿部貞子も振り向いたけど、ぼくには斉藤多恵の顔しかみえなかった。斉藤多恵の顔が歪んでいくのがわかった。とたんに斉藤多恵はくるりと背中を向けると、ぼくから逃げるように走りだした。

なんだって逃げるんだッ。逃がすもんかッ。絶対につかまえてやるッ。ぼくは歯を食いしばってスピードをあげた。なんだって俺にひとこともいわないでいっちまうんだッ。

阿部貞子がなにかを叫んでぼくに手をのばしている。杉本夏子が阿部貞子を押さえつけるようにとめている。ぼくは二人を無視して走り抜け、斉藤多恵に迫った。彼女の背中で、重たそうなリュックサックが、かわいそうなぐらいに、大きく上下している。彼女の全ての持物が入っているリュックサックが。

破裂しそうなぐらいに膨れたリュックサックを背負っていてはいくら足が速くても逃げきれるものじゃない。じきにぼくは彼女に追いついた。

「待てよッ、斉藤……」

　ぼくは荒い息づかいの間からやっと声を吐きだした。リュックサックに手をかけようとしたけど、彼女の大切なものに触ってはいけないような気がしてひっこめた。

　彼女は、道の上に書いてあるみえない一本の線をみつづけているように、大きく目をみひらいて走っている。まるでその線からはずれると奈落の底に落ちてしまうかのように、きつく唇を結び、懸命にバランスをとって走っているようだった。あふれでた涙が、鼻や頬《ほお》や顎を滝のように流れ落ちている。

「なんだって、だまっていっちまうんだ」

　ぼくは彼女と並んで走りだした。

「なんだって転校のことを教えてくれなかったんだ」

　彼女のスピードが徐々に落ちていった。

「もっと前に帰ってきていたのに、なんだって連絡くれなかったんだ」

　彼女はついに走るのをやめて早足で歩きだした。身体を強張《こわば》らせ、歯をくいしばり、目を大きくみひらいて、まるで怒りをこらえているような態度だった。彼女がなにもいわないのでぼくはいらついてきた。つい、きつい口調が口からでてしまった。

「約束したろうッ。俺たちはなんでも嘘をつかねえでしゃべるってッ。なんだって約束をまもらねえんだッ。なんだって俺から逃げるようにいっちまうんだッ」

「好きだからッ」

　彼女は突然立ちどまってぼくをみすえて叫んだ。

「神山君が好きだからッ」

ぼくに負けないぐらいにきつい口調だった。彼女の瞳《ひとみ》をとらえたぼくは息をのんでしまった。彼女のうるんだ瞳に黒い小さな輝きがともっていた。ぼくのことを怒っているのではないのだ。悲しいけれど、いいたいことがいえてうれしかったのだ。

「だから怖くていえなかったッ。だから怖くてあえなかったッ。あってさよならをいえば、また一人ぼっちになると思って怖かったッ。初めて好きになった人とさよならするのが怖かったッ。初めてなんでもいいあえる人とさよならするのが怖かったッ。なにもいわないで、顔もみないでいってしまえば、神山君はずっとずっとわたしのことを忘れないでいてくれると思ったッ。でも本当はさみしかったッ。十和田湖から帰ってきてずっとずっと神山君としゃべっていたかったッ。毎日神山君とあいたかったッ。きっとそのほうが元気がでたと思うッ。でもやっぱり怖かったッ。また一人ぼっちになるのが怖かったッ。神山君とさよならをするのが怖かったッ」

息もつかずに胸の内を吐きだすと、彼女のみひらいた目から、どっと涙があふれでた。やりきれないくやしさの涙のようにも思えたし、ほっとしたような涙にも思えた。

「ウーッ、ウッウッ、ウ——ッ」彼女はギュッと目をとじてむせび泣き始めた。「ウッウッ、ウ——ッ、ウ——ッ」

「手をだせよ、斉藤」ぼくはいって手をさしだした。

不思議に落ちついていた。いまこそ正直な自分の気持ちをいうべきときだと、すっと自分に素直になれたせいだと思う。

「俺も斉藤が好きだ。俺たちは一人じゃねえよ。どこにいたって、俺は斉藤のことが大好きだ。斉藤にはさよならなんて言葉はねえはずじゃねえか。またな、だよ。手をだせよ。さよならなんてねえんだ。手をにぎって、ほっとして、それで、またな、だろう？　それに俺たちはどこにいったってすげえ友達を持ってるじゃねえか。誰も持ってねえ雷っていうすげえ友達だよ。一人ぼっちじゃねえよ。雷もいるし俺もいる。杉本だっている。斉藤はけっして一人ぼっちじゃねえよ」

それに斉藤には音楽があるじゃないかとつけ加えたかった。でもやめた。音楽は、歌うことやピアノを弾くことは彼女とは切っても切れないものだったからだ。彼女の一部なのだからそんなことはいう必要がなかった。きっと彼女はずっとずっと好きな音楽といっしょに生きていくことになるのだろう。だからきっと斉藤は幸せになる、そういいたかった。きっとそうなると。

「手をだせよ、斉藤」

ぼくは手のひらを上に向けて待った。斉藤多恵のむせび泣きがとまるまで待った。

やがて彼女は小さくしゃくりあげ、うつむいたまま、おずおずと手をあげてぼくの手をにぎった。ちょっとふっくらとして、あたたかくて、気持ちのいい手だった。ぼくは少し力をこめてぎゅっとにぎってやった。

「もう、泣かない」

彼女は涙でくしゃくしゃになった笑顔をぼくに向けた。

ぼくたちは十和田観光電鉄の古くさい電車にのって、東北本線の三沢駅まで斉藤多恵を見送ることにした。小林先生と杉本夏子と阿部貞子がいっしょだった。小林先生はぼくたちのことが気になって、スクーターで駅まで追いかけてきたのだった。ぼくが三沢駅まで斉藤多恵を見送りたいから電車賃を貸してくれと小林先生にいうと、三人がいっしょにいくとついてきたのだった。

電車の中で、ぼくは斉藤多恵が転校しなければならないわけを知った。

ぼくが十和田湖から帰ってきてすぐ、大人たちが斉藤多恵のゆくべき場所をきめてしまっていた。茶太郎婆ちゃんが入院してしまい、大人たちは斉藤多恵の生活をあれこれ考え、大人たちにとって最良の選択をして、仙台にある養護施設に彼女を入れることをきめてしまったのだった。お盆が終わってぼくたちの野球大会が始まったその日に、斉藤多恵は大人たちに十和田湖から呼び戻された。そしてそのことを告げられたのだった。仕方のないことだった。彼女にはどうしようもないことだったのだ。そしてぼくにとっても。

東北本線の三沢駅は古い木造の小さな駅舎で、中はうす暗く、風が吹き抜けて涼しかった。木製の頑丈な改札ゲートの向こうに長々と横たわる二本のホームがみわたせた。外の景色は夏の太陽にさらされてまぶしく輝いている。黒々としたでかい雄牛のような力強い蒸気機関車が、ホームの向こうの引込線で、貨物車両を押して連結作業をしていた。黒い輝きが汗を流しているようにみえる。

ぼくたちは改札ゲートをでた。階段をのぼって向こう側の上りホームにわたった。ホームを走って見送ることができて少しでもいっしょにいる時間が長くなるから一番うしろにいこうと阿部貞子がいった。ぼくの知っている限りでは、でしゃばり貞子の口からでた言葉の中で唯一のまともな提案だった。ぼくたちはホームのうしろの端にいった。斉藤多恵はリュックサックを肩からおろして身軽になった。

　仙台いきの列車が到着するまではまだ少し時間があった。ホームには人影もまばらで、太陽から避難するように階段下の北側の日陰に数人が入っていた。まだ昼をすぎたばかりだった。太陽は頭の上にあった。ユニフォーム姿のぼくは野球帽をかぶっていたので楽だったけど、彼女たちは陽射《ひざ》しがまぶしそうだった。ぼくは斉藤多恵をまともにみていられなかった。彼女たちが別れの言葉を交わしている間中、陽炎《かげろう》にゆれる線路の彼方《かなた》をみやって、さみしい気持ちに押しつぶされて涙がこぼれないようにとずっと踏んばりつづけていた。

「先生とっても残念。杉本さんが感激した斉藤さんのピアノと、神山君が感激した斉藤さんの歌を本当にきいてみたかったわ」

「わたしも斉藤さんの歌をきいてみたかった」と杉本夏子の明るい声。「置き土産に少しだけ歌を歌ってっていうのはちょっとずうずうしいかなあ」

「あ、それいいわ」小林先生の声が弾んだ。「斉藤さんお願い。少しだけ歌って。先生ぜひききたいわ」

「ええ。喜んで」

　斉藤多恵があっさりと承諾したのでぼくは意外に思って振り向いた。彼女はうれしそうに小林先生に笑顔で話しかけた。

「わたし、先生にお礼がいいたいんです。おぼえていますか？　先生が南中にやってきて、初めての音楽の時間に、わたしのことをいっしょに歌おうって一生懸命誘ってくれたこと。わたし泣いちゃったけど、本当にうれしかったんです。電車で阿部さんがいってくれたけど、前の学校でいやなことがあって、どうしても歌えなかったんです。また意地悪されるんじゃないかって。でも先生が顔を真っ赤にして歌うことのすばらしさをいってくれましたよね。わたしも本当にそうだと思ったんです。でもわたし、勇気がなくて、先生に悪くて、それで泣いたんです。でも、もう大丈夫です。神山君のおかげで勇気を持つことができるようになったんです」

みんながぼくを振り向いた。ぼくはあわててまた線路のほうをみやった。

「二学期が始まったら、一番に先生にわたしの歌をきいてもらいたかったんです。だから、少しだけど、歌います」

少しの間、沈黙があった。それから斉藤多恵の、あの透明感にあふれるすみきった高音が、静かに、そして高く、どこまでもきこえていきそうな、きく者の心を洗うようなきれいな歌声となって三沢駅の空いっぱいに広がった。

♪ア――――……

ヴェ・……

マ・リ――――……イ――……ア――――……

ぼくは目をつむった。初めてきいた、あの早朝の十和田湖の光景が目に浮かんだ。ヤマメのようなきれいな彼女の裸。まるで新しい光りを生みだしていたかのようなこの歌声。二人でだまって座っていた、最後の日のキャンプ場の桟橋。もう二度と戻れない、あの十和田湖のいろいろ……。

　斉藤多恵の歌声がやむと、ぼくは沢山の視線を感じて目をあけた。ホームで、駅舎で、何人もの人々が心を奪われたようにじっと斉藤多恵をみつめている。阿部貞子は呆然と突っ立ち、杉本夏子は感嘆の大きなため息をつき、そして小林先生はうつむいて身体を震わせている。

「ごめんなさいね、斉藤さん……。ごめんなさいね……」小林先生は小さく声を震わせた。

「先生、てっきりあなたは……」

「先生。謝らなければいけないのはわたしのほうなんです」

「こんなにすばらしい歌声をきいたのは初めて。斉藤さん、歌をやめないでね。斉藤さんだったら、先生があきらめたオペラ歌手になれるわ。絶対よ」

「あ、汽車がきた！」

　阿部貞子の声が、負け試合のゲームセットを告げる、審判の冷酷な声のようにきこえた。

　北にのびる線路のカーブを曲がって、黒い蒸気機関車が長い客車をひいてやってくるのがみえた。斉藤多恵がゆっくりと、気のりがしなさそうにリュックサックを背負った。杉本夏子が手伝ってあげた。斉藤多恵がぼくの前にやってきた。

「じゃあ、またね」斉藤多恵はいった。さみしそうな笑顔だった。

「うん。またな」ぼくも少しだけしか笑えなかった。

「いろいろ、ありがとう」

「俺も、サンキュー」

ぼくたちの横をものすごい迫力で蒸気機関車がブレーキをきしませてホームに滑りこんできた。客車がつぎつぎに通過してスピードを落としていく。

「もう一回、手をにぎってくれる？」彼女ははにかんでいった。

「うん」

ぼくたちは手をにぎりあった。阿部貞子が手をにぎってるとわめいたけど、ぼくたちはうっちゃっておいた。

「またあえるよね」

「またあえるよ」

「神山君にあいたくなったら《プリーズ・プリーズ・ミー》を歌う。目の前にいるような気になるから」

「俺も斉藤にあいたくなったら《アヴェ・マリア》を歌う。だけど俺へたくせえから斉藤が目の前にいる気分にならねえかもな。声をださねえで歌うことにするよ」

ぼくたちはぎこちなく笑いあった。

列車が停車して、斉藤多恵は一番うしろのデッキにのりこんだ。ぼくがデッキのドアをあけてやった。手動のドアは油がきれていてギシギシきしんだ。車内はガラガラで、彼女はリュックサックを誰もいない四人掛けの座席において再びホームに戻ってきた。

「じゃあ、小林先生、どうもありがとうございました。杉本さん、阿部さん、どうもありがとう」

「手紙書くね」杉本夏子がいった。

「うん。わたしも」斉藤多恵が応えた。

二人は手をとりあった。

発車を告げるベルが、ぼくの尻を蹴飛ばすように鳴り響いた。

斉藤多恵がぼくの前にたった。

「じゃあ……」

彼女は吐息をつくようにいって表情を一変させた。なんともいえない、胸をくすぐるような笑顔をぼくに向けた。あの朝の、ボイラー室の隣の部屋でみせた笑顔と同じ笑顔だった。

突然、ぼくの胸になにかが盛りあがった。ぼくはじっと彼女をみつめた。身体中がむず痒《がゆ》くなってどうにも落ちつかなくなった。テストでせっかく答えをみつけて書き始めようとしたのに、制限時間があと少ししかないという感じで焦りまくっている状態になった。

「斉藤、俺……」ぼくの声がかすれた。

ベルの音がやかましい。ぼくは大きく息を吸ってまたいった。

「斉藤ッ、俺ッ、あのッ」

彼女はじっとぼくをみてほほえんでいる。

いえよッ。後悔するぞ！

心の中で叫んだのはビートルズじゃなかった。もう一人のぼくだった。もう一人のぼくは怒っているようでもあったし、元気づけようと明るく笑っているようでもあった。

「斉藤ッ、あのッ、俺ッ」ぼくはいらいらとして身体をゆすり始めた。言葉をだせないもどかしさに野球帽の上から頭を掻《か》きむしった。急《せ》かせるようなベルの音が腹立たしい。

「さあもうのって！　発車しちゃうわよ！」小林先生がじりじりしていった。

それでも斉藤多恵はぼくをみて、悠然《ゆうぜん》と、すてきにほほえんでいる。

「なに？　神山君。もうのっちゃうよ。いいの？」

斉藤多恵の落ちつき払ったあったかい声にぼくは度胸をきめた。みんなにきかれたってい
い。どうなったっていい。そんなことより、いまいわなければならないことをいうんだッ。

「斉藤ッ、俺ッ、斉藤と、……キスしてえんだッ」

とたんに阿部貞子がなにか悲鳴をあげた。ぼくはつづけた。

「嘘はつかねえって約束したからいうけどッ、俺ッ、なんだかよくわかんねえけどッ、いま
キスしてえんだッ。そう思ったんだッ。いやらしい気持ちじゃなくてッ、すげえ本気でッ、
俺初めてだけどッ、あのッ」

ピー！

発車を告げるけたたましい警笛がずっと前方の蒸気機関車から鳴り響いた。

ガタン！　と大きな音がして列車が身震いした。ゆっくりと動きだした。

「もうだめよ斉藤さんッ、早くのって！」小林先生が悲鳴のような声で叫んだ。

「《オール・マイ・ラヴィング》を歌って」

斉藤多恵が動じる様子もみせずにほほえんでおだやかにいった。

「え？」

「ビートルズの《オール・マイ・ラヴィング》よ。歌って」

ほほえんでいる彼女の瞳がぼくになにかを訴えてきらめいていた。

ぼくはわけがわからないままに、彼女をみつめてゆっくりと歌いだした。

♪クローズ・ユア・アイズ、エンド・アイル・キス・ユー、トモロウ……アイル……ミス……。

ぼくが歌うのをやめたのは、彼女が瞳をとじて少し顔をあげたからだし、そして彼女が歌ってといった意味もわかったからだった。ぼくは彼女に顔を近づけた。野球帽のツバがぼくよりも先に彼女のおでこにキスをした。その拍子にぼくの頭から転げ落ちていった。ぼくは目をとじた。

「だめだめそんなことッ」

小林先生があわててぼくの腕をひっぱったときには、ぼくはすでに斉藤多恵の唇に軽くキスをしたあとだった。

斉藤多恵は目をあけるとにっこり笑っていった。

「損、しなかったね」

ぼくはなにもいえなかった。どうして女はこんなときでも度胸がいいんだろう！

「早く早くッ。ダメダメッ。もう本当に走って！」小林先生が足をばたつかせて悲鳴をあげた。

「歌おう！　走っちゃうよ！」斉藤多恵がパッと顔を輝かせた。

「おう！　ぶっ飛ばすぞ！」

ぼくたちは走りだした。顔をみあわせて《オール・マイ・ラヴィング》を、こんどはアップテンポで歌いだした。

♪クローズ・ユア・アイズ、エンド・アイル・キス・ユー、トモロウ・アイル・ミス・ユー、リメンバー・アイル・オールウエイズ・ビー・トルー……。

ぼくは途中で一回転したり、スパイクでわざと音をだしたりして走った。そんな芸当ができたのは蒸気機関車のスタートがのんびりしていたからだった。ホームの中ほどで斉藤多恵が列車に飛びのった。彼女は列車の最後尾のデッキで、ぼくはそのまま走りつづけてピタリと彼女により添い、二人で歌いつづけた。

ホームが途切れてぼくはスパイクにブレーキをかけた。斉藤多恵が歌いながら手を振った。ぼくも歌いながら手を振った。彼女の笑顔が歪んでいくようにみえた。でもまだ歌っている。羽が生えているように、きれいな歌声がいつまでも耳に届いた。

少しずつ列車が遠ざかるにつれて、彼女のきれいな歌声が小さくなり、手の振りがちぎれそうなぐらいに大きくなった。

ぼくはもうほとんど叫んで歌っていたけど、声が詰まり、彼女の姿が陽炎の中にゆらめきながら消えてしまうと、腰を折って膝に手をつき、初めて泣いた。さめざめと思いきり泣いた。彼女には絶対に涙をみせまいとこらえていたけど、限界はとっくにすぎていた。こんなに泣いたのは初めてだった。ぼくは別れ方を知らなかった。涙をこらえる方法も知らなかった。思いきり泣かなければ気がすまなかった。ぼくの中を十和田湖の湖水がいっぱいに満たしているように、泣いても泣いても涙があふれでた。小林先生と杉本夏子とでしゃばり貞子がみているだろうし、知らない誰かもみているだろう。だがそんなことがなんだってんだッ。

ぼくは長いこと泣いた。思いきり泣いて気分がふっきれた。小林先生がぼくの野球帽を持って怒った顔でぼくをみていた。

ぼくがホームを戻っていくと、三人は階段のところで待っていてくれた。

「はんかくさーい！　キスしたあ！　はんかくさーい！」阿部貞子が興奮したチンパンジーのように派手に騒ぎたててぼくを迎えた。

ぼくはいつものように無視した。二学期が始まれば、しばらくはキスのことでみんなにからかわれることになるのだろう。

「こらッ、こんど人前であんなことをしたら、不純異性交遊で処罰するからねッ」

小林先生が真っ赤になって怒ったけど、いまいち迫力不足だった。というのも、小林先生の目にうっすらと涙がにじんでいて、ぼくには本気で怒っているようにはみえなかったからだ。

ぼくは杉本夏子をみた。彼女はなにもいわず笑ってうなずいてくれた。

「先生。二学期に入ったら俺にピアノ教えてくれねえかな。簡単な曲でいいから弾けるようになりてえんだ。それに音楽部に入って歌も歌いてえな」ぼくはいった。

「へーえ」小林先生は意外そうな顔した。「いいわよ。でも、ピアノ、お家《うち》にあるの？」

「ないよ」

「うーん、そうかあ。でも簡単な曲だったらお家にピアノがなくても平気かなあ」

「神山君。ときどきわたしの家にきてピアノ練習すればいいじゃない？」

杉本夏子が思いがけないことをいったけど、「エー!?」とびっくりしたのはぼくではなくて阿部貞子だった。

「サンキュー。でも杉本の家にはいけねえよ」

「どうして？」

「きまってるじゃねえか。杉本は野球部のマドンナだからな。そんなことしたら、俺、みんなにぶん殴られてボロクソになっちまうぜ、ハッハ」

「そんなこと……」

「その話はあと」小林先生はいった。「お腹《なか》すかない？　先生が駅ソバおごっちゃう。いこう」

小林先生はぼくに野球帽を差しだした。ぼくは帽子を受けとっていった。

「先生、大盛り食っていい？」

「いいわよ。優勝祝いに特別にコーラも奮発しちゃうぞお。さあ、いこう！」

小林先生と杉本夏子と阿部貞子は勢いよく階段を駆けあがっていった。

ぼくは斉藤多恵のおでこにキスをした野球帽のツバをみつめた。ぼくの唇に斉藤多恵のやわらかな唇の感触が甦《よみがえ》った。改めて胸がドキドキしてきた。あんなに度胸がいることをしたのに、ぼくの心の中で《お願い・お願い・わたし》がきこえなかったのはなぜなんだろう。それにものすごいやるせない別れだったというのに気分はそう悪くはない。なぜなんだろう。思いきり泣いたせいなのだろうか？　それとも斉藤多恵とキスをしたからなんだろうか？

《オール・マイ・ラヴィング》を歌ったからだろうか？

家に帰ったら《オール・マイ・ラヴィング》をちゃんと訳してみようと心にきめた。お腹がぐうっと鳴った。考える時間はたっぷりとある。まずはお腹の問題を解決しよう。大盛りソバだ。ぼくは斉藤多恵が去っていった線路の遠くをみつめた。陽炎のゆらめきが大きくなったように思えた。彼女のことを思う時間もたっぷりとある。またお腹がぐうと鳴った。

「サンキュー、斉藤。またな」

陽炎にゆれる線路のかなたをみやってつぶやいた。なぜかわからないけど、斉藤多恵に感謝の気持ちでいっぱいだった。それからぼくはスパイクの音を軽快に響かせて階段を駆けのぼった。

終章　勇気の翼

十和田市のホテルの同期会会場の大広間はなつかしい顔でいっぱいだった。

ほとんどが三十年振りに目にする顔だった。

あれから三十年——。

三十年という月日はやっぱり長い。ぼくたちの中学校は、統廃合によって消滅していたし、笠原と苫篠のてっぺんは禿《は》げあがり、なんと桜田のやつは孫が生まれてはや爺《じい》ちゃんになっていた。

野球部のみんなは一人として同じところに住んでいなかった。ぼくは東京だったし、ピッチャーの村木はむつ市、キャッチャーの東井は札幌、ファーストの松岡だけが地元の十和田市、セカンドの伊東は八戸市、ショートの苫篠は大阪、レフトの笠原は弘前《ひろさき》市、センターの桜田は青森市、ライトの力石は仙台、輪島のやつはなんとニューヨークからやってきた。中川先生と小林先生、それに数人の先生がやってきてくれたけど、相撲部の田口先生はこなかった。同期会の実行委員会が招待状は送ったということだったが、返事はこなかったそうだ。田口先生は先生を辞めてしまっていまはどこにいるのかわからない、と中川先生がいった。

野球部のみんなは中学を卒業すると別れ別れになった。

卒業間近のある晴れた日の午後、東井と笠原が雌雄を決すべきタイマンをはった。この二人はそういう運命だったのだ。まだちらほらと雪が残っている野原に、ぼくたち三年生の野球部員が全員集まった。ぼくたちはぐるりと円をつくってみまもり、その真ん中で東井と笠原が対峙《たいじ》した。ルールは目を攻撃しないこと、どっちかがまいったといったらやめること、ぼくたちの誰かがとめに入ったらやめること、素手で戦うこと、決着がついたら仲直りの握手をすること、だった。

ものすごいファイトだった。二頭の恐竜はどっちも一歩もひかなかった。血だらけになり、泥だらけになって戦いつづけた。やがて二人はへたばって、互いに胸ぐらをつかんだまま、地べたにへたりこんでしまった。勝負はつかなかった。引き分けだった。ぼくたちはとめに入り、握手をしろよと二人をうながした。二人は握手をしなかった。嫌悪をむきだしにしてにらみあい、そのまま別れてしまった。後味の悪い決闘だった。

二頭の恐竜が暴れて無傷ですむわけはなく、卒業式に現れた二人の顔はみるも無残だった。青痣《あおあざ》だらけで凸凹《でこぼこ》だった。絆創膏《ばんそうこう》が数ヵ所に貼《は》ってあった。東井は右手の親指を、笠原は左手の小指と薬指の二本を、それぞれ包帯でぐるぐる巻きにしてあった。二人とも骨折していた。二人は言葉を交わすこともなく、顔をみあわせることもせず、別れていった。二人の間にはよっぽどのゆるしがたい腹に据えかねる嫌悪があったのだろう。

そのことが記憶から消えなかったので、同期会で二人が三十年振りに再会したときはどうなることかと固唾《かたず》をのんでみまもった。

ぼくたちはアルコールもまわって、ホテルの大広間でわいわいがやがや昔話に花を咲かせっていた。東井だけがまだ会場に姿をみせていなかった。列車の都合で少し遅れると連絡が入っていた。

アホのお前が脚本家とはなあ、とみんなが散々ぼくをからかい、「俺《おれ》の初恋は先生だったんだぜい」と力石が威張ったように小林先生に告白し、「生意気いっちゃって。でもうれしいよ」と結婚して大石《おおいし》と姓が変わった小林先生が昔と変わらぬ真っ赤な顔で答えたそのとき、東井の大きな身体《からだ》がドアをぶち割るように会場に入ってきた。東井のオールバックの髪は白髪まじりだった。

野球部のみんなは一瞬かたまってしまった。禿げ頭の笠原がすぐに白髪まじりの東井の登場に気づいて顔を向けた。東井も瞬時に笠原の存在を確認して視線をぶつけた。二人はひきよせられるかのように互いに無言で歩みよった。笠原は顔が真っ赤だった。東井は顔が真っ青だった。三十年前、二人が決闘を開始した寸前の顔つきと同じだった。

三十年前のつづきを始めるつもりなのか……。

さっと力石が動いた。ぼくも動いた。村木も桜田も伊東も苫篠も松岡も輪島も動いた。後味の悪い別れ方だったが、決闘は三十年前で終わったのだ。同期会でつづきをやろうなんてとんでもない話だった。ぼくたちは三十年前の決闘のつづきが始まったら二人をすぐに会場からひっぱりだそうと動いたのだった。

二頭の恐竜は三十年振りに向きあった。無言のまま、どちらからともなく石のようなでかい拳《こぶし》を相手に向けた。やる気だぞッ。緊張が走った。ぼくたちは一歩踏みこみ、二人に飛びかかろうとした。そしてぼくたちはまたかたまってしまった。

二頭の恐竜が交えるべき拳がぱっと大きく開き、がっちりと握手をしたのだ。すぐに二人の岩のような胸になにかがうごめき、大きく脈打った。二人の身体が震えだして涙があふれでた。みんながみている前で二人は長いこと無言で握手をしたまま身体を震わせて泣いていた。ぼくたちにはわからない、二人だけにしかわかりえない大きななにかを分かちあっていたのだろう。

二人をとり囲んだぼくたちもみな無言だった。だが無表情だったわけではない。あの決闘のときの、終わったときにみせるべき笑顔を、三十年振りにひきだしてきて笑っていた。やっと笑えたな、という顔でぼくたちは互いをみやった。

「みなさん、野球部のみんなが揃《そろ》ったら挨拶《あいさつ》をしたいと中川先生がいっていました。東井君がきたので、中川先生、お願いします」マイクで岡田里子が中川先生を促した。

マイクの前に立った昔と変わらぬ若々しい中川先生は、背広のポケットから少し色あせた軟式の野球ボールをとりだした。中川先生は感慨深げに微笑してボールをみつめ、それからぼくたち野球部の一団を向いていった。

「輪島君。野球部のみんな。このボールをおぼえていますか？　あのときのボールだぞ」

もちろん。だが中川先生がそういってから思いだしただけで、そのことをずっと忘れなかったというわけではない。当の輪島も含めて全員が、中川先生がボールをみせてそう呼びかけるまで忘れていたことだろう。そのボールがどんなボールなのか、いきさつがわからない野球部以外の同期生に中川先生は少し説明してからいった。

「わたしは、このボールのおかげでここまで教師をつづけてこられました。あのとき輪島君には、持っていって神棚に飾っておけといったけど、神棚に飾って毎日拝んでいたのはわたしのほうでした。いまでもそうです。輪島君がプレゼントするといってくれたときは、本当はすごくうれしかった。教師になって初めて生徒から学んだ大きなプレゼントだった。だけどあのときはわたしも若くて、輪島君や野球部のみんなにありがとうというのが照れくさくて、とうとういえなかった。このボールは、教師というものが生徒にとってどういうものであるのかということや、教師としての勇気ということを、三十年間、わたしに語りかけてくれたんだ。あれから三十年、みんなにもいろんなことがあったと思うけど、先生にもいろんなことがあった。苦しいことがあったり、しんどいことがあったとき、このボールは先生の支えになってくれた……。いまここで改めてお礼をいいたい。ありがとう、輪島君。ありがとう、野球部のみんな。……それで、……うーん、やっぱりやめた。実は、このボールは輪島君にありがとうとお礼をいって、それで返すつもりで持ってきたけど、もったいないからやめた。先生は定年まで持っていたい。いいだろう、輪島君？」

「イ、イ、いいすよ、セ、先生」輪島のやつはまだどもる癖がつづいていた。ニューヨークで英語をしゃべるときはどもらないという。信じがたい話だ。「カ、カ、棺桶《かんおけ》、マ、マ」

「棺桶まで持ってっていいよ、先生！」力石が輪島のあとをひきとった。「このバカヤローらが天国へいって野球をやるまで預かっててよ！」

「迷って地獄へいかないでよ、先生。俺たち野球できなくなっちまうからよ」と東井がいい、

「女生徒にセクハラなんかしたら天国にいけないぞ、先生」笠原がどぎつい冗談をいって、ぼくたちはどっとわいた。

「お前らなあ、人ぎき悪いこというなよな」中川先生は苦笑した。「まったくもう、俺がせっかく感動的に盛りあげようとしたのに……この、バカヤローの……お前らが……」中川先生はそういったきり絶句した。

「ああ、もう、先生、泣くな泣くな」と力石は顔をしかめて笑った。「楽しい同期会だってのに、おい、岡田ッ、元気づけに先生に酒飲ませて足ぐらい触らせてやれ！」

「バカッ、もう、はんかくさい！　それがセクハラだっていうのッ」

岡田里子が一喝《いっかつ》し、ぼくたちはまたゲラゲラ笑った。中学生だった三十年前の屈託のない笑いに戻っていた。誰も相撲部とのことでの屈折した思いや恨《うら》みつらみは口にしなかった。そのことは体育館でビートルズを歌って踊ったことでもうチャラになっているのだ。

「みなさん、ちょっと、みなさん」

スピーカーから杉本夏子の声がしてぼくたちは前方のマイクスタンドに目を移した。三十年たってもやっぱり杉本夏子はきれいだった。彼女は医師となって父の病院を継いでいた。

「この同期会を楽しみにしていたのに、どうしてもこられないという人がいて、手紙や電報をいただきました。みなさんに紹介します」

杉本夏子は数通の祝電とお祝いの手紙を読みあげ、それからいった。

「最後に声のお祝いが届いていますから紹介しましょう。神山君、あ、まだいいか、フフフ」杉本夏子は意味ありげに含み笑いをした。

なんだ？

「声の主は、みなさん誰でも知っている世界的な有名人です。特に神山君は」

杉本夏子がぼくに満面の笑みを向けた。

ぼくの背筋に電気が走ってゾクッと身体が震えた。ぼくたちの同期生で世界的な有名人といえば、たった一人……。

〈みなさん、お久し振りです。わたしのことおぼえていますか?〉

スピーカーから斉藤多恵の声が流れだした。三年前、彼女の東京でのピアノコンサートのときに話をして以来の彼女の声だった。

ぼくたちが高校一年の夏、斉藤多恵は東京でのピアノコンクールで優勝した。彼女はその賞としてイギリスの王立音楽院に招待留学することになった。イギリス王立音楽院を首席で卒業した彼女は世界中が注目するピアニストとなった。ぼくたちは別々の道を歩きだしたのだ。

王立音楽院を卒業してから五年後、彼女はウィーンの音楽祭でモーツァルトの《フィガロの結婚》のスザンナ役に抜擢《ばってき》され、オペラ界にも衝撃的なデビューを飾った。その後、ぼくたちはそれぞれの生活の中で愛する人とであい、互いに結婚した。

〈三年生の夏休みの途中に転校してしまった斉藤多恵です。同期会、おめでとうございます。あれからさまざまな幸運に恵まれて、現在はウィーンに住んでいます。同期会のことを知り、それこそ十和田に飛んでいきたかったのですが、ロンドンでの演奏会があり、出席がかなわずとても残念です。そのぶん、演奏会では十和田や南中のみなさんのことを思って心をこめるつもりです。現在のわたしがあるのは南中に転校したからでした。南中に転校してわたしの進むべき道を確信できました。南中には感謝の気持ちでいっぱいです。ありがとう、みなさん。あのときお礼をいってお別れしたかったのですが、それができなかったことが心残りでした。でも今日やっということができてほっとしました。そしてやっぱりいいたいんです。なんどもなんどもお礼をいったけど、きょうはみなさんの前でどうしてもいいたいんです。本当に、あなたとであって幸運でした。いつも、どんなときにも、わたしの心の中で中学生のあなたがぎゅっと手をにぎって励ましてくれています。ありがとう、神山君〉

ヒョウヒョウ！　えふりこき！　野球部のやつらがはやしたて、にやにや笑ってぼくをみている。中学生に戻った顔をして。

「なんだよ、バカヤロー！」ぼくも中学生に戻ってにらみつけてやった。

〈みなさん、三十年前の夏に大事件があったことはおぼえていますよね。あとであの大事件を知って、参加したかったとくやしい思いをした人も大勢いると思います。わたしもそうでした。今日、三十年前のあの日に戻ってみんなであの大事件に参加しません？　この会場でだったら、ビートルズでツイストを踊っても先生方は笑って見逃してくれるでしょう。思いきり楽しめますよ！　この曲は中学生の神山君に勇気の翼を与えました。そんな神山君にであって、わたしも本当の自分をみつけることができました。神山君、前にでてきて歌って。わたしたちの友達の雷といっしょに歌ったようにね。十数えたら前奏に入るわよ。いい？〉

「おう！　まかせとけって！」

ぼくはマイクの前にかけだした。すっかり十四歳のぼくに戻っていた。なにを歌うのかはわかっていた。きまっている。あれしかない。

「この、えふりこき！」「味噌《みそ》腐らすなよ！」「ド田舎のプレスリー！」

盛大な冷やかしの中で斉藤多恵のピアノの前奏が始まった。軽快に、楽しそうに、アップテンポで。ぼくは歌い始めた。あの雷の夜、狂ったように叫び歌ったこの曲、《お願い・お願い・わたし》を。初めてアメリカ軍放送できいた夜の、徹夜でおぼえたでたらめ英語で。

♪ラースタアナーセイトウマートウーマーイガール！

野球部のやつらが歓声をあげて飛びあがった。

♪アーノーユーネーバーイーブントラーイガール！

岡田里子や女子たちや、全員が踊り始めた。

♪カモンカモン、カモンカモン、カモンカモン、カモンカモン！

大合唱となった。

♪プリズプリーズミーオーイエーライップリズユー！

苦笑している先生たちをみんながフロアの真ん中にひっぱりだした。先生たちが顔を真っ赤にしてへたくそなツイストを踊りだした。歓声が爆発した。ぼくはまた斉藤多恵のピアノに促されて歌いだした。

斉藤多恵がすぐそこでピアノを弾いているような気がしてフロアの中をみた。いるわけはなかった。だが、ぼくにはみえた。

はじける熱気の中で、楽しそうに、うれしそうにピアノを弾いている彼女が。

あの十和田湖の、彼女の笑顔が。

解説

角田光代

たとえ一億円もらったとしても中学時代に戻りたくない、と、もう何年も前から私は主張している。こんなことを言うと、さぞかしつらい中学時代を送ったのねとしばしば同情されるのだけれど、つらいことなんかこれといってとくになかった。私はただ、中学生に戻りたくないだけなのだ。私ではないべつのだれかになってもう一回中学生をやりなおす、というのも同様にいやだ。

いろんなことにもっとも折り合いがつけづらかったのが、中学時代だ。たとえば、対親。対現実。対年齢。対未来。対願望。対勉強。何を自分と組み合わせたって、借りものの靴を履いたような居心地悪さと、靴擦れのようにかすかな、けれど執拗な痛みが伴った。

中学時代に二度と戻りたくない私は、ふだん、中学生が主人公の小説も敬遠していたりする。物語の中学生たちと向き合うと、すべてに折り合いをつけられなかったあの気分を生々しく思い出すから。

『翼はいつまでも』、この小説は中学生が主人公である。ふだんなら敬遠している一冊である。けれど私はページを開くなり、敬遠する暇もなく物語に引きずりこまれ、主人公の神山君、クラスメイトの輪島や東井や杉本夏子や斉藤多恵とともに、二度とはない奇跡のような一夏を過ごしていた。

この一冊には、中学生である、というそのことがすべて詰まっている。私たちがある時期押しこめられる、十四歳という年齢、その目から見えるきれいなもの、きたないもの、信じられるもの、信じたくないもの、すべて。著者が描き出す「十四歳」は、あまりにも光に満ちあふれていて、普段だったらその生々しい気分に背を向ける私でさえ、すっぽりと包みこまれてしまう。中学生に戻りたいとか戻りたくないとか考える隙も与えず、否が応でも読者を神山君のクラスメイトにしてしまうのだ。

部活の野球に夢中になり、美人のクラスメイトに目を奪われ、教師とぶつかり、男友達と男女の神秘について考察を重ねる。そんな日々を送る神山君は、あるときラジオから流れてきた曲に、電撃のごとくショックを受ける。ビートルズの「プリーズ・プリーズ・ミー」。その一曲が、十四歳の神山君を少しずつ変えていく。

数ページも読み進まないうちから、主人公の神山君を知っているような気持ちになっていることに、読み手は気づくはずだ。たとえば背はこのくらい、こんな声、学生服の着方はきっとこうで、こんなふうな顔で笑う、と、細部にわたって神山君を思い浮かべることができるだろう。まるで、隣り合ったことのある現実の男子生徒を思うみたいに。私など、神山君の通学鞄まで知っている気になった。

主人公とそんな具合に出会わせるように、作者はビートルズの音楽を文字で聴かせる。ただ聴かせるんじゃない、はじめて耳にした見知らぬ音として、聴かせるのだ。これは読み手にとって実に幸福な体験である。

この物語が進行しているであろう時代に生まれた私にとって、ビートルズはすでにそこにあるものだった。物心つくころには、ビートルズは、あるいはビートルズ的なものは、最初からそこにあるものとして——なかったことなどただの一度もないふりをして、世界にあふれていた。だから実際にビートルズをはじめて耳にしても、好きか嫌いかはともかくとして、ショックを受けたり驚愕したりということがない。そのことはとてつもなく不幸だと、本書を読んではじめて思った。すでにそこにあるものを見聞きする、ということと、何かが新しく生まれる現場に立ち会う、というのは、まったく違う体験である。

けれど本書は、きちんとビートルズを初体験させてくれるのである。私たちは神山君とともに電撃的ショックを味わうことができる。電波の悪いラジオから聞こえてきたロックンロールの切れっ端。指先の隅まで染み渡るその旋律、リズム、躍動感。音楽が人に何を与えるのかを、原始的なまでに味わわせてくれる。

野球に入れあげビートルズに熱中する神山君もまた、かつての私のように、いろんなことと折り合いがつけられないでいる。母親が死んだという現実や、父親との確執、教師の横暴さ。それから、性の問題がある。性交とはなんぞやと、神山君は悶々と考える。性問題との折り合いを、本書は実にユーモラスに書き上げる。

夏休みがはじまり、彼は性体験ができるかもしれないとひそかに期待しながら十和田湖畔にキャンプにいく。ここから物語は、急展開しはじめる。

十和田湖の雄大な自然は、ひとりの中学生の前に、どかんとあらわれる。学校と家と部活で形成されるちいさな場所から、一歩外に足を踏み出した神山君を迎えるのは、ぴんと冷たい空気、透き通った水、緑と土の匂い、雨が肌を打つ感触、雷の強い光と振動、どれも太刀打ちできない揺るぎなさを持った自然である。自然はじつに寛容に、初体験を期待してやってきた中学生を迎え入れる。見守ってくれる。

この美しい場所で、神山君は生まれてはじめて、だれかを思うということを知る。考えてみれば、人を好きになるということは実に不思議だ。そうするようにだれかに奨励されたわけでもないし、その方法を習ったわけではない。気がつけば私たちは、だれかのことを思い、そのだれかのことを知りたいと強く願い、自分のこともまた知ってもらいたいと望む。

ひとりきりのキャンプで神山君は、たぶんこの先ずっと自然にくりかえしていくであろうその思い——恋——を、はじめて自分の内に抱く。いわばここに書かれているのは初歩的であると同時に原始的な、根元的な恋の姿だ。そして私は思わずにはいられない。それはなんと美しい気分なのかと。大人になった私たちの恋は、ときとしてきれいなばかりではない多多を、私たちの心の内から引きずり出すことがあるけれど、そもそもの発端は、こんなにも汚れのない、ゆたかな気持ちなのだ。

謎の多かったクラスメイトの斉藤多恵は、神山君とのかかわりのなかで、静かに自分の過去を話し出す。それは、ひとりの中学生が負うにはあまりにも重すぎる過去である。過去は変わらない。失ったものは戻らない。けれどのしかかる重さを軽減することはできる。斉藤多恵は話すことで、自分の存在を認めてくれる人がいると知ることで、人を思うことで、少しずつ、彼女を縛りつけていた重みから解放されていく。

私はここで、人の強さについて思わずにはいられない。不幸だと思うことが続けば私たちは当然落ちこむ、何かに打ちのめされれば殻に閉じこもる、ときとして世界の何もかもが信じられなくなる、人という存在を強く憎んだり否定したりする、傷つけられれば二度と傷を受けないように身を守る。トラウマという言葉は、今や医学用語ではなくて、日常語になっている。あるものごとに決定的に傷つけられた故に、私たちは何かができない、何かが足りない、何かが受け取れない。けれど、私たちは何かによって損なわれてしまうほど脆弱なのだろうか。トラウマに一生を捧げなければいけないほど、壊れやすいのだろうか。

そうではない、と、神山君と斉藤多恵の恋は静かに、しかし強く教えてくれる。私たちはそんなに弱っちくない。たとえいかなる不幸がのしかかってきたとしても、手に負えない悪夢のなかに放りこまれたとしても、私たちは何ものにも損なわれることなく、何ものにもむしばまれることはない。

実際、斉藤多恵は、神山君と言葉を交わすことで、ずっとこらえてきた涙を流すことで、閉ざされていた扉を開くことで、重苦しい過去を乗り越える。うつむいていた顔を上げ、声をあげて笑うことができる。そうすることが私たちには可能なのだと教えてくれる。それには、だれかが手をさしのべてくれるのを待っているだけではだめだ。こちらから、能動的に手を差しだしていかなくてはならない。ときとしてそれには勇気がいるし、殻に閉じこもっているほうが楽に思えるけれど、なんにもしないで打ち勝てる闘いなんてないのだということも、私は彼女に教わった。

言葉というのは実に不自由で、さほど信用できる代物ではないけれど、桟橋に腰掛け、サイダーを飲みながら不器用に言葉をつなぐ神山君と斉藤多恵を見ていたら（正確には読んでいたら、なのだが、どうしても見ていたような気がしてしまう）、話すこと、これは人とつながり合うための根本なのだと思った。

神山君の一夏は、恋も連れてくるが同時に、もっと面倒なことをも引き連れてくる。キャンプが彼を大人にしたなんてことはなくて、彼は子どものまんま、中学生のまんまだ。けれどもはや、自分が何を信じていて、何を信じていないのか、彼ははっきりと知っている。信じられないものに対して、絶対に譲らず果敢に闘いを挑んでいく。いろんなものごとに折り合いがつけられず、似合わない靴を我慢して履くような日々だった私から見れば、似合わない靴なんか投げつけるようなその勇姿に、羨望を抱かずにはいられなかった。この男の子は、きっと大人になっても、中学生にだけは戻りたくないなんて思わないだろうなあなんて、思ったりした。

終章で、私たちは大人になった神山君たちに会うことができる。私の想像どおり、彼らは中学生に戻りたくないなんて思わない大人である。奇跡のような時間をしっかり内包した大人たち。

大人になった彼らに流れた時間を私は思う。思うようにいかないことがわんさとあり、恋も友達づきあいも、どんどん複雑怪奇なものになり、いろんなものごとと折り合いはつけられても、折り合いと妥協の違いがわからなくなり、ときに自身に失望し、なんとか起きあがって一日一日をやり過ごしていく――おそらく大人になった私とそう変わらない時間のなかで、彼らはいつだって、あの輝かしい夏を思い返したことだろう。そこには、世界の根本がある。シンプルで、まっすぐで、人と世界をまるごと信じることのできた時間がある。何もかもがいやになったとき、彼らは一瞬だけその夏に戻り、光を浴びて新鮮な空気を吸いこんで、そして現実に帰ってきて再度闘いはじめたことだろう。そのことに、さらに私は強い羨望を抱く。帰れる場所があるというのはそういうことだ。

この美しい物語を読み終わった私は、中学生をもう一度やってみたいとは言えないまでも、やってみてもいいかな、というような気になった。少なくとも、一億円という値段はだいぶ値下げする所存だ。とはいえ、戻りたい戻りたくないなどと言う前に、私はすでに新たな記憶を持ってしまった。神山君や〝おっさん〟こと輪島、斉藤多恵や杉本夏子と過ごした、光にあふれた時間。私も彼らのなかにまじって、本当にすてきな一夏を体験しているのだ。人と世界をまるごと信じることのできる、帰れる場所を、私もすでに持っている。この物語を手に取った読者はみな、奇跡の夏の記憶を、寸分違わずすでに持っている。

この作品は二〇〇一年七月、集英社より単行本として刊行されました。

川上健一

渾《こん》身《しん》

坂本多美子は夫・英明と前妻の娘・5歳の琴世と暮らしていた。徹夜で行われる隠岐島古典相撲大会結びの一番、最高位の大関・英明は満を持して土俵に上がる！　感動、また感動のスポーツ家族小説。

集英社文庫

川上健一

四月になれば彼女は

高校卒業3日後。駆け落ちの手伝い、相撲取りへのスカウト、就職取り消し、童貞卒業計画、喧嘩に米兵との諍い、初恋の人との別れ。人生の転換点となった怒濤の24時間を描く、長編青春ストーリー。

集英社文庫

集英社文庫

翼《つばさ》はいつまでも

2004年5月25日 第1刷
2022年12月13日 第10刷

定価はカバーに表示してあります。

著者 川上健一《かわかみけんいち》

発行者 樋口尚也

発行所 株式会社 集英社
東京都千代田区一ツ橋2-5-10 〒101-8050
電話 【編集部】03-3230-6095
【読者係】03-3230-6080
【販売部】03-3230-6393(書店専用)

印刷 大日本印刷株式会社

製本 ナショナル製本協同組合

フォーマットデザイン アリヤマデザインストア　マークデザイン 居山浩二

ISBN978-4-08-747699-6 C0193